BEN AARONOVITCH

倫·敦·探·案

2

蘇活月爵士魅影

班恩·艾倫諾維奇——著

鄭郁欣——譯

MOON OVER SOHO

各方推薦與媒體書評

繼《倫敦河惡靈騷動》後，一本棒透了的續集！彼得．葛蘭特持續鑽研魔法的竅門與倫敦的不可思議、回顧他的導師納丁格爾難忘的遭遇，同時進入不會在官方旅遊指南上找到的有趣地方展開旅程。艾倫諾維奇如歌唱般訴說這故事，營造出直到結尾仍令人屏息不已的絕妙氣勢。

——SFrevu.com

故事以趣味簡潔的幽默感開展鋪陳，加上玩世不恭的筆觸，整部作品著迷於倫敦的地理與歷史。劇情架構十分豐富，結尾苦樂參半。娛樂效果絕佳，是一套成熟的系列小說。

——《每日電訊報》

要很高興地對你說，我對《蘇活月爵士魅影》的愛就像《倫敦河惡靈騷動》一樣。我愛彼得的敏銳感知、對警察制度諸多的幽默評論，以及對他所居住的倫敦充滿想像的描述，這讓書中充滿更多閱讀樂趣。而這更強烈表現出一件事：不僅是彼得，更是班恩．艾倫諾維奇對英國首都的熱愛。

——BART'S BOOKSHELF 網站

《蘇活月爵士魅影》很輕鬆地就表現得和《倫敦河惡靈騷動》一樣好，而且增加了爵士樂的元素，讀來充滿樂趣——雖然比前一集要黑暗、成人許多。

——THE BOOK ZONE 網站

一本精采逼真的現代警察辦案小說，加入了越來越多個性鮮明的角色，採取與前作《倫敦河惡靈騷動》一貫機智風趣的手法寫成。是我長久的奇幻文學閱讀經驗中，讀過最有趣的書之一。

——Fantasy Literature

《蘇活月爵士魅影》可讀性極高，讀來十分享受，絕對是不容錯過的好書！

——LOVEVAMPIRES 網站

在提振人心與情緒渲染的功力展現上都到達了顛峰，再次顯示艾倫諾維奇的技巧與性格帶領讀者回到這個系列之中。

——SF 書評

不但懸疑刺激更勝前集，這次在冒險和偵查外，魔法界的輪廓與各方勢力也愈來愈完整清晰，讓人迫不及待想知道最新的發展！

——角川華文輕小說大賞銅賞得主　薛西斯

獻給卡里發，因為每個父親都渴望成為兒子的英雄。

「人為音樂而死。沒有比這更嚴肅的事了。」

——迪吉・葛拉斯彼[1]

1 Dizzy Gillespie，拉丁爵士的創始者，集喇叭手、編曲、樂隊經理及歌手等多重身分於一身。

1 身體與靈魂

現代生活有項令人悲傷的事實，那就是只要你開車的時間夠長，遲早會將倫敦拋在腦後。如果沿著A12公路駛向東北方，最終會來到科爾切斯特，這是英國的第一個羅馬首都，也是諾福克那個名叫布狄卡[1]的紅髮女流氓第一個燒毀的城市。我會知道這些，是因為我一直閱讀塔西圖斯所寫的《羅馬編年史》作為拉丁文的學習教材。他對於這些起義造反的英國人抱持出乎意料的同情態度，並譴責那些趁虛而入的羅馬將領，沒有想出適當的應變之道。而接受傳統菁英教育、帶領英國陸軍的懦弱貴族青年們，顯然將這個教訓牢記在心，科爾切斯特現在是傘兵團這支勁旅的軍事總部。身為一個曾在萊賽斯特廣場耗費許多週六夜晚與士兵們搏鬥的見習警員，我一邊確保自己行駛在主要幹道上，一邊繞過這座城市而行。

過了科爾切斯特後，我轉向南方，在手機全球衛星定位系統的幫助開上了B1029公路，前往夾在科恩河與芙萊格溪之間的楔形乾涸地。路的盡頭是布萊特靈西，襯著海岸

1 Boudicca，西元一世紀時英格蘭愛西尼（Iceni）部落女王，曾帶領不列顛其他部落一起反抗羅馬帝國。

線——萊斯莉總是這麼說——像是在高水位時擱淺的一堆垃圾。事實上，我倒不覺得有那麼糟糕。倫敦一直在下雨，但經過科爾切斯特之後，我便駛進了一片清澈的藍天，陽光照耀著一排排保存良好的維多利亞時期排屋，一直綿延到海邊。

我一眼就看見了梅家人的房子：一九七〇年代的磚砌偽愛德華時期農舍，幾乎被馬車燈和鵝卵石淹沒。前門旁吊著一籃滿滿的蘭花，另一側則是刻有門牌號碼的揚帆快艇造型陶片。我停下來瞧了瞧花園：裝飾性的鳥浴池附近有地精在遊蕩，我接著深吸一口氣，按下門鈴。

門內立刻響起女士們的喊叫。透過前門的彩繪玻璃窗，我只能隱約看出在走廊尾端有身影來回跑動，某人喊道：「是妳的男朋友！」並被回以噓！一聲，以及另一人的柔聲斥喝。一團白影朝門口走來，直到填滿了窗玻璃的左右兩側。我往後站一步，門開了，是亨利．梅——萊斯莉的父親。

他是個高大的男人，開大卡車，為了拉動沉重的排檔桿，使他擁有寬闊的肩膀與壯碩的手臂。過多的公路小餐館早餐，以及在酒館裡虛擲的時光，造就了他的啤酒肚。他有張方臉，為了對付日漸後退的髮線，他索性將頭髮剃到只剩咖啡色的細毛。他的眼珠是澄澈的藍色。萊斯莉有著和她父親一樣的眼睛。

擁有四個女兒意味他在親職方面的造詣已臻化境，我奮力抗拒自己不要問他萊斯莉能否出來玩。

「你好，彼得。」他說。

「梅先生好。」我說。

他絲毫沒有要讓開的意思，也沒有開口邀請我進屋。

「萊斯莉等一下就出來了。」他說。

「她還好嗎？」我問。這是個蠢問題，但萊斯莉的父親並未感到尷尬，無論我們誰想試著接續這個話題。聽見有人下樓的聲音，我打起精神。

瓦立醫生表示，萊斯莉的上顎、鼻梁、顏面骨和下顎有多處損傷，雖然大部分的下層肌肉與肌腱保留了下來，可是倫敦大學學院醫院的外科醫生仍無法挽救太多表層皮膚。他們放置了一個暫時性的支架讓她能呼吸及攝取食物，幸好她仍有機會可以進行臉部局部移植——如果他們能找到適合的捐贈者的話。她的下顎目前是以低過敏性的細絲金屬支撐，因此她還無法說話。瓦立醫生說，只要骨頭能充分癒合連接，或許下顎就能恢復足夠的功能，她也就可以說話了。不過在我聽起來，這些話都帶點假設性。他曾說，不管你看見了什麼，只要看著就好，你只是需要去習慣它、接受它，然後繼續往前走，彷彿什麼也沒有改變過。

「她來了。」萊斯莉的父親說，並側身讓一道纖細的身影擠過他與前門之間。她穿著藍白條紋的連帽上衣，帽兜蓋住頭，拉繩收緊的帽兜遮掩了她的額頭和下巴，臉的下半部以一條很搭的藍白花紋圍巾圍住，她的雙眼則靠一副褪流行的大太陽眼鏡隱藏，我猜是從她母親遺忘的衣服抽屜裡挖寶來的。我盯著她看，卻什麼也看不見。

「妳應該告訴我，我們是準備去搶劫的，」我說，「這樣我就會戴巴拉克拉瓦頭套。」

她回了我一個厭惡的表情——我是從她歪頭和雙手交抱的動作判斷的。我覺得胸口有些悶塞，便深吸了一口氣。

「還是妳想散個步？」我問。

她向她父親點點頭，堅定地抓住我的手臂，帶我走離她家。

我們離開的時候，我感覺到她父親的視線落在我背上。

如果不將造船和輕工業算在內的話，布萊特靈西並不是個吵雜的城鎮，即使是在夏季。現在是學校假期結束的兩週後，街道上還是近乎寂靜，只偶爾有車輛經過和海鷗的叫聲。在穿越高街之前，我始終保持沉默，直到萊斯莉從她的包包裡拿出警察勤務筆記本，翻到最後一頁拿給我看。

紙頁上以黑色原子筆寫著：你最近怎麼樣？

「妳不會想知道的。」我說。

她以明確的手勢表示，不，她真的想知道。

於是我告訴她，有個男子被一名女子的陰道牙齒咬斷了小弟弟，萊斯莉似乎覺得很有趣；我還告訴她關於席沃偵緝督察長的傳聞，獨立監察警方處理投訴委員會正調查他在柯芬園暴動中的行為，這件事她就不覺得有趣了。但有件事我沒有對她說，和她一樣因為魔法而臉部受損的另一位倖存者泰倫斯．帕茲里，在家人背他而去的當下就自我了結了。

我們沒有直接走到海邊，萊斯莉帶我走牡蠣槽路從後面繞過去，經過遍地綠意的停車場，那裡有成排的小艇停在拖車上。海面吹來清爽的風穿過索具，使得金屬零件咚咚的相互碰撞，就好像牛鈴聲似的。我們手牽手從船隻之間走過，來到迎風的海濱空地。空地的一邊是通往海灘的水泥階梯，腐朽的防波堤將海灘切割成狹窄的帶狀；另一邊則是一排色彩鮮豔的小屋，大部分都門扉緊閉，不過我的確看到有某個家庭決心想延長他們的夏日時光，父母親坐在門口的屋簷下喝茶，孩子們則在海灘上踢足球。

海灘小屋的盡頭與露天游泳池之間，有一塊長形草地和一座休憩亭，我們終於能坐下來休息。這座休憩亭建於一九三〇年代，當時的人們對於英國氣候的預料是很實際的，所以它是磚砌建築，堅固得足以擋下坦克。我們坐在靠內側的長椅上避開海風吹襲，亭內的牆面畫著海濱壁畫：藍天、白雲、紅帆。某個蠢蛋在藍天上畫了輛BMX小輪單車塗鴉，旁邊還粗糙地畫下一連串人名——布魯克．T.、愛蜜莉．B.，還有萊斯莉．M.[2]，這些名字就出現在無聊的青少年躺在長椅上可以畫到的位置。不需要身為警察，你也可以看出這裡是布萊特靈西年輕人聚集之處，他們恰好介於需要負起刑事責任與合法飲酒之間的危險年齡層。

萊斯莉從包包裡拿出一臺像是iPad的機器，然後啟動它。她家裡一定有個電腦高手。我知道那不會是萊斯莉，因為這東西加裝了語音合成軟體。萊斯莉以鍵盤模式輸入

2 梅（May）的縮寫。

文字，這個平板就開始說話了，腔調是很基本的美國口音，讓她聽起來像是個有自閉症的衝浪男，不過至少我們可以進行近乎正常的對話。

她不想浪費時間閒聊。「魔法可以治好我嗎？」她問。

「我想瓦立醫生跟妳談過這件事了。」我就怕這個問題。

「要你說。」她說。

「說什麼？」

萊斯莉低頭在平板上謹慎地用手指戳著螢幕，打了幾行字後按下確認。「我想要聽你說。」平板說。

「為什麼？」

她再次按下確認：「因為我信任你。」

我吸了口氣。兩個退休的老人坐電動輪椅經過休憩亭。「就我所知，魔法與其他事物一樣，依循相同的物理原則。」我回答。

「只要是魔法造成的，」平板說，「魔法就能復原。」

「如果妳的手被火或是電力燒傷了，那還是一種燒傷——要用繃帶和藥膏之類的東西來治療，不是用更多的電力或更多的火。妳……」

……的臉部皮膚和肌肉被一個該死的惡靈撐壞變形——妳的下顎幾乎粉碎，是靠魔法維持住的，當魔法消失，臉也就隨之崩壞……妳那張美麗的臉。我就在現場，親眼看著這件事發生，而我無能為力。

「不是希望這個問題消失就真的能消失。」我說。

「他不是什麼都知道嗎？」平板問。

「不，」我說，「我不認為納丁格爾什麼都知道。」

有好一段時間她只是沉默地坐著，一動也不動。我想伸手摟住她的肩膀，但不曉得她會有什麼反應。我正準備伸出手時，她對自己點了點頭，拿起平板。

「我要看。」平板說。

「萊斯莉……」

「我要看。」她按了好幾次重複鍵。「我要看，我要看，我要看……」

「等等。」我說，並伸手要拿她的平板，但她把平板抽離我能觸及的範圍。

「我得拿下電池，」我解釋，「否則魔法會炸壞晶片。」

萊斯莉將平板翻面，打開背蓋取出電池。連續弄壞五支手機之後，我改造了我最新的三星手機，切割機身藉以保障它的安全，不過這也意味著手機的外殼是拿橡皮筋綁起來的。萊斯莉看到我的手機時雙肩顫抖，還發出了一個我懷疑是笑聲的鼻哼聲。

我在腦中塑造適當的**形式**，攤開掌心形成擬光。不是太大的擬光，但足以在萊斯莉的太陽眼鏡上反射出淡淡光芒。她止住笑聲。我合起手掌，光芒跟著消失。

萊斯莉盯著我的手看了一會兒，然後模仿我做出這個動作，她重複了兩次，緩慢地、有條不紊地嘗試。什麼事也沒發生。她抬頭看我，我知道在太陽眼鏡和圍巾底下的她正皺起眉頭。

「這沒那麼簡單。」我說，「我每天早上練習四個小時，連續一個半月後才做得到，而這只是必學項目的第一件。我有沒有跟妳說過拉丁文、希臘文……？」

我們沉默坐了一會兒，接著她戳戳我的手臂，我嘆了口氣，製造出另一個擬光。我現在在睡夢中也可以製造擬光了。她模仿我的動作，但一無所獲。關於學會擬光所花費的時間，我可沒有開玩笑。

坐在電動輪椅上的老人在海濱空地上飆車折返。我將擬光熄滅，但萊斯莉不斷做這個動作，每次的嘗試變得越來越不耐煩。我忍耐到極限之後，抓住她的手強迫她停止。

後來，我們很快地走回她家。當我們抵達她家門廊時，她輕拍了下我的手臂便走進屋裡，在我面前關上大門。透過彩繪玻璃，我看見她模糊的身影迅速往走廊尾端躲避，接著不見蹤影。

我正要轉身離開時，門打開了，萊斯莉的父親走出來。

「彼得。」他說。像亨利．梅這樣的男人不太容易感到困窘，所以他們不擅於隱藏。「我想，我們也許該喝杯茶——高街上有家咖啡廳。」

「謝謝，」我說，「但我得回倫敦了。」

「噢。」他說，朝我走近一步。「她不想讓你看到她的臉……」他朝屋子的方向隨意比了下，「她知道如果你進屋的話，就得把圍巾那些都拿掉，她真的不想讓你看到。你懂得的，對吧？」

我點點頭。

「她不想讓你看到有多糟。」他說。

「有多糟？」

「糟得不能再糟了。」亨利說。

「我很遺憾。」我說。

亨利聳聳肩，「我只是想讓你知道你不是被趕走，」他說，「你並沒有被懲罰或什麼的。」

但我確實正被趕走，於是我道了再見，坐進捷豹開回倫敦。

瓦立醫生打電話來的時候，我正好找到駛回A12公路的方向，他說有具屍體想要我去看一下。我踩下油門。是工作，我很慶幸有工作可做了。

我去過的每家醫院都有著相同的味道——消毒水、嘔吐以及死亡的氣息。倫敦大學學院醫院是間新醫院，成立僅不到十年，不過這種氣味已經開始瀰漫在各個角落，諷刺的是，除了地下室的太平間以外。那裡牆上的油漆仍很平整，淡藍色的油氈地板也還保持乾淨。

太平間的入口在長走廊的中間，走廊兩側懸掛裱框的舊米德賽克斯醫院的照片，這些照片的歷史，可以回溯到「醫生在替不同病患看診前應先洗手」還是一種前衛醫學的時代。太平間的入口有兩道電子防火門把守，警告標誌上寫著：非太平間工作人員，未經授權請勿進入。另一個標誌則叫我按下對講機上的門鈴，我照做了。對講機發出粗嘎的聲音，雖然聽起來不像、但我想那應該是個問句，我告訴他們我是彼得．葛蘭特警員，來找瓦立醫生。對講機又發出了粗嘎的聲音，我等待著，然後世界知名的腸胃病學家、神祕病理學家暨虔誠的蘇格蘭人阿布德．哈．瓦立醫生打開了門。

「彼得，」他說，「萊斯莉還好嗎？」

「我想她還好。」我說。

太平間和醫院其他地方大同小異，唯獨這裡抱怨國民保健制度的民眾比較少。瓦立醫生帶我走過接待處的安全審查，接著向我介紹今天的死者。

「他是誰？」我問。

「賽勒斯．威爾金森。」他說，「他前天暈倒在劍橋商圈的一家酒吧，救護車送到急診室後宣告到院前死亡，然後就運來這裡進行例行性檢驗。」

可憐的老賽勒斯．威爾金森看起來其實沒那麼糟，當然，如果不論從他胸口到胯下的那道Y形切口的話。謝天謝地，瓦立醫生在我抵達前已經翻查過他的器官並縫合了。他是一名白人男子，外表是保養得宜的四十五歲左右，有一點啤酒肚，不過手臂和腿還是有一些肌肉線條。他看起來像是個慢跑者。

「那他在這裡是因為……？」

「這個嘛，他有胃炎、胰臟炎以及肝硬化的症狀。」瓦立醫生說。最後一點我看得出來。

「他酗酒嗎？」我問。

「不只是這樣。」瓦立醫生表示，「他有嚴重的貧血，也許跟他的肝硬化有關，不過我覺得更像是缺乏維生素B12。」

我再次低頭看了下這具屍體。「他的肌肉很緊實。」我說。

「他以前身材很好。」瓦立醫生說，「但最近似乎懈怠了。」

「吸毒？」

「我把所有快篩都做了一遍，一無所獲。」瓦立醫生說，「頭髮樣本的檢測結果還要過幾天才會出來。」

「死亡原因是什麼？」

「心臟衰竭。我發現有擴張型心肌症的跡象。」瓦立醫生說，「在心臟擴張又無法發揮正常功能時會發生。但我認為那天晚上的致命原因是急性心肌梗塞。」

又是一個我在亨頓警察學院「如果嫌犯在拘留期間倒下」的課堂上學到的詞彙。換句話說，就是心臟病。

「自然發生的？」我問。

「從表面上來看的話，是的。」瓦立醫生說，「不過他並沒有病重到會像這樣暴斃。當然，我不是說一般人不會這樣暴斃。」

「那你怎麼知道這是我們的案子？」

瓦立醫生輕拍屍體的肩膀，朝我眨了眨眼。「你得靠近點才會知道。」

我並不喜歡靠近屍體，即使是像賽勒斯．威爾金森這樣低調的死者我也不喜歡，所以我向瓦立醫生索取防護面罩和護目鏡。等確定不會意外碰觸到屍體後，我才小心翼翼地傾身向前，讓自己的臉靠近他的臉。

感應殘跡是殘留在物品上的魔法印記，很像是感官的印象，比如對於氣味的記憶或是曾經聽過的聲音。你可能在一天之內感覺到上百次，但是這種印象會與所有的記憶、白日夢，甚至是你正聞到的味道和正聽見的聲音混雜在一起。有些東西，例如石頭，會記錄所有發生在它們周遭的事件，即使是幾乎與魔法無關的情境——老屋的獨特氛圍正是如此被塑造。而其他的東西，例如人類的身體，就非常不適合保存**感應殘跡**——要在屍體上留下魔法印記，大概需要做到像手榴彈對人體造成的那種衝擊程度。

這也是為什麼當我聽見賽勒斯・威爾金森的屍體傳來薩克斯風獨奏的樂音時，感到有一點訝異的原因。這個旋律從所有收音機都是用電木和吹製玻璃組成的年代傳來，伴隨建築工地的木材味及水泥灰味。我維持這個姿勢，直到確定自己能辨識出這首曲子才退開。

「你怎麼發現的？」我問。

「我檢查了所有的暴斃死者，以防萬一。」瓦立醫生說，「我覺得聽起來像爵士樂。」

「你聽得出這是哪首曲子嗎？」

「聽不出來。我只聽前衛搖滾跟十九世紀的浪漫主義音樂。」瓦立醫生說。「你聽得出來嗎？」

「這首是〈身體與靈魂〉，」我說，「一九三〇年代的曲子。」

「誰演奏的？」

「幾乎每個樂手都演奏過，這是爵士樂經典之一。」

「人不會因為爵士樂而死，對吧？」瓦立醫生說。

我想起了爵士樂手費茲．納凡諾、比莉．哈樂黛，還有查理．帕克。查理．帕克死的時候，驗屍官研判的年齡是他實際年齡的兩倍。

「你知道嗎，」我說，「我想你會發現那是有可能的。」

爵士樂確實徹底左右了我父親的一生。

要在屍體上察覺到像這樣的**感應殘跡**，必須是出自某種強烈的魔法，也就是說，若非某個人曾對賽勒斯．威爾金森施行魔法，否則他自己就是施行者。納丁格爾稱那些會使用魔法的一般人為「術士」。根據他的說法，即使是業餘程度的術士，也經常會在家中留下「施術」的證據，於是我朝河邊開去，前往威爾金森駕照上所寫的地址，看看那裡是不是有某個深愛他到足以要殺死他的人。

他家是棟兩層樓的愛德華時期排屋，位於圖汀貝克路上「正確的」一邊。這裡是福斯Golf車的國度，加上兩輛奧迪和一輛BMW，稍微增加了一點張揚度。我將車停在黃線上走下車，一輛螢光橘的本田喜美吸引了我的目光——不只是因為它配備了哀傷的一點四升VTEC小引擎，駕駛座上還有位女性正看著我要去的地址。在推開鑄鐵柵欄門之前，我默默記下那輛車的車牌號碼，再走過短短的小徑，按下門鈴。這瞬間，我聞到木頭和水泥灰的味道，門開了，然後我就對其他東西失去興趣了。

她有著不合時宜的身材曲線，身穿一件寬鬆的天藍色昔德蘭毛衣，顯得豐滿且性感。她有張白皙又漂亮的臉蛋，一頭褐髮，如果沒有隨手在後腦杓紮起髮髻，頭髮就會蓬亂地垂在背後。她的眼睛是巧克力褐色，寬嘴豐脣，嘴角下垂。她問我是誰，我便向她表明身分。

「警察先生，我能幫你什麼忙呢？」她問。那近乎拙劣模仿的上流社會口音，使得她開口說話時，我還以為會有二戰時期的噴火戰鬥機從我們頭上轟隆飛過。

「這裡是賽勒斯・威爾金森的家嗎？」我問。

「恐怕是的，警察先生。」她說。

我很有禮貌地詢問她是誰。

「席夢・費茨威廉。」她說，同時伸出手。我反射性地握住，她的手掌柔軟而溫暖，我聞到忍冬的味道。我問她我能否進屋，她便往旁邊一站，讓我進門。

這間屋子是為了低階中產階級所建，走廊雖然狹窄，但格局方正。屋內保留原始的黑白瓷磚，還有座髒兮兮的古董橡木五斗櫃。席夢領我來到客廳。我注意到她穿著黑色緊身褲下的腿結實卻線條優美。這間房子經過標準的中產階級化裝潢：客廳與餐廳相互打通，原有的橡木地板磨光上漆後鋪上地毯。家具看起來像是在高檔的約翰・路易斯百貨買的——昂貴、舒適且毫無創意。必備的大尺寸電漿電視連接了衛星頻道與藍光播放器；鄰近的架子上擺放ＤＶＤ而不是書本。一幅莫內的複製畫掛在原本是壁爐的位置，在過去一百年中的某個時間，壁爐已經被拆掉了。

「妳與威爾金森先生的關係是？」我問。

「他是我的情人。」她說。

音響品牌是無趣的高檔日立，只能播放ＣＤ和讀取硬碟資料——完全沒有唱盤。旁邊擺放了幾層ＣＤ：有爵士樂薩克斯風手韋斯．蒙哥馬利、戴維．雷德曼、史坦．蓋茲的作品，其餘則是些一九九〇年代的熱門歌曲。

「我很遺憾妳失去了他。」我說，「如果可以的話，我想請教妳幾個問題。」

「有必要嗎，警察先生？」她問。

「我們經常調查當下死亡情況不明確的案子。」我說。事實上我們，也就是指警方，並不會主動去調查案件，除非很明顯是他殺，或是內政部直接要求我們優先處理那些已成為新聞熱議焦點的案件。

「這樣還不夠明確嗎？」席夢問。「我知道可憐的賽勒斯有心臟病。」她在一張粉藍色沙發上坐下，用手勢示意我坐在同色的扶手椅上。「這不就是所謂的自然死亡？」她的雙眼泛起淚光，她用手背抹了抹眼睛。「很抱歉，警察先生。」她說。

我請她叫我彼得就好，其實在這個調查階段不應該這麼做——我彷彿聽見萊斯莉的怒罵聲一路從艾塞克斯海岸傳來。她還是沒有倒茶給我——我想我今天並不太走運。

席夢露出微笑。「謝謝你，彼得。你想問什麼就問吧。」

「賽勒斯玩音樂嗎？」我問。

「他吹中音薩克斯風。」

「爵士樂嗎？」

她又淺淺一笑。「難道還有其他種類的音樂？」

「調式爵士、咆勃爵士，還是主流爵士？」我刻意賣弄。

「西岸爵士。」她說。「某些時候他也不介意來一點硬式咆勃。」

「妳也玩嗎？」

「老天，沒有。」她說。「我不能將我缺乏天賦的可怕音樂才能強加在觀眾身上。人要知道自己的限度。不過我是個熱衷的聽眾——賽勒斯很喜歡我這一點。」

「那天晚上妳也去聽了嗎？」

「當然，」她說，「就坐在第一排，雖然在人生滋味酒吧這樣的小場地並不困難。他們演奏了〈午夜陽光〉。當賽勒斯結束獨奏，才剛坐在音箱上——我確實認為他有一點興奮——然後他就倒在地上，大家才察覺出事了。」

她說到這裡停下，不再看著我，雙手緊握成拳。我等了一會兒並詢問一些平淡的例行性問題後，再讓她回到主題上——她知道他倒下的時間嗎？是誰打電話叫救護車的？她一直陪在他身邊嗎？我在筆記本上草草記下她的回答。

「我也想跟著上救護車，我真的想，但在我發現車子抵達前，他們就將他載走了。吉米載我去醫院，可是當我到的時候已經太遲了。」

「吉米？」我問。

「鼓手吉米，人非常好。我想他是蘇格蘭人。」

「妳可以告訴我他的全名嗎？」我問。

「應該沒辦法。」席夢說。「很糟糕吧？我就是一直把他當成鼓手吉米而已。」

我問她還有哪些團員，她只記得他們是貝斯手麥克斯，以及鋼琴手丹尼。

「你一定覺得我很糟糕。」她說。「我很確定自己一定知道他們的名字，不過就是想不起來。也許是因為賽勒斯就這樣死了，或是我驚嚇過度了。」

我問她賽勒斯近來是否還有其他疾病或健康問題，席夢說沒有。她也不知道他的家庭醫生叫什麼名字，雖然她向我保證，如果這件事很重要的話，她會去找出他的資料。我寫下註記，提醒自己要請瓦立醫生幫我查查。

我覺得我已經問了夠多問題，足以掩飾我來拜訪的真正理由，接著，我盡可能無傷大雅地詢問是否可以快速查看一下屋子裡的各個地方。通常，僅僅只是警察登門拜訪，就會讓大多數奉公守法的市民產生隱約的罪惡感，因此他們不會願意讓你重重邁著大步在他們家中到處晃，所以當席夢只是抬手朝走廊一比、要我自便時，讓我有些驚訝。

樓上和我預設的差不多——前面是主臥室，後方是第二間目前有在使用的臥房，從乾淨的地板和沿牆壁擺放的譜架來判斷，這裡是練習室。他們犧牲了通常會有的小房間而將浴室加大，裡頭能容納浴缸、淋浴設備、坐浴盆以及馬桶，浴室內全都鋪上有鳶尾花圖案浮雕的淡藍色瓷磚。浴室置物櫃的使用比例是標準的男性四分之一、女性四分之三。他喜歡用拋棄式的雙刀頭刮鬍刀和鬍後凝膠，她經常除毛，在超級藥妝店買日用品。沒有任何跡象顯示他們對神祕的魔法之道有所涉獵。

主臥室裡，兩個大小適中的衣櫥敞開門，一堆摺到一半的衣服從衣櫥散落到床上兩個打開的行李箱。悲痛就彷彿癌症，以不同的程度打擊人們，即便如此，我還是認為現在就收拾她摯愛賽勒斯的衣物稍嫌太早。接著我看到一條任何自重的爵士樂人都不會穿的低腰緊身喇叭牛仔褲，於是我明白了席夢是在打包她自己的東西，但我同樣覺得很可疑。我注意聆聽聲響，確定她沒有上樓，然後翻看了一下內衣抽屜，除了隱約覺得自己有違職業道德之外，並沒有別的收穫。

至少，練習室有個性多了；牆上掛著樂手邁爾斯．戴維斯和亞特．派伯的裱框海報，譜架上塞滿散頁的樂譜。我之所以將練習室留在最後查看，是因為我想要先感應納丁格爾所說房子的**環境殘遺**，我將它稱為**背景感應殘遺**，然後再進入這個純粹屬於賽勒斯．威爾金森的私人聖域。我的確感應到一閃而逝的〈身體與靈魂〉，還有混雜在席夢忍冬香水味中再度出現的水泥灰味及木頭味，但卻十分柔和、難以捉摸。與屋裡其他地方不同，練習室的書架上除了到國外度假時所拍的照片和貴得可笑的紀念品外，還擺了其他東西。我認為所有想成為術士的人，如果不是透過官方管道學習，就必須在一大堆神祕學的垃圾資料裡奮鬥，直到他們碰巧發現正統的魔法——要是這種情況可能發生的話。因此，書架上應該要有一些那類的書籍，不過賽勒斯的書架上完全沒有類似的作品，就連英國神祕學者阿萊斯特．克勞利的《謊言之書》也沒有，如果沒有其他用途的話，這本書總能搏君一笑。事實上，他的書架和我父親的很像：大多是爵士樂手的傳記——亞特・派伯的《率性而活》、查理・帕克的《大鳥人生》——還有幾本犯罪小說家迪克・法蘭西斯的早期作品，增添了一點多元性。

「你有什麼發現嗎？」席夢站在門口。

「還沒有。」我說。我太專注在練習室了，沒有聽見她上樓的聲響。萊斯莉說，沒注意到荷蘭民俗舞蹈樂隊從背後接近的這種能力，並非是在這個複雜又步調快速的現代警務環境裡生存的特質。我想要說明的一點是，我當時正在為一位輕度失聰的遊客指引方向，而且那其實是瑞典舞蹈劇團。

「我並不想催促你，」席夢說，「只是在你來之前，我已經叫了輛計程車，你知道那些司機有多討厭等待。」

「妳要去哪裡？」我問。

「去住我姊姊們家，」她說，「直到我能接受這一切。」

我問了她要去的地址，並在她告訴我之後記下。令人驚訝的是，竟位在蘇活區的柏威克街。「我知道。」她看見我的表情後說：「她們比較不受世俗規範。」

「賽勒斯還有其他財產嗎，保險箱、一塊農地之類的？」

「就我所知沒有。」她說，然後輕笑出聲。「賽勒斯在農地翻土——這個想法太異想天開了。」

我感謝她所撥出的時間，然後她送我到門口。

「彼得，謝謝你做的一切。」她說。「你真是個好人。」

側邊窗戶上的倒影，已足以讓我看見那輛本田喜美還停在房子對面，那名女駕駛正盯著我們看。當我從門口轉身，她立刻別過臉，假裝在看前面那輛車的車尾貼紙。她又冒險轉頭看了一眼，便發現我從對街朝她走近。我看到她既驚慌又尷尬，無法決定是該發動引擎還是開門下車。我敲敲她的車窗，她畏縮了起來。我向她出示我的警察證件，她一臉迷惘地瞧著。這種反應我們經常碰到，主要是因為大部分的人從來沒有近距離看過警察證件，根本不曉得這是什麼玩意兒。最後，她弄懂了情況，將車窗降下。

「小姐，可以麻煩妳下車嗎？」我問。

她點點頭後下了車。她十分嬌小纖細，打扮得宜，身上的綠松石色套裝雖非訂製品但很有質感。房屋仲介，我想，或者是某些會接觸到客戶的工作，像是公關或高檔零售商。在面對警察的時候，大多數人會把身體靠著他們的車，以尋求精神上的支持，但是她沒有，雖然她還是撫弄著左手的戒指、將頭髮塞到耳後。

「我只是待在車子裡等而已，」她說，「這樣不行嗎？」

我請她出示駕照，她順從地遞給我。如果你隨意問任何一個市民的姓名和地址，他們不僅會時常說謊，在你說出他們的違法行為之前，他們甚至不必告訴你。**而且**你還得填寫資料，證明你不是刻意找金髮房仲的麻煩。然而，如果你讓他們以為是臨檢，他們就會樂於交出駕照，上頭載明了他們的姓名、任何會令人害羞尷尬的中間名、住址和出生年月日——我全都記下來了。她的名字是瑪蓮達．阿博特，出生於一九八〇年，住址是我剛剛才離開的地方。

「這是妳目前的住址嗎？」我問，將她的駕照還給她。

「算是吧。」她說。「以前是，我現在正等著把這地方拿回來。你為什麼要問這個？」

「這跟一起案件調查有關。妳是否認識名叫賽勒斯．威爾金森的男子？」我說。

「他是我的未婚夫。」她說，一臉嚴肅看著我。「賽勒斯發生了什麼事嗎？」

針對如何向至親告知壞消息，我們有一套英國警察總長聯會認可的守則可循，但是並不包括在大街上說溜嘴。我問她是否願意和我一起坐進車裡，她一點也不買帳。

「你最好現在就告訴我。」她說。

「恐怕是壞消息。」我說。

任何人只要看過影集《警察故事》或《急診室的故事》，就會知道這是什麼意思，瑪蓮達震驚地往後退，一時無語。她幾乎要崩潰了，但我看見她假裝穩住了自己。

「什麼時候？」她問。

「前天晚上，」我說，「心臟病發作。」

她呆滯地看著我。「心臟病？」

「我想是的。」

她點點頭。「你來這裡做什麼？」她說。

有輛小型計程車停在屋外按喇叭，讓我免於說謊的窘境。瑪蓮達轉頭望向前門，看見席夢正提著兩個行李箱走出來。司機展現出不尋常的騎士精神，敏捷地跑上前接過她的行李箱放進後車廂，她則轉身鎖門——我注意到門上有耶魯鎖也有丘伯鎖。

「妳這個婊子。」瑪蓮達大喊。

席夢無視她，走向計程車，瑪蓮達的反應和我預期的一模一樣。「對，就是妳。」她繼續喊著。「他**死了**，妳這個婊子！妳甚至他媽的不告訴我。那可是**我**家，妳這個肥婆。」

這時席夢抬起頭，起初我以為她不會理會瑪蓮達，但她只是自顧自地點了個頭，心不在焉地把房子鑰匙朝我們的方向扔過來。鑰匙掉在瑪蓮達的腳邊。

我看到鑰匙飛過來的時候，就知道它會落在哪裡，所以在瑪蓮達打算衝到對街去痛打席夢之前，我已經抓住她的上臂。維護社會安寧——這是最重要的。像瑪蓮達這樣骨感嬌小的女子，還不及我一半強壯，我卻得用雙手才抓得住她。她越過我的肩膀尖聲叫罵，讓我耳鳴。

「妳想要我逮捕妳嗎？」我問。這是個古老的警察伎倆。如果你只是提出警告，人們常常會置之不理，但要是你問他們問題，他們就必須停下來思考。一旦他們開始思考後果，幾乎總會冷靜下來——除非他們喝醉了，當然，或是吸了毒，或是年紀介於十四至二十一歲之間，或者他們是格拉斯哥人。

幸好這個問題對瑪蓮達產生了應有的效果，她停止叫喊，時間長得足以讓那輛小型計程車駛離這裡。等我確定她不會因為受我阻礙而攻擊我——這是警察的一種職業風險

——我彎腰撿起鑰匙後，將它放在她的手裡。

「妳有沒有誰能聯絡？」我問。「可以過來陪妳一會兒的人？」

她搖搖頭。「我想在車裡待一會兒。」她說，「謝謝你。」

別謝我，小姐。我沒把話說出口。我只是在……誰知道我在做什麼？我不認為自己今晚可以從她嘴裡獲得任何有用的情報，繼續問也無濟於事，於是我便離開了。

有時候，在辛苦工作一整天之後，沒有比烤肉串更能使人滿足的了。我在經過沃克斯豪爾的路上隨意找了家庫德族人的店，把車停在艾伯特堤岸後下車用餐——不能在捷豹裡吃烤肉串，這是規矩。艾伯特堤岸的一側受到一九六〇年代的現代主義爆發影響，我一直背對堤岸無趣的水泥外觀，看著太陽在米爾班克塔和西敏宮的頂端燃燒。傍晚的氣溫仍溫暖得不需要穿外套，這座城市還緊抓著夏天不放，就像明星足球中場的妻子或女朋友一樣。

就官方系統上來說，我隸屬於ＥＳＣ９，即經濟與特殊犯罪部第九小組，亦稱為浮麗樓，是那些正派單位、受過良好教養的警察不會在正式場合談起的那個小組。倫敦警察廳每四年就會調整編制，所有名稱都會更換，因此根本不需要記得ＥＳＣ９。這也是為什麼重案及組織犯罪組底下的商業搶劫小組自從一九二〇年創立以來，一直被稱為迅雷小組；如果你想要建立一種倫敦口音[3]傢伙的形象，也可以稱之為史威寧小組。史威寧陶德是稱呼迅雷小組的倫敦腔押韻俚語，要是你想知道原因的話。

與迅雷小組不同，浮麗樓很容易被忽略，某部分原因是沒有人想談論我們的工作。不過最主要還是我們並沒有檯面上的預算。沒有預算便意味著沒有官方審查，因此也不會有活動紀錄。再加上直到今年一月為止，浮麗樓總共只有一名人員：偵緝督察長湯瑪斯．納丁格爾。即使在我加入後，浮麗樓的成員增加一倍，也補上了十年來未曾建檔的文書資料，我們在整個倫敦警察廳的架構中依然是個鬼鬼祟祟的存在。所以，我們以一種神祕的姿態穿梭在其他警察之間，執行我們的任務。

我們的任務之一是調查未獲許可的巫師和其他魔法術士，但我不認為賽勒斯．威爾金森是個優秀的薩克斯風樂手之外還兼具術士身分。我也不認為他會以傳統的爵士樂綜合方程式：毒品和酒來殺害自己，不過這一點要等到檢驗結果出來後才能斷定。為什麼有人要在一名爵士樂手的表演活動中用魔法殺了他？我的意思是，雖然我受不了自由爵士樂和其他的無調性現代派，但我不會殺了演奏這些音樂的人——至少，如果我沒有和他們困在同個地方時不會這麼做。

在河的對岸，有艘遊艇在柴油引擎的咆哮聲中從米爾班碼頭開走。我綑起烤肉串的紙袋丟進垃圾桶，坐進捷豹發動車子，駛進暮色中。

此刻，我打算回浮麗樓的圖書室查找歷史資料。波利達利醫生通常有很多涉及飲酒和放蕩不羈的可怕故事，也許肇因於他和拜倫及雪萊夫妻在日內瓦湖度過的那段時間。如果有誰很了解早逝和非自然死亡這件事，非波利達利莫屬，他在喝下氰化物自殺之前，曾寫了一本相關著作：《倫敦非自然死亡調查：一七六八至一八一〇年》，這本書重達一公斤以上——我只希望閱讀時不會讓我也想自殺。

傍晚的時候我回到了浮麗樓，把捷豹停進馬車屋。當我一打開後門，托比就開始吠叫，飛蹬著四條腿跑過中庭的大理石地板，撞上我的小腿。茉莉從廚房的方向幽幽走來，宛如「世界恐怖歌德羅莉塔大賽」冠軍。我忽略托比的狂吠，問她納丁格爾是否還醒著。茉莉很輕微地歪了下頭表示「沒有」，然後露出詢問的表情。

茉莉是浮麗樓的管家、廚師和齧齒類動物終結者。她從不說話，有很多牙齒，喜愛生肉，但我試著讓自己不要因此對她抱有成見，或是讓她站在我與出口中間。

「累死了，我要直接上床睡覺。」我說。

茉莉看了托比一眼，然後看著我。

「我工作一整天了。」我說。

茉莉又歪了歪頭，意思是：**我不管，要是你不帶這個散發臭味的小東西出去散步，那麼你就負責替牠善後**。

托比停止吠叫好一會兒，滿臉期盼地望著我。

「牠的牽繩在哪裡？」我問。

---

3 倫敦工人階級中常見的口音，或特指倫敦東區及當地民眾使用的方言，並不被認為是標準英語。

2 人生滋味酒吧

一般大眾對於案件調查的速度往往抱持著一種扭曲的看法。他們喜歡想像百葉窗後的緊繃對談，以及沒刮鬍子的粗獷帥氣警探，他的全副心思都放在工作上，並與酒精和破裂的婚姻相伴。事實的真相是，當一天結束後，除非你找到了非常緊急的線索，不然就是下班回家，繼續做你人生中的重要事情——像是喝酒和睡覺；假使你很幸運，還能跟某個你「性趣」相投的人共同度日。通常直到隔天早上，我至少仍會繼續做上述的某些事之一，如果我不是英國最後一個該死的巫師學徒的話。這意味著我利用自己的空閒時間來學習理論、現在一般人不用的語言、閱讀《論形上學》這類的書籍；這本書是約翰．卡萊特的著作，他喜愛每一個多音節的字。

當然，還有學習魔法——這是做這一切事情的價值所在。

這是一個咒語：**現光擲離**。輕聲地說，大聲地說，在雷雨交加中秉持信念以誇張的動作說——什麼也不會發生。這是因為這些字只是你腦海中形成的**形式**標籤；**現光**是製造光，**定離**則是將之固定在某處。如果你正確施行這個咒語，就會在固定的地方產生一個光源。要是失敗了，就會在實驗室的桌子燒出一個洞。

「你知道，」納丁格爾說，「我不認為我曾看過這種事發生。」

我拿著滅火器往長椅上再噴一下，彎腰看看桌子下方的地板是否完好無損。是有個被燒到的痕跡，但很幸運沒有燒出洞來。

「它一直從我手上溜走。」我說。

納丁格爾自輪椅站起來看了一下。他小心翼翼地行走，護著自己的右側。如果他的肩膀上還綁著繃帶的話，它們就是隱藏在清爽的淡紫色襯衫下，這款式最後一次流行是在愛德華八世的退位風波時期。雖然茉莉一直忙著養胖他，但我覺得他看起來還是很蒼白瘦弱。他發現我正盯著他瞧。

「我希望你跟茉莉可以不要再用這種眼神看我。」他說。「我的復原情況很好。我之前也中槍過，所以我知道自己在說什麼。」

「我應該再試一次嗎？」

「不。」納丁格爾說。「問題顯然出在**定離**。我認為你練得不夠扎實。明天我們重新學一次這個**形式**，等到我確定你已經掌握得夠好了，我們再回來練習這個咒語。」

「噢，棒呆了。」我說。

「這是常有的事。」納丁格爾低聲安慰，「你必須建立正確的基礎，否則之後往上堆疊的一切都會歪斜，更別說不穩固了。魔法沒有捷徑，彼得，如果有的話，人人都是巫師了。」

我想，也許電視節目《英國達人秀》就是這樣，不過你不會和納丁格爾說這些東西，他在這方面完全沒有幽默感，而且他看電視只看橄欖球賽。

我裝出一副專心的好學徒樣子，但納丁格爾可不會上當。

「你說說那個死掉的音樂家吧。」他說。

我向他詳述來龍去脈，並強調我和瓦立醫生在屍體上感覺到的強烈**感應殘跡**。

「他感覺到的強度跟你一樣嗎？」納丁格爾問。

我聳聳肩。「那是**感應殘跡**，老大。」我說。「強烈到我們兩個都聽見了旋律。這點很可疑。」

「是很可疑。」他說，皺著眉坐回輪椅上。「但這是一起犯罪行為嗎？」

「法令只說你必須在社會秩序良好的情況下，預謀非法殺害他人，完全沒有提到你該如何進行。」我在下樓吃早餐之前，先查了《布萊克史東的警察偵緝手冊》。

「我會有興趣看皇家檢控署在陪審團面前爭論這一點。」他說。「首先，你必須證明他是死於魔法，然後找出有能力做到、而且可以將之偽裝成自然死亡的人。」

「你做得到嗎？」我問。

納丁格爾想了想。「我想可以。」他說。「我得先在圖書室研究一陣子。那一定是個很強大的咒語，而你聽見的音樂很可能是術士的**標記**——一種不自覺留下的識別特徵。」就像以前的電報員可以從敲鍵的方式來識別對方，因此每個術士施放咒語時也都有自己獨特的風格。

「我也有識別特徵嗎？」我問。

「有。」納丁格爾說。「在你練習的時候，周遭的物件很容易起火。」

「我說真的，老大。」

「**標記**對你來說還太早了，但是其他術士肯定會知道你是我的學徒。」納丁格爾說。「當然，前提是那個人看過我施行的咒語。」

「這裡還有其他術士嗎？」我問。

納丁格爾在輪椅上換了個姿勢。「有一些戰前的成員倖存下來。」他說。「不過除了他們以外，你和我是僅存受過正統訓練的巫師。或者，你將會是受過正統訓練的巫師，只要你專注在訓練上的時間夠長。」

「有可能是倖存者之一嗎？」

「如果爵士樂是**標記**的一部分就不可能。」

那麼大概也不會是他們的學徒之一——如果他們有學徒的話。

「如果不是你們的成員之一……」

「**我們的**成員。」納丁格爾說。「要記得，你立過誓了。你因此成為我們的一分子了。」

「如果不是我們的成員之一，還有誰做得到？」

納丁格爾露出微笑。「你的河畔朋友們握有這種力量。」他說。

我停下來思考。泰晤士河有兩位河神，他們各自擁有自己暴躁易怒的孩子們，每個孩子代表一條支流。他們當然握有這種力量——我曾親眼見識過貝弗莉·布魯克水淹柯芬園，順帶解救了我和一個誤闖的德國遊客家庭。

「但是泰晤士之父不會在泰丁頓水閘的下游發揮力量，」納丁格爾說，「泰晤士之母不會冒險破壞與我們的協議。如果泰本想要你死，她會走法律途徑。芙立則會在媒體上羞辱你至死。至於布蘭特，她還太年輕了。最後，撇開蘇活區位於河的另一岸不談，如果艾法想要用音樂殺你，也不會是爵士樂。」

尤其不會在她其實是英式嘻哈守護神的情況下，我想。「還有其他人嗎？其他東西？」我問。

「有可能。」納丁格爾說。「不過，我會先專心去了解這件事是**怎麼**做到的，再來煩惱是**誰**做的。」

「有任何建議嗎？」

「你可以先去看一看犯罪現場。」納丁格爾說。

大多數的統治階層都希望管轄的城市能整潔、井然有序，且擁有良好的防火機制，只是倫敦從來不曾好好響應過這些宏偉的建設計畫，即使是在一六六六年被夷為平地之後也沒有。請注意，人們並未因此放棄努力，為了讓東西向、南北向的溝通更加順暢，都市建設委員會在一八八〇年代鋪設了查令十字路和沙夫茨伯里大道。他們在建設過程中剷除了惡名昭彰的新港市場貧民窟，減少了令人覺得不雅觀的貧民數量；當你漫步在城市裡，我想這可能是很偶然才會見到的景觀了。查令十字路與沙夫茨伯里大道相交形成劍橋商圈，現今的西邊矗立皇宮劇院，一派維多利亞晚期的繁複壯麗。緊鄰在旁且建築風格一致的是以前的喬治與龍酒吧，現在則重新命名為人生滋味酒吧。按照這家酒吧的文宣資料來看，這裡是倫敦的爵士樂重心。

當年我父親還在表演的時候，人生滋味酒吧不是爵士樂的演出場地。據他所說，這裡完全是穿著高領毛衣、留著山羊鬍子的傢伙們讀詩和聽民謠的地方。一九六〇年代，巴布·迪倫[1]在這裡表演過幾次，米克·傑格[2]也是。不過這些對我父親而言一點意義也沒有，他總說搖滾樂是給那些需要幫助才能跟上節奏的人聽的。

直到這次午餐時間，我還不曾如此深入過人生滋味酒吧。在我當警察以前，這裡不是我會去喝酒的那種酒吧；在我當了警察之後，這裡也不是我會逮捕嫌犯的那種酒吧。

我算好時間，刻意避開午餐尖峰時段，也就是說，在劍橋商圈打轉的人大部分是遊客。酒吧裡很涼爽、幽暗且空蕩，令人感到舒服，只是有一絲清潔劑的味道，與長年翻倒的啤酒相抗衡。我想要感受一下這個地方，我認為最自然的方式就是站在吧檯前喝杯啤酒，不過因為我還在勤務中，只點了小杯的。人生滋味酒吧與倫敦很多的酒吧不同，堅持黃銅和木頭的裝潢而沒有流於庸俗的裝飾設計。我站著喝我的酒，就在輕啜第一口的時候閃現了馬汗和鐵鎚敲擊鐵砧的聲音、叫喊聲和笑聲、女人遙遠的尖叫聲以及煙味——很標準的倫敦市中心酒吧。

巴努·穆薩三兄弟[3]既聰穎又大膽，如果他們不是穆斯林的話，很可能會成為科技怪才的守護神。他們因撰寫一本九世紀時在巴格達熱賣的暢銷書而聞名，書中介紹了各種精巧的器械，他們發揮巧思將其取名為*Kitab al-Hiyal*，或稱為《精巧器械之書》。他們在書裡描述了很可能是第一個測量不同壓力的器械，這也正是問題的開始。一五九三年，伽利略．伽利萊從天文學抽身，發表了他的異端學說，發明了驗溫器。一八三三年，卡爾．弗里德里希．高斯發明了測量磁場強度的工具。一九〇八年，漢斯．蓋格製作出探測電離輻射的器具。就在這個非常時期，天文學家們藉由測量遙遠恆星的軌道偏移擺動程度來偵測繞行的行星，而歐洲核子研究組織的聰明人士們則讓粒子彼此撞擊，希望能召喚出超時空博士[4]叫他們住手。我們如何測量這個物質宇宙的故事，**正是**科學本身的歷史。

那麼，我和納丁格爾要用什麼來測量**感應殘跡**呢？啥也沒有，而且我們連要測量什麼也不曉得。難怪艾薩克．牛頓的後繼者們要把魔法安全地藏在假髮裡。我曾開玩笑地制定出我自己的**感應殘跡**量表，藉由托比與任何殘留的魔法打交道時發出的噪音來判斷，單位是吠，一吠即代表就算我沒有特意尋找，該處的**感應殘跡**量也多得顯而易見。

1 Bob Dylan，美國創作歌手、藝術家與作家，唱片總銷量超過一億，得過葛萊美、奧斯卡等大獎，是美國二十世紀最具影響力的民謠歌手之一。二〇一六年獲頒諾貝爾文學獎。

2 Mick Jagger，英國搖滾樂手，滾石樂團創始團員，搖滾樂史上最具影響力的主唱之一。

3 西元九世紀初期的天文學家暨幾何學家。

4 Doctor Who，由英國廣播公司所製作的電視劇，首播期間為一九六三年到一九八九年，之後於二〇〇五年推出新版，是世界上最長壽的科幻電視影集，至今已有十二位演員飾演過主角。主角稱為「博士」，具有穿梭時空的能力，故事講述他與夥伴們一起在宇宙中經歷的各種冒險。

呎是國際單位制，倫敦市中心酒吧的標準背景環境量為零點二呎或兩百毫呎。心滿意足地定好測量標準後，我喝完手上的小杯啤酒，走下樓到他們表演爵士樂的地下室。

吱嘎老朽的階梯往下通往後臺酒吧，這是個大致呈八角形的房間，天花板很低，中間還有一些結實的奶油色柱子，顯然是做為支撐之用，他們絕對不會刻意建來擋住觀眾的視線。我站在門口試著感受此處的魔法環境殘遺，才發現自己的童年回憶會干擾我的調查。

一九八六年，英國薩克斯風樂手科特尼．潘恩發行了首張專輯《內在衝動之旅》，一夕之間爵士樂重回流行，我父親也迎來了第三次、也是最後一次的名利雙收。我從沒去看過表演，不過在學校放假的時候，他總是會帶我到他表演的俱樂部和錄音室。有些東西會在你有意識地記憶之前，早已徘徊不去——老啤酒、香菸、樂手暖身時吹奏的小號樂音。這個地下室有兩百千呎的**感應殘跡**，而我無法將之與自身的記憶分離。

我應該帶托比來。牠會發揮更多用處。我走上舞臺，希望距離近一點能有助判斷。我父親總是說，小號手喜歡用自己的武器瞄準觀眾，但薩克斯風手喜歡以側面示人，而且有自己偏好的一邊。我父親的信條是，除非你對自己演奏時的側臉很有自信，否則別選擇簧樂器。我站在舞臺上，擺出一些經典的薩克斯風手姿勢，當我這麼做的時候，我開始感覺到有些什麼在舞臺右前方，輕微的刺痛以及遠方傳來的〈身體與靈魂〉樂音，深具穿透力且苦樂參半。

「找到了。」我說。

既然我要找的就是這首歌的魔法迴響，我想該是時候從數百種演奏版本裡找出到底是誰的版本了。我現在需要一位沉迷此道的爵士樂專家，必須是著迷到忽視自己的健康、婚姻和孩子的人。

是去找我父親的時候了。

儘管我很愛捷豹，開著它值勤還是太過招搖，於是我開了輛破舊的、從倫敦警隊退役的銀色福特 Asbo，即使我盡了最大的努力，車子裡還是有股淡淡的外帶食物味和潮溼的狗味。我把車停在羅米尼街，在車窗上放置我的魔法警察護身符以嚇阻交通警察。我曾經開 Asbo 去找我的一個朋友，他幫我調整了車子的引擎，以達到我對車輛靈活度的要求，這在我往北開向肯提斯鎮，閃避圖騰漢庭路上的雙節公車時非常有用。

每個倫敦人都有自己的地盤——在這座城市裡能讓你感到自在的地方。這包括你住的區域、或是大學的所在地，你工作的地方、或者你的運動俱樂部，在倫敦西區你固定去喝酒的地方。如果你是名警察，還包括你所屬警局的巡邏轄區。如果你是土生土長的倫敦人（與你聽說的相反，我們是主要族群而非少數人），那麼你最強勢的地盤就是你成長的地方。你曾走過這些街道去學校，在這裡第一次唱歌或喝酒，或是第一次吐出雞肉咖哩，重回這裡會讓人有一種特殊的安心感。

我在肯提斯鎮長大，假使這個地方有更多植栽、更位處郊外，就會被視為綠意盎然的近郊住宅區。還有，要是國民住宅少一點的話。其中一處是佩克沃特國宅，我的老家，設計師在建造之初開始接受無產階級應該會喜歡室內管線與偶爾泡個澡的概念，卻還來不及領悟這些無產階級也許想生一個以上的孩子。或許他們認為三間臥房只會鼓勵工人多生點孩子。

這處國宅的優點之一，是有個已經整修成停車場的庭院。我在一輛豐田 Aygo 和一輛破舊的中古賓士之間找到了空位，這輛賓士有著極度不搭的側板。我停好車後下車，並按下鑰匙鎖走開，因為這附近的人都認識我，所以我並不擔心他們會找我的車下手。這就是你的家鄉。雖然，老實說，我懷疑這些地痞流氓怕我母親比怕我還多——我頂多只能逮捕他們而已。

奇怪的是，當我打開父母親家的大門時，我竟然聽到了音樂：〈你今晚的模樣〉，電子琴獨奏，自主臥房傳來。我母親躺在客廳的沙發上。她雙眼閉著，身上還穿著工作服——牛仔褲、灰色運動服和變形蟲圖案的頭巾。我很震驚地發現音響並沒有發出聲音，連電視都沒開。我父母親家的電視是從來不關的——就連喪禮時也一樣。特別是現在並沒有喪禮。

「媽？」

她沒有睜開眼睛，只是將手指伸到嘴脣前比了比，又指向臥室。

「是爸嗎？」我問。

我母親的雙脣緩緩彎成我只在老照片裡看過的喜悅微笑。我父親第三次、也是最後一次的翻紅，結束於一九九〇年代早期，那時他在一場ＢＢＣ二臺的現場表演開始前，吹掉了自己的牙齒，從那之後長達一年半時間，我不曾聽過母親對父親說超過兩個字的話。我覺得她太跟自己過不去了。唯一一次我見過她更加消沉低落，是由於黛安娜王妃的喪禮，但我想她有點享受那種情緒，是一種發洩的方式。

音樂聲仍持續著，徹底投入的、真心真意的。我記得母親因為重看了音樂紀錄片《樂士浮生錄》而受到啟發，買了架電子琴給我父親，但我不記得曾經聽他彈過。

一曲終了時，我走進窄長的廚房替我們都泡了杯茶。我聽見母親在沙發上挪動身體並嘆了口氣。我其實沒有那麼喜歡爵士樂，不過我在孩提時代經常充當父親的黑膠唱片小僮，當他身體不適的時候，從收藏裡拿出他要的唱片放到唱盤上，所以我只要一聽就能分辨爵士樂的好壞。父親此刻演奏的是好曲子，〈純藍調〉，沒有太多自作聰明的花招，只是將曲子的憂愁之美表現出來。我回到客廳，把給母親的茶放在合成胡桃木的咖啡桌上，然後坐下來看著她聆聽父親持續演奏的琴音。

但美好的樂音並非永不停止，或甚至飄揚得足夠長遠。如何能做到呢？我們聽見父親彈錯了旋律，琴聲倏然停止。母親嘆口氣後站起身。

「你來做什麼？」她問。

「我來看看爸。」我說。

「好。」她喝了口茶。「這杯茶涼了。」她說，把杯子推向我。「再幫我泡一杯。」

當我在廚房時，我父親走了出來。我聽見他和母親打招呼，接著是一陣奇怪的吸吮聲，才吃驚地發現那是接吻的聲音。我差點打翻茶。

「好了，」我聽見母親低語，「彼得來了。」

我父親探頭進廚房，「這樣不行，」他說，「我也可以來一杯嗎？」

我把已經拿出來的另一個杯子給他看。

「好極了。」他說。

我替他們倆都倒好茶後，父親問我來做什麼。他們的確有理由提高一些警戒，因為上一次我突然回家，是我剛燒掉了柯芬園市集——差不多是那樣。

「我有點事情想請你幫忙，跟爵士樂有關的。」我說。

我父親露出滿意的笑容。「來我的研究室吧。」他說。「爵士樂博士在裡面。」

如果客廳是屬於我母親及她的家人，那麼主臥室就是屬於我父親和他的唱片收藏。據說家裡的牆壁曾被漆成柔和的淡褐色，不過現在每一分牆面都被父親的松木板置物架給占據了。每個架子都擺滿黑膠唱片，全部小心地豎直排列整齊以避免日照。自從我搬出去住之後，我母親那宛如衍生出的連鎖百貨公司衣櫥就遷移到我以前的房間，以及她大量的鞋子收藏。這樣一來，還有足夠的空間可以放得下一張大床、一架完整的電子琴，以及我父親的音響。

我告訴他我想找的東西，於是他開始翻找他的唱片。如我所想的，我們從薩克斯風手科爾曼．霍金斯在一九三八年由藍鳥唱片公司發行的知名版本開始。這當然是浪費時間，因為霍金斯很少依循原本的曲調演奏。但我讓父親樂在其中了一會兒，然後才指出這一點。

「爸，我聽到的那個版本是很老派的。旋律很正常，該有的都有。」

我父親咕噥了聲，伸手在一個裝滿七十八轉唱片的紙箱裡撈出了褐色素面的唱片套，其中的三個邊角都用膠帶黏起來，這是本尼．顧曼三重奏的作品，ＲＣＡ公司發行。他有一具傑拉德的七十八轉唱盤，不過得先換一下唱針——我費力拆下高度風唱頭，然後尋找史坦頓唱頭。它依然擺在我記憶中的位置，就在音響後方架子上的明顯處，背部朝上擺放以保護唱針。在我與小小的螺絲起子奮鬥並裝上唱針時，父親小心翼翼地抽出唱片，帶著開心的笑容檢查它。他把唱片遞給我。它有著出乎意料的七十八轉唱片重量，比密紋唱片要重得多——從小只聽ＣＤ的人可能沒有力氣拿起它。我用雙手手掌夾住這張沉重的黑膠唱片，謹慎地將它放上唱盤。

唱針一碰觸到聲槽就發出了嘶嘶聲和爆裂聲，接著我聽見了本尼．顧曼吹奏的單簧管前奏，然後是泰迪．威爾森的鋼琴獨奏，再加入本尼的單簧管，所幸庫魯帕的鼓很低調。這個版本聽起來很接近迴盪在可憐的威爾金森屍體上的樂音。

「比這個更晚期。」我說。

「這不難，」我父親說，「這首曲子才發表五年就錄製了這個版本。」

我們又翻找了一些七十八轉唱片，包括一九四〇年比莉．哈樂黛的版本，我們將它放在一旁，因為暱稱為黛小姐的比莉．哈樂黛是少數我和父親真正的共通點之一。歌曲很美、很悲傷，這幫助我了解到我現在缺少的是什麼。

「要再更輕快一點，」我說，「爵士樂團的人數要再多一點，更多搖擺節奏。」

「搖擺節奏？」我父親問。「我們現在說的可是〈身體與靈魂〉，這首歌從來不是以搖擺節奏著名。」

「拜託，爸，一定有誰演奏過比較搖擺的版本吧，假使是為了白人聽眾。」我說。

「少說這種話，你這厚臉皮的混蛋。」我父親說。「不過，我想我知道還能找找哪些作品。」他從外套口袋拿出一個塑膠與玻璃製成的長方形物體。

「你有 iPhone。」我說。

「其實是 iPod Touch，」他說，「音質還不差。」這句話居然會從一個堅持使用五十五年闊德音箱的人的口中說出，只因它有氣閥而不是電晶體。他把耳機遞給我，手指在觸控螢幕上熟練地操作，彷彿他已經使用觸控螢幕一輩子了。「聽這首。」他說。

雖然樂曲經過數位重製，依舊保留了一些唱盤特有的嘶嘶聲與爆裂聲，能讓純粹主義者感到高興：〈身體與靈魂〉，清楚的旋律與恰到好處的搖擺節奏，足以讓人隨之起舞。如果這個不是我在屍體上聽到的版本，也絕對是同一個樂團演奏的作品。

「這是誰的版本？」我問。

「肯恩．強森，」我父親說，「人稱老蛇臀。這是《閃電行動寶貝與樂團》專輯裡的，有幾首不錯的七十八轉重製。唱片封套上的文字說明小號手是『吉弗』哈金森，不過顯然應該是戴夫．威爾金斯，因為指法完全不一樣。」

「這是什麼時候錄製的？」

「原始的七十八轉唱片，是一九三九年在西漢普斯特的迪卡唱片公司錄製的。」父親說。他熱切地注視著我。「這跟案子有關嗎？你上次來的時候沒有一直講些奇怪的東西。」

我不打算接話。「電子琴是怎麼回事？」

「我要重振我的事業，」他說，「我打算成為下一個奧斯卡．皮特森。」

「真的？」聽起來實在是自信得令人意外——即使說這話的人是我父親。

「真的。」他說，還在床上改變了姿勢好能碰觸到鍵盤。他彈了幾小節〈身體與靈魂〉，在即興演奏前先彈出原本的旋律，然後開始延伸出我無法跟上或是無法預測的調子。對於我的反應，他看起來很失望——他一直期望有一天我能漸漸愛上爵士樂。話說回來，我父親都有 iPod 了，誰知道之後會發生什麼事。

「肯恩．強森後來怎麼了？」

「他在倫敦大轟炸的時候死了，」我父親說，「跟埃爾．波利還有蘿娜．賽維吉一樣。泰德．希斯告訴我，有時候他們認為戈林是故意瞄準爵士樂人的。說他覺得在戰爭期間，在北非巡迴比在倫敦演出還安心。」

我懷疑我要找的是不是納粹德國的帝國元帥赫爾曼．戈林這個復仇心重的鬼魂，不過為求謹慎，查一查也無妨。

母親將我們趕出臥室，她要換衣服。我又泡了些茶，我們一起坐在客廳。

「我知道我下一件要做的事，」父親說，「就是尋找演出機會。」

「彈電子琴？」

「音樂就是音樂，」他說，「樂器就只是樂器。」

爵士樂人活著就是要演奏。

我母親穿著黃色背心裙走出臥室，沒有綁頭巾。她將頭髮分成四等份，扭綁成粗辮子，我父親看了咧嘴而笑。在我還小的時候，我母親每隔六週就會規律地將頭髮鬆開散放。事實上，每個週末都會有人——阿姨、表姊妹，或是這條街上的某個女孩——坐在客廳裡替她將頭髮燙直。如果我不曾跟瑪姬．波特談戀愛——她的父親很可怕，她的母親在賣車險——她在十年級的舞會上綁了黑人辮；若非如此，我可能到了長大之後，還以為黑人女孩的頭髮天生就有氫氧化鉀的藥水味。現在對我而言，我跟我父親一樣——喜歡看到頭髮自然披散或是綁成辮子。不過，關於黑人女性頭髮的首要規則，就是不可以談論她們的頭髮，第二條規則是**絕對**不可以在取得書面許可前碰觸她們的頭髮；這包括做愛之後、結婚之後或死亡之後。當然，這些禮節並非是雙向的。

「你得剪頭髮了。」母親說。她所指的剪頭髮，當然是短到足以晒傷的程度。我向她保證我會去剪，接著她大步走進廚房煮晚餐。

「我是在戰時出生的，」父親說，「你奶奶在懷我之前就被疏散了，所以我的出生證明才會寫加地夫。你很幸運，戰爭結束前我們回到了斯特普尼。」否則我們可能就變成威爾斯人了——以我父親的角度來看，這比變成蘇格蘭人還慘。

他說成長在一九四〇年代晚期的倫敦，彷彿戰爭還在所有人的腦袋裡持續似的，那些轟炸過的遺跡、食物配給以及ＢＢＣ國內電臺自以為施恩者的聲音。「當然，不管那些炸藥的話，」父親說，「那時候民眾還在談論波利在傑敏街上被炸飛，或是格倫．米勒[5]的飛機在四四年時失蹤。你知道他是真正的美國空軍少校嗎？到現在為止，他都還在失蹤戰鬥人員名單上。」

不過在一九五〇年代，年輕又才華洋溢就意味著要活在改變的浪潮上。「我第一次聽到〈身體與靈魂〉是在佛朗明哥俱樂部，」父親說，「當時是由朗尼．史格所演奏的，就在他剛剛成為朗尼．史格的時候。」佛朗明哥俱樂部在一九五〇年代晚期，是來自萊肯希斯和其他美國基地的黑人空軍喜歡聚集的地方。

「他們想要我們的女人，」父親說，「而我們想要他們的唱片。他們永遠有最新的唱片。簡直是天作之合。」

母親端著晚餐走過來。我們家一直是兩鍋家庭，一鍋是母親的，另一鍋辣度大幅降低的則是給父親。他也喜歡白麵包抹乳瑪琳更甚於白飯，要不是他以前瘦得跟支耙子一樣，這樣吃只會造成心血管毛病。我是個兩鍋小孩，吃白飯也吃白麵包，因而造就了我輪廓鮮明的五官與強壯的體格。

母親那鍋是樹薯葉，父親的是砂鍋羊肉。那天晚上我選了羊肉，因為我向來不喜歡樹薯葉，特別是母親還放入大量棕櫚油。她加了許多辣椒，整鍋湯都變成紅色的，我敢保證，總有一天來吃晚餐的客人會有人因此自燃。我們坐在客廳的大玻璃咖啡桌旁吃晚

5 Glenn Miller，美國大樂團樂手，二戰期間隨美軍前往法國勞軍時，其所乘飛機因惡劣天候而失蹤。

餐，中央擺了一瓶高地礦泉水，桌上還有粉色的餐巾紙和用玻璃紙包起來的棒形麵包，都是母親從最近一次打掃的地方順手牽羊來的。我替父親抹了些乳瑪琳。

我們在吃飯的時候，我發現母親盯著我瞧。「怎麼了？」我問。

「你為什麼不能像你父親這樣演奏？」她問。

「因為我能像我母親這樣唱歌。」我說。「不過幸運的是，我煮飯像大廚傑米・奧利佛。」

她拍了我的腿一下。「你還沒大到我打不到你。」她說。

「對啊，但我比以前跑得快多囉。」我說。

其實我不記得上一次坐下來和父母親一起吃頓飯是何時的事了，至少不是還有一大堆親戚在場的時候。我甚至也不太確定，在我小時候一家人是否經常共進三餐。印象中總是會有個阿姨、有個叔叔或是會偷你樂高積木的邪惡表妹——我可不是記恨——在家裡一起吃。

當我提起這個話題時，母親說我剛講的那個偷樂高積木的表妹，已經開始在塞薩克斯大學念工程學了。很好，我想，她可以偷別人的樂高了。我說自己現在幾乎算是正式的警察，在倫敦警察廳的某個祕密部門底下做事。

「你的工作內容是什麼？」她問。

「媽，這是祕密。」我說。「如果我告訴妳，我就得殺了妳。」

「他會使用魔法。」我父親說。

「你不應該對你媽隱瞞祕密。」她說。

「妳不相信魔法，對吧，媽？」

「你不可以開這種事的玩笑，」她說，「科學不能解答一切，你曉得的。」

「不過，卻有一切最棒的問題。」我說。

「你不是在搞這些巫師之類的東西吧，是嗎？」她突然嚴肅了起來，「我已經為你操夠多心了。」

「我發誓我不是跟惡靈一起做事，或是任何其他的超自然存在。」我說。不僅是因為我最想與之合作的超自然生物，目前正離鄉背井到泰晤士之父的管轄流域生活。我們之間還有著最悲劇的關係：我是個菜鳥警察，而她是倫敦南部郊區的一河之神——我們永遠不會有結果的。

吃完晚餐後，我自願洗碗。在我用掉半瓶森寶利超市自有品牌的洗潔精來刷掉碗盤上的棕櫚油時，我聽見我的父母在隔壁房間聊天的聲音。電視依然是關著的，而且我母親從來沒辦法和任何人講超過三小時的電話——整件事開始變得有點像科幻電視劇《危機邊緣》了。洗完碗，我走出廚房，看見他們緊靠著彼此坐在沙發上，牽著手。我問他們還要不要來點茶，但他們說不用，一起對我露出同樣詭異卻又有些疏離的微笑。我驚訝地領悟到他們巴不得我快點離開，這樣他們才能上床睡覺。我連忙抓起外套，向母親吻別，然後幾乎是用跑的離開房子。有些事情是年輕人不會想去思考的。

我在電梯裡時接到瓦立醫生的電話。

「你看過我寄的電郵了嗎？」他問。

我告訴他我方才在我母親家。

「我比對過大倫敦地區爵士音樂家的死亡數據。」他說。「只要你有時間，一定會想看這些資料的——你看完之後明天打給我。」

「有什麼是我現在應該知道的嗎？」

電梯門開了，我踏上大廳的瓷磚地板。傍晚的氣溫很溫暖，有些小孩還在大門口附近閒晃，其中一個以不屑的表情看我，我立刻回敬一眼，他就移開了視線。就像我說的，這是我的地盤。而且，我以前也跟他一樣。

「根據我手上的數據，我認為去年在大倫敦地區，有兩到三名爵士音樂家於演出後的二十四小時內死亡。」

「這在統計數字上是很明顯的嗎？」

「全都寫在電郵裡了。」瓦立醫生說。

來到 Asbo 旁時，我們結束了通話。

得去科技基地了，我心想。

根據納丁格爾所言，浮麗樓是由一連串相互連結的魔法防禦所保護。最近一次更新是在一九四〇年，讓郵政電信局可以在主建築安裝當時最先進的同軸電纜，並裝設現代的接線總機。我在入口大廳旁的一處凹室找到覆蓋在防塵罩下的總機，由美麗的玻璃、桃花心木櫥櫃，以及因茉莉的磨光強迫症而閃閃發亮的黃銅飾件所構成。

納丁格爾說這些防禦至關重要，雖然他不說理由，而且他自己也無法更新這些魔法防禦。想在主建築安裝寬頻纜線是絕對不可能的事，有一陣子我也只能困在無網路的黑暗期而無可奈何。

幸好浮麗樓是攝政時期風格的建築，當時流行在後方建造一間與主建築分離的馬廄，這樣一來，馬匹和身上有異味的僕人就可以住在主人的下風處。這意味著後方現在作為車庫的馬車屋，還有曾經提供僕人住宿的改建閣樓，後來就成了年輕黑人男子的派對場所——在浮麗樓還有年輕黑人男子的時候，或者至少一名以上的年輕黑人男子。這種魔法「防禦」——納丁格爾不喜歡我稱之為「力場」——會驚擾到馬匹，所以沒有延伸到馬車屋。這也就表示我可以安裝寬頻纜線了，至少浮麗樓有個角落可以首度進入二十一世紀。

馬車屋閣樓的一側有畫室天窗，室內有沙發凳、躺椅、電漿電視，以及居然花了我和茉莉三小時才組裝好的宜家家居餐桌。我利用浮麗樓在警察廳的位階，把此處當成一個行動小組，強迫情資理事會配給六組空波[6]和充電架，與一部**福爾摩斯二代**[7]專用的終端機。我還有一臺筆電和備用筆電，以及PlayStation——不過我還沒有機會把它從盒子裡拿出來。因為如此，前門掛了個大牌子，寫著「禁用魔法，遠離痛苦」。這裡就是我所謂的科技基地。

一打開電腦，收到的第一封信是萊斯莉寄來的，標題寫著「**無聊！**」，所以我把瓦立醫生的解剖報告寄給她，讓她有事可做。接著打開全國警察系統，在駕照及車輛牌照資料庫裡搜查瑪蓮達·阿博特的車牌號碼，發現所列資料與她的駕照相符。我也查了席夢·費茨威廉，不過她顯然從未考過駕照或是登記過車輛，在英國境內她也不曾犯過法、不曾是犯罪受害者或被告發過。也可能所有關於她的資料都遺失了、輸入資料庫時出錯，或者她最近才改了名字。資訊科技所能做到的僅止於此，這就是為什麼警察還是得到處敲門，然後在小小的黑色筆記本上做筆記。我還以搜尋引擎查詢了她們兩人。瑪蓮達·阿博特有臉書頁面，也有一些同名同姓的人，席夢·費茨威廉則沒有明顯的網路活動。

我以同樣的方式檢查了瓦立醫生的死亡爵士樂手名單，注意到清一色是男性。電視上總是上演熟練的交叉比對情節，當然這絕對是可能的，只是他們沒有忠實呈現那見鬼般的冗長比對過程。當我查到名單尾聲時，已經將近午夜了，而且我還是不確定自己在找些什麼。

我從冰箱拿了罐紅條啤酒，拉開拉環大口灌下。

第一點可確定的事實：過去五年來，每年都有兩到三位爵士音樂家在大倫敦地區的演出結束後二十四小時內死亡。在每一起死亡案例裡，驗屍官不是將之判斷為「意外」死亡，意即遭受相當程度的暴力傷害，否則就是判斷為「自然死亡」——大部分是心臟病，還有一些是因為動脈瘤。

瓦立醫生還補充了一份名單，是過去五年來所有死於十八到五十四歲之間的音樂家

——列表標準是那些將自己的職業註記為音樂家的人。第二點可確定的事實：雖然其他倫敦音樂人也以令人沮喪的頻率死於「自然原因」，但他們並不像爵士音樂家這樣有規律地發生在演出之後。

第三點可確定的事實是，賽勒斯・威爾金森並沒有將自己的職業註記為音樂家，而是會計師。除非你希望個人的信用評鑑比愛爾蘭的銀行還低，否則你不會稱自己為自由業者或藝術工作者之類的。這也導引到第四點可確定的事實：我的數據分析根本沒用。

但是，一年三名爵士音樂家——我不認為這純屬巧合。

不過，納丁格爾不會去調查像這樣證據薄弱的事件，而且他還期望我能快點掌握**定離**，明天早上要繼續練習。我關上所有軟體和電子產品，拔掉插頭。這樣對環境比較好，更重要的是，我的這些昂貴器材才不會因為突如其來的魔法而爆炸。

我從廚房進入主屋，弦月的光芒透過天窗照亮了中庭，因此我沒有開燈，直接爬上樓梯到我的樓層。我瞥見對面的陽臺上，有個蒼白的身影靜悄悄地滑進西邊閱覽室的朦朧陰影裡。那是茉莉，靜不下來地持續做著她在夜裡做的事。當我來到房門前的樓梯平

---

6 警察專用的全方位數位無線電。

7 全名是內政部大型重要查詢系統（Home Office Large Major Enquiry System），首字母縮寫為HOLMES，正是知名偵探角色夏洛克・福爾摩斯的姓氏。取代舊系統的新系統本來要叫作夏洛克，可是沒人想得出用哪些字可以取其字首拼出SHERLOCK，所以後來就叫福爾摩斯二代了。

臺時，底下的霉味地毯散發出的氣味，讓我知道托比又在我的房門前睡著了。這隻小狗仰躺著，細小的肋骨在毛皮底下升起又下降。牠在睡夢中抽了抽鼻子，踢了踢腿，後腳在空中用力撲打，顯示出這裡至少有五百毫吠的背景魔法。我走進房間，小心翼翼地關上門以免吵醒牠。

我爬上床，在關掉床頭燈前傳了訊息給萊斯莉——**接下來該怎麼辦？**

隔天早上我收到回訊，內容寫著：**去跟樂團聊啊——蠢蛋！**

3 長飲藍調[1]

要找到樂團的人並不難，人生滋味酒吧有他們的聯絡方式，他們也都同意到迪恩街上的法國屋碰頭，不過必須在傍晚的時候，他們白天都各自有工作。這樣對我來說正好，因為我也還沒背完我的拉丁文單字。我一直到六點剛過才來到蘇活區，樂手們都已經在等我了，背後的牆上掛滿名人照片，都是成名早於我父親的人。

人生滋味酒吧的節目單上寫著我身邊的這個樂團是「更棒四重奏」，不過在我看來，他們不太像爵士樂手。貝斯手的特色是沉穩，不過麥克斯．哈伍德——其實他叫德瑞克——看起來就是個長相普通、三十五歲左右的白人男性，他甚至在外套裡穿了件菱形圖案的馬莎百貨V領毛衣。

「我們之前已經有人叫德瑞克了，」麥克斯說，「為了避免混淆，我就用麥克斯這個名字。」他很節制地啜了一小口啤酒。第一輪的酒是我請的，有種很適合當冤大頭的感覺。麥克斯是倫敦地鐵的整合系統專家——顯然是與信號系統有關的工作。鋼琴手丹尼爾．胡賽克，他是受過正統音樂教育的音樂老師，任職於上流權貴學校

1 薩克斯風手傑基．麥克林（Jackie McLean）於一九五七年發行的演奏專輯名稱。

西敏公學。他有一頭日漸稀疏的金髮，戴著托洛茨基式的圓框眼鏡，樣子十分親切和藹，這可能會讓他被那些第六學級新生，也就是新學制的十二年級生，一群長者雀斑的聰明小子們大肆嘲諷挖苦。

「你們是怎麼認識的？」我問。

「我想應該不能說是怎麼認識的。」鼓手詹姆士・洛克蘭說。他是個身高不高的蘇格蘭人，個性好鬥，在瑪莉皇后學院教授十七世紀法國史。「更準確地說，我們是聯合組團的，大約在兩年前……」

「應該是三年前吧，」麥克斯說，「在舍爾科克酒吧。星期六下午他們會有爵士樂表演。賽勒斯就住在附近，算是他的地盤。」

丹尼爾緊張地用手指敲著玻璃杯。「我們一起聽那個糟糕的樂團演奏那個……」他的視線彷彿望向了十年前。「我不記得是什麼曲子了。」

「〈身體與靈魂〉？」我問。

「不是，」詹姆士說，「是〈聖湯瑪士〉。」

「他們根本是在謀殺那首曲子。」丹尼爾說，「然後賽勒斯講話了，聲音大到所有人都能聽見，包括臺上的那個樂團，『我敢打賭，我們隨便一個人都可以演奏得比這個好。』」

「事情還沒完。」麥克斯說。對於這件小壞事，他們三人彼此會心一笑。「接下來我們共坐一桌，喝了一輪又一輪的酒，暢談爵士樂。」

「就像我說的，」詹姆士說，「我們是聯合組團的。」

「所以我們才取這個團名，」丹尼爾說，「更棒四重奏。」

「你們比較厲害嗎？」我問。

「沒那麼明顯。」麥克斯說。

「其實是更糟糕。」丹尼爾說。

「我們後來的確比較厲害了，」麥克斯笑著說，「我們在賽勒斯家練習。」

「練習得可兇了。」丹尼爾說，喝光了杯子裡的啤酒。「對了，有誰還要喝什麼嗎？」

法國屋不賣大杯啤酒，所以詹姆士和麥克斯一起喝一瓶店家推薦的紅酒，我則要了小杯麥芽啤酒——這是個漫長的一天，而且沒有比拉丁文的語尾變化更讓人口渴的了。

「一週兩次，或者三次。」麥克斯說。

「所以你們很有雄心壯志？」我問。

「其實我們都沒有那麼認真在玩音樂，」詹姆士說，「我們不像小時候那樣非常渴望功成名就。」

「不過還是花很多時間練習。」我說。

「噢，我們想成為更棒的樂手。」詹姆士說。

「我們想當爵士樂人，」麥克斯說，「你演奏音樂就是為了要演奏，知道我的意思吧？」

我點頭。

「你覺得他像是過河去買酒的嗎？」詹姆士問。

我們伸長脖子看向吧檯。丹尼爾在擁擠的人群裡載浮載沉，高舉的手上有張二十英鎊紙鈔，在指間滑動。在蘇活區的週五夜晚，穿過人群也許是比較快的點餐方式。

「賽勒斯的態度很認真嗎？」我問。

「他跟我們差不多。」詹姆士說。

「不過他很棒。」麥克斯說，手指擺動著。「薩克斯風手該有的他都有。」

「所以也有女人。」詹姆士說。

麥克斯嘆了口氣。

「瑪蓮達・阿博特嗎？」我問。

「噢，瑪蓮達啊。」麥克斯說。

「瑪蓮達只是家裡的那個。」詹姆士說。

「莎莉、薇薇、朵琳。」麥克斯說。

「黛莉亞，」詹姆士說，「還記得黛莉亞嗎？」

「就像我說的，」麥克斯說，「薩克斯風手的一切。」

我看見丹尼爾拿著酒掙扎著穿過人群回來，我站起來幫他把酒放到桌上。他打量了我一下，我猜他不像麥克斯和詹姆士那樣羨慕賽勒斯的女人緣。我向他露出適當的微笑，把酒隨意放在桌上。麥克斯和詹姆士說了乾杯，我們一起舉杯相碰。

他們顯然忘記我是個警察了，這樣問話比較方便，於是我謹慎地選擇下個問題的措詞。「所以瑪蓮達不介意？」

「噢，瑪蓮達可介意了，沒錯。」詹姆士說。「而且她從不曾來看過表演。」

「她不是粉絲。」丹尼爾說。

「你知道，女人就是這樣，」詹姆士說，「她們不喜歡你做任何她們沒有共鳴的事。」

「她很迷新世紀音樂那類的東西，水晶球、還有順勢療法。」麥克斯說。

「但她總是對我們很親切，當我們團練時，她會替我們煮咖啡。」丹尼爾說。

「還有餅乾。」麥克斯語帶懷念地說。

「其他女人都不是真心的。」詹姆士說。「我甚至不知道她們是否心懷鬼胎，至少在席夢之前都是這樣。可麻煩了。」

席夢是第一個被帶到賽勒斯家裡看他們團練的女人。

「她非常安靜，過沒多久你就忘記她在那裡了。」丹尼爾說。

瑪蓮達．阿博特可沒忘記席夢．費茨威廉在那裡，我並不怪她。我試著想像要是我父親帶了個女人回家看他練習會發生什麼事。結果一定不會太好，我可以肯定。眼淚只會是開端而已。

瑪蓮達顯然秉持了我母親所不了解的高貴出身思想，她的作風就像是：至少要等到所有人都離開家之後，才能捲起袖子伸手拿她的擀麵棍。

「後來，我們曾在一間車庫裡練習，那是麥克斯費盡脣舌向倫敦交通局借來的。」詹姆士說。「那裡很容易有風灌進來，不過氣氛輕鬆多了。」

「雖然冷得要死。」丹尼爾說。

「接著，突然間我們又都回到賽勒斯家練習了，」詹姆士說，「只是負責煮咖啡、端餅乾的人不再是瑪蓮達，而變成漂亮的席夢。」

「這是什麼時候的事？」

「差不多四、五月那時候。」麥克斯說。「春天吧。」

「瑪蓮達的反應怎麼樣？」我問。

「我們不知道。」詹姆士說。「我們不常看到她，就連她還在那間屋子裡時也一樣。」

「我跟她碰過幾次面。」丹尼爾說。

其他人望向他。「你沒說過。」詹姆士說。

「她打電話給我，說她想聊一聊——她很傷心。」

「她說了什麼？」麥克斯問。

「我不想講，這是私人話題。」丹尼爾說。

於是談話就此打住。我試著將話題引導回到瑪蓮達．阿博特的神祕嗜好上，不過他們並沒有真的在聽。法國屋開始變得非常擁擠，雖然室內禁止播放背景音樂，我還是得大聲嚷嚷才能聽得見自己在說什麼。我提議吃點東西。

「警察局要請客嗎？」詹姆士問。

「我想是有些預算可用，」我說，「只要別太誇張。」

樂團三人全都點了點頭。他們當然會同意了，只要你是音樂家，「免費」就是個具有魔力的詞彙。

我們後來到了沃德街上的旺記，這裡的食物很實在、服務很直率，而且還能在週五晚上十一點半有位子坐——如果不介意併桌的話。我向門口的服務生伸出了五根手指，他便揮手示意我們上樓，一位身穿紅色襯衫、一臉嚴謹的年輕女士領我們來到其中一張大圓桌。

那一桌只有兩名蒼白的美國學生，他們看到我們拉開椅子一屁股坐下時，很明顯畏縮了一下。

「晚安啊，」丹尼爾說，「別擔心，我們毫無惡意。」

那兩名學生都穿著整潔的紅色愛迪達運動服，胸前繡MNU先鋒隊。他們緊張地點點頭。「嗨，」其中一人說，「我們是從堪薩斯州來的。」

我們很有禮貌地等他們繼續說話，不過接下來的十分鐘，他們不發一語，吃完東西付了帳就奪門而出。

「MNU是什麼啊？」麥克斯問。

「現在才問。」詹姆士說。

女服務生來到桌邊，將餐點用力放在桌上。我點了鴨肉炒河粉，丹尼爾和麥克斯一起分食蛋炒飯、雞肉腰果和糖醋排骨，詹姆士點了牛肉麵。他們又點了一輪青島啤酒，而我只喝裝在白瓷壺裡的免費綠茶。

我問他們是否常在人生滋味酒吧演出，他們聽完笑了起來。

「我們在那裡演出過幾次，」麥克斯說，「通常是星期一中午時段。」

「聽眾很多嗎？」我問。

「正在努力。」詹姆士說。「我們還在公牛酒吧、國家劇院的門廳，還有查爾芬特聖吉爾斯的梅林洞穴餐廳表演過。」

「上星期五是我們第一次被排到晚上時段。」麥克斯說。

「那接下來呢？」我問。「唱片合約？」

「賽勒斯會離開。」丹尼爾說。

每個人都瞪著他看。

「拜託，你們也知道到時候一定會這樣的吧。」丹尼爾說。「我們會再表演個幾場，有人會注意到他，然後他就會說：『跟你們玩音樂很開心，我們要保持聯絡喔。』」

「他有那麼厲害嗎？」我問。

詹姆士繃著臉，低頭看他面前的麵，一臉挫敗地用筷子戳了幾下麵條。接著他咯咯笑了起來，「他就是那麼厲害，而且越來越強。」

詹姆士舉起他的啤酒罐。「敬薩克斯風手賽勒斯，」他說，「才華是藏不住的。」

我們彼此碰杯。

「那麼，」詹姆士說，「待會吃完之後，我們去找點爵士樂來聽聽吧。」

溫暖夏夜的蘇活區，四處是談話聲與香煙薄霧。每間酒吧的人潮多滿出街道，每家咖啡廳都有顧客坐在人行道上的戶外座位，而這些人行道當初建設的寬度只夠讓行人避開馬糞而已。在康普頓老街上，年輕男子穿著適合他們的緊身白T恤和緊身牛仔褲，欣賞彼此映照在商店櫥窗的倒影。我發現丹尼爾特別留意一對很有品味的年輕男子，他們正在海軍上將酒吧外檢查自己的儀容，不過他們對他視而不見。現在是星期五晚上，他們花了那麼多時間上健身房，可不會低於十英鎊就答應上床。

一群吵吵鬧鬧的年輕女子與我們擦肩而過，她們有一頭標準長度的頭髮、宛如在沙漠晒出的棕褐色肌膚，以及地方口音——是正要前往中國城和萊賽斯特廣場俱樂部的女新兵們。

我和樂團三人走在康普頓老街上，並不像彈飛的子彈般急著從這裡迅速移動到下一個地點。兩個踩著細高跟鞋、身穿粉色針織迷你連身裙的白人女孩經過時，詹姆士差點被絆倒。「幹。」他站直身體時說。

「別妄想了。」當她們走開時，其中一名女孩如此說，但語氣裡並沒有怒意。

詹姆士說他知道貝特曼街上有家不錯的店，是傳奇佛朗明哥俱樂部的那種傳統風格地下室俱樂部。「或者該說是朗尼·史格爵士樂俱樂部的風格。」他說。「在它變成朗尼·史格的風格以前。」

距離我上一次穿警察制服巡邏這些街道的時間還不算太久，因此我有種不祥的預感，知道他想去哪裡。我父親總是興致高昂地說，關於他在煙霧瀰漫的地下室酒吧虛擲青春，裡頭充斥著汗水、音樂和穿緊身毛衣的女孩子。他說在佛朗明哥俱樂部，你就是得挑選一個準備整晚待著的位置，因為只要表演開始，你就無法移動了。神祕風格酒吧是由一對好夥伴打造的娛樂休閒場所，如果他們不是來自吉爾福德的話，就會是典型的厚臉皮倫敦佬叫賣小販企業家。他們的名字分別是唐恩·布萊克伍德和史坦利·吉伯斯，不過他們自稱為「管理部」。那次的週末值勤很難得，萊斯莉和我並沒有被轟出店門趕到大街上。

不過，麻煩永遠不是發生在俱樂部內，因為管理部雇請了他們所能找到最粗壯的保鑣，以時髦的西裝束縛他們，並讓他們掌理入口的管制政策。他們以專斷獨行聞名，但即使是在晚上十一點四十五分，門口還是有一長列想進店裡的人。

一直以來，英國的爵士樂團在演奏時總是一本正經的認真，而樂迷則是身穿翻領毛衣，邊摸著下巴說「沒錯，我懂」——我身旁的這幾個人正是如此。只是從排隊的客人來看，上述的老傳統並非管理部的目標群眾。他們提供的爵士樂是給身穿亞曼尼西裝、亮眼洋裝、一身閃亮打扮以及攜帶彈簧刀的人聽的，而我不認為我和樂團的三人能符合這個標準。

好吧，是他們絕對不合標準。老實說，這樣正合我意，就算我開始喜歡樂團這群人，聽著半職業的爵士樂夜晚也從來不是我認為的美好時光。如果我能那麼想的話，父親就會比現在快樂了。

然而，流著傳統好戰蘇格蘭人血液的詹姆士可不會摸摸鼻子就放棄，於是他無視排隊人龍，直接出擊。

「我們是爵士樂手，」他對保鑣說，「應該可以通融一下吧。」

就我所知，這個大塊頭保鑣曾因多條加重罪在旺滋沃斯坐過牢。他認真思索了一下詹姆士的話。「我沒聽說過你。」他說。

「也許吧，也許。」詹姆士說。「不過我們都是同一類的靈魂——對吧？熱愛相同的音樂。」站在他身後的丹尼爾和麥克斯互看了一眼，默默往後退了半公尺。

我走上前想阻止這不可避免的暴力行為，此時我感覺到〈身體與靈魂〉突然閃現。這股**感應殘跡**很薄弱，不過在蘇活區的環境下，它就像是夏夜涼風般明顯，而且絕對是從這間俱樂部傳出來的。

「你是他的朋友嗎？」保鑣問。

我大可向他秀出我的警察證件，但若我在人庭廣眾下這麼做了，這些有用的證人們很可能就會消失在黑夜裡，然後捏造出詳細得令人吃驚的不在場證明。

「你去告訴史坦利跟唐恩，葛蘭特大人的兒子在外面等。」

保鑣仔細打量我的臉。「我認識你嗎？」他問。

不認識，我心想，不過你可能會因為一些週六晚上的紛爭而想起我，像是「可以請你放下那個客人嗎？我要逮捕他」，以及「你可以停止踢他了，救護車已經抵達」，還有經典的「如果你現在不退後，我就連你一起抓」。

「葛蘭特大人的兒子。」我又說了一次。

我聽見詹姆士在我背後低語，「他在講什麼鬼話啊？」

父親十二歲時，他的音樂老師給他一把二手小號，還自掏腰包讓他去上課。十五歲的時候他離開學校，在蘇活區當送貨員，其餘的時間則積極地尋找表演機會。當他十八歲，雷·查爾斯[2]聽到他在佛朗明哥俱樂部的演出後，開口說——大聲到足以讓任何重要人士聽見——「老天，這孩子很厲害。」陶比·海斯因此開玩笑地稱我父親為葛蘭特大人，這個暱稱也就一直沿用下來。

保鑣敲了敲他的藍牙耳機，要求和史坦利說話，轉述了我剛剛說的話。他得到回覆後往旁邊一站，領我們入內，而他的表情一點變化也沒有，令我印象深刻。

「你沒說過你爸是葛蘭特大人。」詹姆士說。

「這不是聊天時會忽然提到的話題，對吧？」

「我不知道，」詹姆士說，「假設我爸是個爵士樂傳奇人物，我想我會至少提到一點點。」

「我們不值得他說這件事。」我們往下走進俱樂部時，麥克斯如此說。

「你想太多了。」我說。

如果人生滋味酒吧是舊木材和拋光黃銅，神祕風格酒吧就是水泥地板和咖哩店在一九九〇年代晚期會撕掉的那種花俏壁紙。就像廣告上的一樣，店內既暗又擁擠，且煙霧瀰漫到驚人的地步。為了追求道地的氛圍，管理部顯然對這些抽煙的人睜一隻眼閉一隻眼，無視他們違反二〇〇六年的健康法案。從店內散發的水果氣味與客人擺動的頭來判斷，裡頭可不只有香菸而已。我父親應該會喜歡這個地方，即使這裡的音響效果爛得可以。只要把電子動畫版的查理．帕克投影在角落，這裡就會是完美的主題樂園遊樂設施了。

詹姆士和其他人秉持著世界各地的音樂人傳統，直接走向吧檯。我沒有阻止他們，逕自往正在演奏的樂團走去，根據大鼓前面的字樣，他們的團名叫放克力學。正如其名，他們在幾乎與地板等高的舞臺上演奏放克爵士樂。有兩名白人和一名黑人負責貝斯，還有個紅髮的鼓手，她臉上的每個部位都戴著銀飾，加起來將近有半公斤重吧。當我擠過人群走向舞臺，才意識到他們演奏的是放客風格的〈走吧〉，不過他們給了這首歌一個完全不對勁的拉丁節奏，真是氣死我了。即使是在那個時候，我也覺得自己的反應很奇怪。

店內有雅座，座位沿牆排列，椅墊是俗麗的紅色天鵝絨，客人則坐在位子上看向舞池。桌面擺滿了酒瓶，一張張的臉大多是蒼白的，隨著放克力學糟蹋經典歌曲的樂音點著頭。有對白人情侶在最遠端的雅座上接吻，男人的手從正面伸進女人的洋裝裡，透過

---

2 Ray Charles，美國知名靈魂樂大師暨鋼琴演奏家，曾獲多座葛萊美獎。

洋裝的布料，他手指猥褻擠壓的動作顯得一清二楚。這個畫面令我感到噁心且憤怒，而我突然意識到這些情緒與我自身無關。

我曾在旅行中看過更糟糕的畫面，我也算是滿喜歡放克爵士樂的。剛才我一定是穿越過了某種**遺隙**，是殘餘魔法的熱點。我想的沒錯，果然出事了。

萊斯莉總是抱怨我太容易分心，當不成優秀的警察，但如果是她的話，她會直接經過這個**遺隙**，完全不會另作他想。

詹姆士他們推擠過人群而來，帶了一瓶啤酒給我作為驚喜。我痛快地喝下一口，味道很棒。我檢視瓶身上的標籤，發現是昂貴的施奈德小麥啤酒。我看了看樂團三人，他們舉起自己手上的酒瓶。

「店家請的。」麥克斯大聲說道，有點興奮。

我可以感覺到詹姆士想要聊我父親的事，幸好店內非常吵鬧又擁擠，讓他很難開啟這個話題。

「所以這裡就是現代風格。」丹尼爾大聲說。

「我是這麼聽說的。」詹姆士也大喊著。

然後我感覺到了，**感應殘跡**在這些激烈舞動的身軀間顯得涼爽又遙遠。我了解到這與賽勒斯．威爾金森身上的魔法殘留是完全不同的東西。這裡的比較新鮮、比較涼爽，在獨奏之下還有女人歌唱的聲音——**我心悲傷且孤寂**。我再次聞到灰塵味、燃燒味和斷木味。

還有別的東西——賽勒斯身上的**感應殘跡**以宛如薩克斯風的樂音呈現，不過我現在所感覺到的絕對是長號。父親向來對長號嗤之以鼻，他說銅管樂隊中也可以有長號，只是上得了檯面的長號獨奏手，一隻腳的趾頭就可以算完。這是個很難演奏得好的樂器，即使是我父親，也得承認若有人可以獨奏高音長號，一定不是泛泛之輩。接著他會談起長號手凱．萬汀或J．J．強森。不過舞臺上的人正在演奏的是小號、電貝斯和爵士鼓——沒有長號。

我有種糟透了的感覺，就像是還少兩張優惠券才能換烤吐司機。

我讓**感應殘跡**引領我穿過人群。舞臺左側有一扇被音響遮住一半的門，門上以黑底黃漆歪歪扭扭地寫著「非工作人員勿入」。我到了門口才發現樂團三人像是迷途小羊般跟在我身後。我要求他們留在門外——當然了，他們跟著我走進門裡。

這扇門直通休息室/換裝室/器材置放室，這是個狹長的房間，就我看來像間改建過的煤倉。牆上貼滿了樂團和宣傳演出的泛黃老海報。有一個燈泡排成馬蹄形的老式劇場梳妝檯，左右兩邊緊鄰著一臺美國尺寸的冰箱和一張蓋著拋棄式桌布的長型桌，桌布的花色是聖誕節的綠紅配色。咖啡桌上密密麻麻擺滿了啤酒瓶，兩張綠色皮沙發則填滿了這房間剩下的空間，有個二十出頭的白人女子正睡在其中一張沙發上。

「所以我們是來看看別的樂團怎麼過的。」丹尼爾說。

「團練練了這些年，似乎應該是值得的。」麥克斯說。

沙發上的女子坐起來盯著我們。她穿著鬆垮吊在腰部的牛仔吊帶褲與黃色T恤，胸前寫著「我說不要所以滾開」。

「有什麼事嗎？」她說。深紫色的口紅不小心抹到臉頰上。

「我在找樂團。」我說。

「這裡只有我們，沒有別人了。」她說，然後伸出一隻手。「我是佩姬。」

「樂團呢？」我問，忽略她伸出來的手。

佩姬嘆口氣，聳了聳肩，這動作使得她的胸部往前突出，吸引了所有人的目光——當然，除了丹尼爾之外。「不是在舞臺上嗎？」她問。

「在他們之前的那個樂團。」我說。

「他們走了。」佩姬說。「噢，那個婊子，她說準備好之後會叫醒我。這真是太過分了。」

「那個樂團叫什麼名字？」我問。

佩姬離開沙發，開始找起她的鞋子。「老實說，」她說，「我不記得了。他們是雀莉的樂團。」

「他們有長號手嗎？」我問。「厲害的長號手？」

麥克斯在另一張沙發後面找到她的鞋子，是四吋高的露趾綁帶細高跟鞋，我覺得跟吊帶褲不是很搭。「我認為是，」她說，「應該是米奇，他是萬中選一的樂手。」

「妳知道他們表演完有要去哪裡嗎？」

「抱歉，」她說，「我剛剛只顧著聽音樂。」她穿上鞋子後幾乎和我一樣高。吊帶褲兩側的開口露出一小塊白皙肌膚和鮮紅色絲質內褲的摺邊。我轉過頭——進入這房間後我就感覺不到**感應殘跡**了，而佩姬對我集中注意力並沒有幫助。我察覺到一些其他東西，薰衣草的味道，太陽下引擎蓋的氣息，還有像是在巨響之後安靜下來的嗡嗡聲。

「你們是誰？」佩姬問。

「我們是爵士樂警察。」詹姆士說。

「他是爵士樂警察。」麥克斯說，我想他指的是我。「我們比較像是康普頓老街的非正規兵。」

我笑了出來，這也代表我喝得有多醉。

「米奇遇到了什麼麻煩嗎？」佩姬問。

「如果他在某人的肩膀上清理通氣音栓的話。」麥克斯說。

我沒時間再開玩笑了。房間內有第二扇門，標示為防火安全門，於是我朝那走去。門的另一邊是一條短短的光禿灰磚走廊，被儲放的家具、條板箱，還有違反健康與安全管理條例的黑色塑膠袋擋住一半的路。又一道防火安全門，這扇是推壓式的，門後是向上通往街道的樓梯，門上推壓桿的高度位於樓梯頂端，被腳踏車鎖非法固定住了。

納丁格爾有個可以讓鎖彈開的咒語，顯然我至少得再花一年才能努力學成。我得見機行事了。我拉出安全距離，朝那個鎖拋出我不太成功的光彈。雖然我的光彈施放技巧不佳，力道卻也因此較為猛烈。光彈的熱度令我後退一步，瞇著眼看見鎖在波狀的光球中鬆開。當我確定那個鎖變得夠軟，我便停止施咒，光球就像肥皂泡泡般破掉。接著，我在腦海裡構成一個很基礎的**驅動形式**。這是我第二個學會的**形式**，我知道自己可以掌握得很好。**驅動**能移動物體，此時的目標就是這扇對開門的中心線。咒語讓門啪一聲開啟，破壞了鎖，門板甩開的力道大得弄斷了鉸鏈。

這畫面真令人印象深刻，我對自己這麼說。顯然跟在我身後走上樓梯的非正規兵們也這麼想。

「那到底是怎麼回事？」詹姆士問。

「鋁熱口香糖。」希望這麼說能行得通。

俱樂部的火警警鐘響了——是時候離開這裡了。我和非正規兵們以符合奧林匹克選手的速度冷靜地走了五十公尺，繞過街角來到弗里思街。現在已經很晚了，遊客也都回飯店去了，街道上因為年輕的男男女女而顯得吵鬧。

詹姆士走到我面前讓我停下腳步。

「這件事跟賽勒斯的死有關，對不對？」

我累得沒力氣反駁。「或許吧，」我說，「我不知道。」

「有人對賽勒斯做了什麼嗎？」他問。

「我不知道。」我說。「當你們結束表演後，通常會去哪裡？」

詹姆士一臉困惑。「什麼？」

「幫幫我吧，詹姆士。我想要找到這個長號手——你們會去哪裡？」

「波坦金餐廳營業到早上。」麥克斯說。

有道理。你可以在那裡吃飯，更重要的是還有酒喝，直到清晨五點。我沿弗里思街走，非正規兵們跟在後頭。他們想知道發生什麼事了——我也想知道。尤其是詹姆士顯得危險地精明。

「你在擔心那個長號手也會遇到同樣的事嗎？」他問。

「也許吧，」我說，「我不知道。」

我們走到康普頓老街上，一看見救護車的藍色閃爍燈光，我就知道自己晚了一步。救護車停在蓋伊酒吧外面，後門開著，從緊急救護人員閒散的動作判斷，被害者不是沒事就是死透了。我可不認為是前者。在幾個社區服務警察和一名警員——我以前在查令十字警局就認識他了——帶著警惕的目光下，陸陸續續有圍觀的人們聚集過來。

「普迪。」我大喊，對方聞聲看過來。「什麼狀況？」

普迪踩著笨重的步伐走來。當你身上裝備了防彈背心、工具腰帶、伸縮警棍、乳狀突起的傳統頭盔、肩掛式槍套、空波無線電、手銬、胡椒噴霧、筆記本，以及應急的火星巧克力棒，如此一來只能腳步笨重了。其他人對菲利浦．普迪的評價算是「制服者」：意即這個警察除了穿好制服外，沒有任何長處。不過這樣正好，我可不想遇到有能力的警察。有能力的警察會問太多問題。

「救護車來載了，」普迪說，「有個傢伙在街上暴斃。」

「我們去看一下？」我使用了問句，以示禮貌。

「你負責這個案子嗎？」

「等我看過才知道是不是。」我說。

普迪咕噥了聲，並讓我過去。

緊急救護人員正在將死者抬上擔架。他比我年輕，有著深膚色和非洲人的五官——讓我猜的話，應該是奈及利亞人或迦納人，或者更像雙親中有一人來自這些地方。他打扮得很時髦：卡其褲加訂製西裝外套。為了使用電擊器，緊急救護人員扯開了看起來很貴的白色棉質襯衫。他深褐色且空洞的雙眼圓睜。我不需要再走近了。要是他將〈身體與靈魂〉演奏得更大聲，我就可以在街上拉條繩子賣票了。

我向緊急救護人員詢問死因，他們聳聳肩說是心臟衰竭。

「他死了嗎？」我聽見麥克斯在我身後問。

「沒有，他只是稍微躺一下。」詹姆士說。

我問普迪是否知道死者的身分，他拿起一個裝有錢包的密封袋。「你接手負責嗎？」他問。

我點點頭，接過那個密封袋，謹慎地在文件上簽名，確認會保管好證物以備將來任何法定程序需要，才把密封袋塞進褲子口袋。

「有人跟他在一起嗎？」

普迪搖頭。「我沒看到任何人。」

「誰打電話求助的？」

「不知道。」普迪說。「大概是有人用手機打的。」

正是像普迪這樣的警察，讓倫敦警察廳的客戶服務獲得好評，使我們員警成為文明世界嫉妒的目標。

他們將擔架送上救護車的時候，我聽見麥克斯明顯的作嘔聲。

普迪以長期值週六夜班的警察會有的異常關注看向麥克斯，這些警察可是能隨意將喝酒鬧事的傢伙丟進牢裡蹲個至少好幾小時，文書資料則是在餐廳裡配著茶和三明治處理——就是這些官僚文化，讓真正的好警察遠離案件的第一線現場！我說我會負責這件事，讓普迪大失所望。

緊急救護人員說他們要離開了，我請他們再等一下。我不希望在瓦立醫生看過之前屍體就不知去向，不過我需要知道這傢伙是否曾在神祕風格酒吧表演過。在非正規兵裡，丹尼爾看起來站得最直。

「丹尼爾，」我問，「你還清醒嗎？」

「嗯，」他說，「而且越來越清醒。」

「我得跟救護車一起走。你可以跑回俱樂部拿一份節目表嗎？」我給他我的名片。

「你拿到的時候打手機給我。」

「你認為他遇到一樣的事嗎？」他說。「我的意思是，跟賽勒斯一樣。」

「我不知道。」我說。「只要有新消息，我就會告訴你們。」

緊急救護人員朝我喊道：「你要一起走嗎？」

「你沒問題吧？」

丹尼爾給了我一個微笑。「爵士樂人，記得吧。」他說。我舉起拳頭，有那麼一會兒，丹尼爾無法理解我的動作，接著才與我碰了下拳頭。

我上了救護車，緊急救護人員關上我們身後的門。

「我們要去倫敦大學學院醫院嗎？」我問。

「通常是這樣的。」他說。

我們根本不用開警燈鳴警笛。

送到醫院的屍體不能直接存放在太平間。首先，必須由一名真正的醫生開立證明。屍體總共有幾塊並不重要，在英國醫學會的正式會員證明他已死之前，這具屍體就處在——官方說法是——一個曖昧的階段，像是電子處於不穩定態，或者是近代物理學中常拿來比喻的箱子裡生死不明的貓咪。在我簽署擔保書後，我就擁有了相當於帶領謀殺案調查的權力。

星期天清晨的急診室總是很歡樂，當酒精消退與疼痛來襲時，就會伴隨著血液、叫喊與指責。任何一位熱心到願意此時出現在急診室的警察，都可以讓自己身陷半打之多的刺激爭吵中，經常涉及到跟某甲和他最好的朋友某乙，然後就是：**我們什麼都沒做，警官，真的，就是，完全是無妄之災啊**。為了避免碰到這種情況，我和我那好極了的屍體一起待在診間裡，真的十分感謝這位先生。我從抽屜的盒子裡借了一雙外科手套，開始翻查他的錢包。

根據駕照顯示，長號手米奇的全名叫米寇爾．艾傑亞，來自奈及利亞家庭，再根據資料上的出生年月日得知，米寇爾才剛滿十九歲。

你媽媽真的會非常氣你，我難過地想。

他有很多張卡：VISA、Mastercard、銀行金融卡，以及音樂家工會的會員卡。此外還有一些名片，包括某個經紀人的——我把資料抄在筆記本上，接著小心翼翼地把所有東西放回證物袋裡。

直到兩點四十五分才有一名實習醫生出現，終於宣告米寇爾．艾傑亞確定死亡。在我說明了這具屍體和犯罪現場狀況後，又花了兩個小時才獲得醫生給予的資料，並取得相關文件副本、緊急救護人員及醫生的註記，然後將屍體安全地送下樓到太平間，靜待瓦立醫生的溫柔照料。這是最後一段令人愉快的時間了，接下來要聯絡死者的至親並告知他們這個壞消息。現在最簡單的做法是打開死者的手機查看通話紀錄。如我所料，米奇有一支iPhone。我在他的外套口袋裡找到手機，不過螢幕一片空白，我不需要打開就知道晶片已經毀了。我把手機放進第二個證物袋，不過我懶得貼標籤——反正它會跟我一起回到浮麗樓。等我確定沒有人會來插手這具屍體的事之後，我打給瓦立醫生。我不覺得有理由吵醒他，所以我打了他的辦公室電話並留下訊息，他早上就可以聽到。

如果米奇真的是第二位被害者，那就表示這個魔法爵士殺手——我得替他想個更好的名字——不到四天便又犯案了。

我思索著瓦立醫生的死亡名單上是否有類似的族群，等回到浮麗樓的科技基地後，我得來查一查。我正思考是該回家，還是在太平間的工作人員休息室睡覺比較好時，我的手機響了。是我沒看過的號碼。

「你好。」我說。

「我是史蒂芬諾柏斯。」偵緝巡佐史蒂芬諾柏斯說。「我需要你們特殊部門過來。」

「在哪裡？」

「迪恩街。」她說。又是蘇活區。當然了，為什麼不是呢？

「我可以知道是什麼案子嗎？」

「最糟糕的謀殺案。」她說。「多帶一雙鞋來。」

過了黑咖啡能幫你撐下去的某個時間點後，要不是這個拉脫維亞籍司機在車內使用的恐怖芳香劑味道，我可能已經在他的計程車後座睡著了。

迪恩街被封鎖了，從康普頓老街到密爾德街與迪恩街交叉路口全都封了。我算了一下，至少有兩輛賓士疾馳箱型便衣警車，還有一群銀色的 Vauxhall Astras，明確顯示兇案調查小組就在現場。

我認出一名來自貝爾格拉維亞調查小組的探員，他正站在封鎖線那裡等我。在迪恩街不遠處，鑑識帳篷已經搭起，蓋住了格魯喬俱樂部的入口——看起來就像生物戰爭演習一樣令人躍躍欲試。

史蒂芬諾柏斯在裡面等我。她是個令人畏懼的嬌小女子，傳奇般的報復能力為她贏得了這個頭銜：最不會被輕率談論性向的女同性戀警官。她十分健壯結實，一張方臉就算梳了歌手席娜．伊斯頓式的短髮也無濟於事，你也許會說這是有諷刺意味的後現代中性髮型，只有你真想找死的時候才敢這麼講。

她已經換上藍色的拋棄式連身防護衣，脖子上掛著面罩。有人從某處搬來了兩張摺疊椅，還放了一套替我準備的防護衣。我們都叫它傻瓜裝，當你穿上之後就會瘋狂地流汗。我注意到史蒂芬諾柏斯套在腳上的防護塑膠套在腳踝處沾了些血跡。

「你的長官最近怎樣？」在我開始穿上防護衣時，史蒂芬諾柏斯問。

「很好。」我說。「妳的呢？」

「很好。」她說。「上個月他回到崗位上了。」史蒂芬諾柏斯知道浮麗樓真正的狀況。令人意外地，有很多高階警官都知道，浮麗樓可不是平常閒聊時會出現的話題。

「妳是這個案子的高階刑偵長嗎，女士？」我問。一件重大罪案的高階刑偵長通常至少是偵緝督察，而不是偵緝巡佐。

「當然不是。」史蒂芬諾柏斯說。「我們從黑弗靈的刑事偵緝科借調了一位偵緝督察長，不過他採取鬆散型合作管理模式，由經驗老道的警員在他們最擅長的領域裡擔任主導角色。」

換句話說，他會把自己關在辦公室裡，讓史蒂芬諾柏斯去處理。

「長官們在從屬關係上能採取高瞻遠矚的態度，總是令人感到欣慰。」我說，然後獲得了一個幾乎是讚賞的微笑。

「準備好了？」

我將頭套的部分套好，拉緊繫繩。史蒂芬諾柏斯遞給我一個面罩，我跟著她進入俱樂部。大廳鋪設了白瓷磚地板，儘管凶手顯然已經十分小心，地上還是有血跡一路延伸到木格柵門。

「屍體在地下室的廁所裡。」史蒂芬諾柏斯說。

由於通往現場的樓梯非常狹窄，我們得先等一群鑑識人員上來後才能下樓。這裡並沒有最完善的鑑識小組，因為費用很貴，所以你只能向內政部申請一部分，就像中餐館的外帶一樣。從魚貫經過我們的傻瓜裝數量來看，史蒂芬諾柏斯點了六人份的超級豪華特餐，還加點了蛋炒飯。我想，我應該算是餐後的幸運餅乾。

就像倫敦西區的許多廁所一樣，格魯喬俱樂部裡的廁所也很狹窄，且天花板低矮，是由市內住宅的地下室翻新改建的。店家以拉絲鋼和櫻桃紅塑膠玻璃交錯的鑲板裝潢內部──看起來彷彿電玩《網路奇兵2》中特別令人毛骨悚然的關卡。這對判斷往外頭走去的血色腳印一點幫助也沒有。

「是清潔人員發現他的。」史蒂芬諾柏斯說，解釋了地上的足跡。

方形的陶瓷洗手盆位於左方，就在一排普通的小便斗前，隱藏在右方幾級臺階上的，則是唯一的隔間廁所。廁所門用好幾條膠帶黏住，以保持敞開。不需要人家告訴我，我也知道裡面有什麼。

大腦在面對犯罪現場時是很有趣的。在最初的幾秒鐘，你的眼睛會從恐怖的畫面移開，並定焦在平凡的事物上。他是個中年白人男子，坐在馬桶上。他的雙肩下垂，下巴抵在胸前，因此很難看到他的臉，不過他有著一頭褐髮，頭頂出現一塊光禿。他身著一件昂貴但穿舊了的粗花呢外套，被半拉下肩膀，露出一件相當不錯的藍白細直紋襯衫。他的內褲和長褲都褪到腳踝處，大腿蒼白且腿毛茂密。他的雙手軟綿綿地垂在雙腿之間，我猜他是一直緊抓自己的鼠蹊部直到失去意識。他的手掌沾著溼黏的血，外套和襯衫袖口也都被血浸溼了。我逼自己看向創傷處。

「真他媽的老天啊。」我說。

血大量流進了馬桶裡，我完全不想當那個之後在裡頭撈找的可憐鑑識人員。有東西割斷了這男人的陰莖，從睪丸上方的根部切斷，除非是我誤會了，否則他就是抓著僅剩的部分到流血身亡為止。

這畫面極為嚇人，我懷疑史蒂芬諾柏斯把我帶下來這裡，不只是為了給我上一堂犯罪現場理論的速成課。一定還有其他原因，所以我逼自己再次看向創傷處，這次我見到了關聯性。我並不是專家，但從創傷處的不平整傷口來看，我不認為凶器是刀子。

我站起來，史蒂芬諾柏斯給了我一個嘉許的表情，大概是因為我沒有立刻抓緊自己的鼠蹊部，然後嗚咽地逃離現場。

「看起來似曾相識嗎？」她問。

4 我骨灰的十分之一

格魯喬俱樂部——這個名字讓人聯想到格魯喬的名言[1]——差不多是在我出生時創立的，供應餐點給那些喜歡他們的諷刺後現代主義又付得起的藝術家和媒體專家。這家俱樂部通常不在警察的注意範圍，無論他們的顧客有多麼時髦地反對現存的社會體制，他們通常不會在週五的夜晚湧進這裡。或者至少，除非這裡有可能讓這些人登上隔天的報紙，他們才會這麼做。有不少應該送去勒戒的名人，會出現在人行道對面的入口處，如此就足以支撐狗仔隊生態的利基市場了。這也說明了為什麼史蒂芬諾柏斯要把這條街給封起來。我想像那些攝影師現在一定像五歲大的孩子般怒氣沖沖。

「妳想到了聖約翰．吉爾斯？」我問。

「凶手的手法很有特色。」史蒂芬諾柏斯說。

聖約翰．吉爾斯是個週六夜晚的約會強暴犯，他的職業生涯，我說真的，在一間俱樂部裡被剪斷了，有個女人，或者至少是某種看起來像女人的東西，將他的陰莖咬掉了

1 本章章名取自美國喜劇演員格魯喬．馬克思（Groucho Marx）的名言：「我希望被火化。我骨灰的十分之一應交給我的經紀人，一如合約上所載明。」

——用她的陰道。這通常被稱為**陰牙**，而且沒有任何醫學證實的相關紀錄。我之所以知道是因為瓦立醫生和我翻遍了資料，一路回溯到十七世紀也只找到這些。

「那件案子有任何進展嗎？」史蒂芬諾柏斯問。

「沒有。」我說。「我們取得了他的證詞、他朋友的證詞，還有一些模糊的監視攝影畫面，就這樣。」

「至少我們可以先比較這兩起案件的被害者。你去聯絡貝爾格拉維亞警局，拿到案件編號，然後將你的鎖定對象輸入我們的調查檔案。」她說。

鎖定對象指的是在調查過程中會關注的人，並且已輸入**福爾摩斯**的查詢系統中。證人證詞、鑑識結果、警探在偵訊時的註記，甚至是監視錄影畫面，全都有助於案件調查的電腦化。最原始的系統是從約克郡開膛手案的拜福德調查報告結果所建立。這個開膛手彼得·薩克利夫在落網前曾多次被盤查，最後是在一次偶然的例行性交通臨檢才確認。警察可以忍受被視為貪汙腐敗、恃強欺弱或專橫暴虐，但他們無法忍受被視為愚蠢遲鈍，因為這樣一來，會降低人們對於執法力量的信心，並有害社會秩序。由於缺乏適合的替罪羔羊，直到那時，警察才被迫將他們引以為傲、由才能平庸的業餘者所組成的文化變得專業化。**福爾摩斯**就是這過程中的一環。

為使數據能發揮作用，必須以正確的格式輸入資料，並檢查相關細節是否已特別標記和列入索引。不用說，我根本還沒把聖約翰·吉爾斯這個案子的任何資料輸進資料庫。我很想解釋我的部門只有兩個人，其中一個才剛剛懂得怎麼看有線電視而已，不過當然啦，史蒂芬諾柏斯早就知道得一清二楚。

「是的，長官。」我說。「這位死者的名字是？」

「他是傑森．登祿普，俱樂部會員，自由記者。他訂了樓上的房間。十二點剛過，他最後一次被看見爬上這些木樓梯上樓就寢，然後在三點剛過時，被大夜班的清潔人員發現死在這裡。」

「死亡時間是什麼時候？」我問。

「十二點四十五分到兩點半之間，或多或少有誤差。」

在病理學家進行解剖之前，這個誤差上下可達一小時之久。

「他有沒有什麼**特別的**地方？」她問。

我不需要問她所謂的「特別的」是什麼意思。我嘆了口氣。我真的很不想再靠近屍體，但還是蹲了下來，藉此機會好好看看他的臉。他的臉很鬆弛，不過由於他的下巴抵住胸口，雙唇緊閉，我看不出他有任何表情。接著，我思索在他死亡之前，他這樣抓住鼠蹊部坐在這裡有多長時間了。起初我以為沒有**感應殘跡**，但是後來，非常微弱、約莫是一百毫吠之間的程度，我感覺到了波特酒、糖蜜、牛羊板油的味道和蠟燭的氣味。

「怎麼樣？」她問。

「我想不是，」我說，「如果他遭受到魔法攻擊，也不是直接被攻擊的。」

「我希望你不要用這種說法。」史蒂芬諾柏斯說。「我們不能稱之為『其他手段』嗎？」

「如果妳希望的話，長官。」我說。「這起攻擊事件可能跟『其他手段』沒有關係。」

「沒有？一個下面有牙齒的女人？我得說這真的是非常『其他』，你不認為嗎？」我和納丁格爾曾在第一起攻擊之後討論過。「她有可能穿戴了假肢，妳知道的，像是一副假牙，只不過是以……垂直的方式嵌入。如果有個女人這麼做了，妳不覺得她可以……」我發現我用手比劃著咬合的動作，最終制止了自己。

「這個嘛，我做不到。」史蒂芬諾柏斯說。「但還是謝謝你跟我分享這麼精采的推論，葛蘭特，這肯定會讓我在夜晚保持清醒。」

「至少不像這些男人這麼慘，長官。」我說，接著真心地希望自己剛剛沒這樣講。史蒂芬諾柏斯露出不可思議的表情。「你還真是個莽撞的傢伙，不是嗎？」她說。

「抱歉，長官。」我說。

「你知道我喜歡什麼嗎，葛蘭特？一樁週五晚上的刺殺案，某個可憐的傢伙被刀刺傷了，只因為他在其他醉漢眼裡看起來很可疑。這是我能理解的行凶動機。」她說。

我們都站了一會兒，思索昨天晚上那朦朧又遙遠的一天。

「你不算正式加入這次調查。」史蒂芬諾柏斯說。「把自己當成顧問就好。我現在是實際上的高階刑偵長，如果我認為我需要你，會再通知你。明白嗎？」

「是的，長官。」我說。「有幾條線索我可以追查，以『其他手段』進行調查。」

「很好。」史蒂芬諾柏斯說。「不過你在採取任何行動之前，都必須先獲得我的同意。你將新發現的一般線索新增至**福爾摩斯**，我也會把任何奇怪的資訊告訴你。這樣清楚嗎？」

「是的，老大。」我說。

「好孩子。」她說。我看得出她喜歡「老大」這個稱呼。「現在走吧，希望我不需要再看到你。」

我走回鑑識帳篷脫掉傻瓜裝，小心翼翼地不讓任何血跡沾到我的衣服。

史蒂芬諾柏斯希望我低調地參與調查。有鑑於柯芬園暴動讓四十名群眾送醫治療、逮捕了兩百多名參與者，包括歌劇《比利．巴德》的大部分演員，還將一名副助理警察廳總監送進醫院並接受懲戒停職，而史蒂芬諾柏斯的長官則在被我用一管大象專用鎮靜劑攻擊後請了病假（我得解釋他當時想要勒死我）——這發生在皇家歌劇院被搞得天翻地覆、還有市場被燒掉之前——我覺得保持低調是件好事。

我返回浮麗樓找到納丁格爾，他正在早餐餐廳從茉莉每天早上一定要擺滿供餐桌的銀盤中夾取印式燴飯。我掀開其他銀盤的蓋子，看見坎伯蘭臘腸和水煮蛋。有時候當熬了一整夜後，你可以用一頓美好的英式早餐取代睡眠。這段時間足以讓我向納丁格爾報告格魯喬俱樂部的那具屍體，雖然我出於某種原因避開了坎伯蘭臘腸。托比在桌子旁坐直身子，向我露出狗兒那種隨時準備衝向任何可能扔給牠的肉類食物的警戒眼神。

當可憐的無陰莖聖約翰．吉爾斯一案發生後，我們找了一位鑑識科牙醫來驗證，傷口是由牙齒而非刀子、小型捕獸夾或是其他東西所造成。牙醫以最可能的推論製作了牙齒重建模型。看起來非常像是人類的嘴巴，只是比較淺而且方向是垂直的。以他的意見來說，犬齒和門牙大致與人類牙齒相近，但前臼齒和臼齒卻尖薄得很不尋常。「比較像是食肉動物而不是雜食動物。」牙醫這麼說。他人很好也很專業，可是我明顯感覺到他認為我們在唬他。

我們因此展開了一段關於人類消化系統的詭異辯論，直到我出門買了一些學校用的生物學教科書，跟納丁格爾詳細說明了胃、大腸、小腸和它們的功能後，辯論才告一段落。我問他以前在學校有沒有學過這些，他說也許有，但是他沒在聽。我問他那時候他都在忙些什麼，他說橄欖球和咒語。

「咒語？」我問。「你是說，你在霍格華茲就讀嗎？」

為此我得向他解釋哈利波特系列這套書，接著他說對，他就讀的學校是專為具有深厚魔法家族傳統的孩子所開設，不過和書裡描述的學校並不一樣。雖然他還挺喜歡魁地奇這種玩法，他們通常是打橄欖球，而且球場上嚴禁使用魔法。

「我們會玩我們自己的回力球，」他說，「使用移動咒，這樣比較刺激。」

學校在二戰時期被軍方徵召，到了一九五〇年代早期回歸民間使用時，已經沒有足夠的學生來維持營運了。「或者是足夠的老師。」納丁格爾說，接著陷入一段長長的沉默。我認為以後絕不能再次提起這個話題。

我們花了很多時間翻閱圖書室的藏書，查找關於**陰牙**的資料，我找到了沃夫的《異族奇事》。波利達利研究的是可怕的死亡，而山繆．伊拉莫斯．沃夫則是研究動物以及瓦立醫生所說的「正統神祕動物學」。他與生物學家赫胥黎和議員威伯福斯身處同個時代，並以全新理論抨擊當時最新的生物演化論。在《魔法於導致偽拉馬克學說遺傳中所扮演的角色》的序言裡，他主張接觸魔法可能導致生物產生變化，而這些改變能遺傳到下一代身上。在現代生物學家的認知中，這稱為「軟性遺傳」；然而，如果有人支持這種論點，他們就會指著那個人大笑。沃夫的論點聽起來似乎可信，可惜的是，在完成書中驗證理論的部分之前，他就在席德茅斯的水域被鯊魚殺死了。

我認為，以一套理論來說，它可以說明《異族奇事》裡詳述的許多生物的「演化」。沃夫在他的理論中避談**地域守護神**，即當地神靈，他們是最顯而易見的存在。不過我可以理解，如果人類受到滲透在某些地區廣泛且不可捉摸的魔法的影響，那麼他們自然而然會被那些魔法所形塑。舉例來說，泰晤士之父、泰晤士之母，甚至是貝弗莉，那個我曾在七時區日晷柱吻過的女孩。

遺傳給後代子孫，我想著這點。或許，讓貝弗莉安全地遠離這充滿誘惑的流域是件好事。

「假如鑑識科牙醫證實了這兩起案件是同一個『生物』所為，」我說，「我們是否能假設她並非自然生物？我的意思是，她一定具有某種魔法特質——對嗎？也就是說，不管她去哪裡，都一定會留下**感應殘跡**。」

納丁格爾倒了些茶。「你到目前為止還沒有感應到。」

「是沒錯。」我說。「但如果她有巢穴，一個她多數時間都待在那裡的窩，那麼就有機會累積**感應殘跡**，這樣應該比較容易發現。而且兩起攻擊事件都發生在蘇活區，她的老巢很可能就在這一區。」

「有一點過度推測了。」他說。

「至少是個開始。」我說，將臘腸朝托比彈去，牠施展了靈巧的立定跳高咬住臘腸。「我們現在需要的是一個擁有獵捕超自然生物紀錄的對象。」

我們一起看向托比，牠一口吞下了臘腸。

「不是托比。」我說。「有個人還欠我一份人情。」

在我居中調節泰晤士河的上下游和平時，協議的部分內容包括了人質交換。全都是非常中世紀的做法，不過，這是那時候我所能想到的最佳辦法了。從泰晤士之母的倫敦代表團中，我選擇了貝弗莉，她擁有深褐色的眼睛和大膽淘氣的神情；另一邊我選擇了艾許，在巡迴遊樂場中，他看起來就像個電影明星一樣帥，散發滑頭金髮男的魅力。在泰晤士之母位於瓦平的家中逗留了一段頗為災難的時間後，她最年長的女兒將他送去「創始者」——那是一間學生宿舍，位於從喧鬧的國王十字車站到進入富裕的布倫茲貝里的邊界上。如此一來，他到浮麗樓只要短跑一下就到了，以防有什麼緊急事件發生。

這間宿舍建於塔維斯托克廣場街不遠處，一座有庭院的馬廄改建房附近，外表看來完全是英國傳統的喬治王朝風格，屋內卻採用兒童電視節目那種易於清掃的基色。工作人員穿藍綠色T恤、棒球帽，面帶強制性的愉悅微笑，當他們看見我時笑容有些扭曲。

「我只是來接他的。」我告訴他們，他們的笑容恢復到原本符合規定的燦爛程度。

我徹夜工作，小睡了一會兒後，沖澡、補足一點文書處理進度，雖然我的精神不能說沒有受到影響，我還是找到了艾許的房間，發現他才剛剛起床。他圍著一條髒兮兮的橄欖綠浴巾來開門。

「彼得，」他說，「進來吧。」

創始者宿舍的個人房內配置了上下鋪單人床，為了保留最重要的青年旅社氛圍。基本上，就算你租的是個人房，還是得跟至少一位其他房客共住。艾許搬進來沒多久，就用不知道從哪裡找到的氧乙炔焰焊接槍，把上下鋪變成了雙人床。要是有人想搬進這間房與他同住，就得跟他同蓋一張鴨絨被。宿舍方面提出抗議時，泰晤士之母派她的女兒泰本過來處理。每當泰小姐出手，事情就會一勞永逸。老實說，艾許很少自己一個人過夜。泰本很討厭他，不過由於在艾許出現前，我是她厭惡名單的榜首，所以我覺得泰本討厭他對我來說是件好事。

昨晚留下來過夜的年輕女子裹在鴨絨被裡謹慎地打量我。房裡除了床尾之外沒有別的地方可坐，於是我坐了下來，對她露出可靠的微笑。她緊張地看著艾許走到通往共用淋浴間的走廊上。

「午安。」我說，她點點頭示意。

她的美麗是精心打造的：細緻的頰骨、橄欖色的肌膚，以及披散在肩膀上的黑色長捲髮。直到她放鬆警戒後坐起身子，下滑的被子讓光滑無毛且完全平坦的胸部露出來時，我才明白是「他」而不是「她」。

「你是男的？」我問，只是想展現我在亨頓接受的敏感度訓練沒有白費。

「只有在生物學上是的。」他說。「你呢？」

艾許大搖大擺地走回房間，讓我免於回答這個問題，他全身赤裸，找到一條褪色牛仔褲和一件肯定是來自艾法的阿南西蜘蛛T恤。他給了床上的年輕男子一個法式溼吻，接著套上一雙馬汀靴後跟我一起走出房門。

直到我們離開宿舍往福特Asbo車走去時，我才問他關於他床上那男孩的事。

艾許聳了聳肩，「我們回到房間後，我才知道他是男的。」他說，「反正玩得很開心，有何不可呢？」

對於一個一輩子都住在塞倫瑟斯特、沒有去過更大都市的人來說，艾許的大都會化程度令人意外。

「我們要去哪裡？」我們上車時，艾許問。

「你在這裡最愛的地方，」我說，「蘇活區。」

「你要請我吃早餐嗎？」他問。

「午餐，」我說，「有點晚的午餐。」

後來我們在柏威克街上的露天座位吃炸魚薯條，街道的這頭有電視公司，中間是街道市集，另一頭則是幾間有點鬼鬼祟祟的情趣用品店。這裡還有一些世界知名的唱片行，店內只賣黑膠，是那種我父親可以去賣他收藏品的地方——假如這種事有可能發生的話，對他來說想都別想。

我將我想要他做的事告訴他。

「你要我在蘇活區閒晃？」他問。

「對。」我說。

「去酒吧跟俱樂部，認識新朋友。」他說。

「沒錯，」我說，「而且我要你注意一個神經病，可能是超自然女殺手。」

「所以，是去俱樂部找危險的女人。」他說。「她長什麼樣子？」

「她長得像茉莉，但可能已經稍微改變髮型了。」我說。「我希望對你來說，你知道的，她的超自然特質會特別顯眼。」

我看見艾許在他的大腦裡翻譯這段話。「噢，」他說，「我懂了。要是我看到她的話該怎麼做？」

「打給我，然後你不要靠近她。」我說。「這是監視行動，清楚嗎？」

「清楚。」艾許說。「我有什麼好處？」

「我請你吃薯條了，對吧？」

「鐵公雞。」他說。「來點酒錢？」

「我會補償你的。」我說。

「不能先給嗎？」

我們找了臺提款機，我領了一大筆錢當作走路工薪資交給他。「我要收據，」我說，「否則我就要告訴泰本，那天晚上在梅費爾到底發生了什麼事。」

「只是隻貓而已。」艾許說。

「有些事是不該發生在任何人身上的，」我說，「就算是一隻貓也不行。」

「看起來剃得很漂亮啊。」艾許說。

「我不認為泰本會這樣想。」我說。

「我想我應該從耐力酒吧開始勘察。」艾許說。「一起來嗎？」

「不行，有些人得要工作才有生活費。」我說。

「我也是，」艾許說，「我在做你交待的工作。」

「自己小心。」我說。

「講得好像我要在美好的月夜裡偷獵一樣。」他說。

我看著他從市場的攤子上順手牽羊了一顆蘋果，然後漫步離開。

在蘇活區開車是件很困難的事，加上沒有地鐵站或公車從中開過，結果就是得靠步行在裡頭穿梭。因為走路的關係，你就會碰見通常可能錯過的人。我把 Asbo 停在畢克街，所以得轉過博威克街，在我即將離開蘇活區之前，就在萊辛頓街被人攔截了。

「葛蘭特警員！你騙我！」

我轉身見到席夢・費茨威廉在人行道上踩著高跟鞋朝我走來。她身上的紅色開襟羊毛衫滑落肩膀，像條披肩一樣，裡頭是件釦子繃得很緊的桃色短衫，還有充分展現其美腿的黑色緊身褲。當她走近的時候，我聞到忍冬、玫瑰和薰衣草的氣息，英國鄉村花園的氣味。

「費茨威廉小姐。」我說，試著用正式的說話口吻稱呼她。

「你騙我。」她說，張著的紅脣拉開成了笑容。「你的父親是理查・葛蘭特『大人』。真不敢相信我沒從你的長相看出來。難怪你說得出那些爵士樂的東西。他現在還演奏嗎？」

「妳最近好嗎？」我問，覺得自己像是日間電視節目主持人。

笑容動搖了。「有好有壞。」她說。「你知道什麼能讓我開心嗎？珍饈美饌。」

我從來沒有在現實生活中聽誰使用過珍饈美饌這個詞。

「妳想去哪裡吃？」我問。

英國人總是在這塊大陸的其他地方引發強悍的傳教特質，不時會有吃苦耐勞的人們甘冒天氣險惡、挑戰水電整修，以及忍受挖苦諷刺，將生命中更美好的東西帶到這個貧乏的黑暗島嶼。席夢認為瓦萊麗夫人就是這樣的先鋒者之一，她在弗里思街上開了家法式糕餅店，德軍轟炸過那裡之後搬到康普頓老街上。我曾經走過店外無數次，不過這家店並不賣酒，所以我幾乎沒被找進店裡過。

席夢抓住我的手，而且真的是拉著我走進店內。展示櫃在午後的陽光下散發光芒，一列列糕點糖果排列在奶油色的蕾絲小飾布上，粉紅色和黃色，紅色和巧克力色，盛大氣派宛如模型軍團。

席夢喜歡樓梯旁的桌子，恰好正對蛋糕展示櫃。她說從這個位置可以看到人們來來去去，**還能**留意甜點們的動靜，以免它們想要逃跑。她似乎對這家店很熟悉，因此我讓她負責點餐。她點了一份看起來十分小巧，以奶油、酥餅和糖衣組成的夾心蛋糕；我的則是以巧克力蛋糕為基底，再加上巧克力醬裝飾與點綴著巧克力的鮮奶油。我想知道自己是被誘惑了，還是已經陷入糖尿病昏迷。

「你一定得告訴我你發現了什麼。」她說。「我聽說你昨天晚上跟吉米和麥克斯去了神祕風格酒吧。那是個非常邪惡的地方吧？我相信你必須極力控制自己不把那些惡棍通通抓起來。」

我承認自己的確去了那家酒吧，那裡也確實是罪惡的巢穴，不過我沒有告訴她關於長號手米奇的事，就在我們談話的時候，他正在倫敦大學學院醫院的太平間等待瓦立醫生。我隨口說了些目前進行中的案件調查，看她吃著蛋糕。她像個迫不及待卻又聽話的孩子，優雅而快速地吃著，嘴脣上還沾了些奶油。我注視她伸出舌頭舔去。

「你知道你應該跟誰談嗎？」她說，奶油已經都舔乾淨了。「你應該去跟音樂家工會談談。畢竟，照顧會員不是他們的工作嗎？如果有誰應該知道這是怎麼一回事，那就是他們了。你還要吃嗎？」

我把自己剩下的蛋糕都給她，她像個充滿罪惡感的小女孩，先看了看自己的盤子和我的盤子，才將我的拿到她面前。「我一直都不太懂得控制我的胃口，」她說，「我想，大概是在補償年輕的自己吧——那時候各種物資都很缺乏。」

「那時候？」

「當我還年輕又愚蠢的那時候。」她說。她的臉頰上沾到了一小塊巧克力，我想都沒想就伸出大拇指替她抹掉。「謝謝。」她說。「蛋糕永遠吃不夠。」

時間也是永遠不夠用的。我付了帳，她陪我走到停放 Asbo 的地方。我問她從事什麼工作。

「我是記者。」她說。

「哪一家的？」我問。

「噢，我是自由記者。」她說。「顯然現在每個人都是自由記者。」

「妳寫什麼主題呢？」

「當然是爵士樂。」她說。「倫敦現場、音樂、流言蜚語，我的報導大部分在國外刊載。主要是日本，日本人很熱愛爵士樂。」她說，她懷疑東京有些編輯把她的報導翻譯成了日文，她的名字是翻譯過程中遺失的一部分。

我們走到了轉角。

「我就住在柏威克街。」她說。

「跟妳的姊姊們一起。」我說。

「你還記得。對，你當然記得了，你是警察。怪不得他們要訓練你當警察。要是我告訴你我的住址，你當然也會記得了。」

她把地址告訴我，我假裝默背下來——再一次記誦。

「Au revoir（再見），」她說，「直到我們下次相會。」

我看她踩著高跟鞋離去，輕快地擺臀。

萊斯莉一定會殺了我。

很久以前，我父親和他的夥伴經常流連在亞契街，也就是以前音樂家工會的所在地，只為了想要找到工作。我總是想像那畫面宛如一小群、一小群的樂手沿人行道點綴著。後來我看到一張照片，街道上充斥頭戴捲邊平頂帽、身穿伯頓西裝的男子，揹著他們的樂器走來走去，像是失業的黑手黨黨員。我父親說，街上很擠也很競爭，於是樂團發展出手勢密碼來越過群眾溝通：伸縮移動的拳頭代表長號，手掌攤平朝下表示鼓手，飛舞的手指代表短號或小號。這樣一來，就可以一邊削價爭取在奢華的薩沃依飯店或知名的巴黎酒館演出的機會，一邊與夥伴們和平友善地待在群眾裡。我父親說，在亞契街上你可以組出兩個完整編制的交響樂團及一個大樂團，還會剩下夠多的人可以組一些四重奏以及一個鋼琴獨奏家，在里恩街角茶屋演奏。

現在樂手們彼此傳訊息，在網路上安排演出，音樂家工會也過了河在克萊翰路上開店。今天是星期天，不過音樂就像犯罪一樣從不休息，所以我打了電話過去。在我說服辦公總處的那名男子這是警察辦案所需之後，他給了我爵士樂部門福利制度負責人媞斯塔．戈許的手機號碼。我打過去留了言，表明我的身分並強調這件事很緊急，但沒有確實說出任何具體內容。你不希望出現在YouTube的東西就絕對不要錄下來，這是我的座右銘。當我在找我的車的時候，戈許小姐回撥了電話。她操著精準的中產階級口音，這只有從搖籃時期就將英語當作第二語言學習才有可能做到。她問我需要什麼幫助，我說我想要跟她談談工會會員的意外死亡狀況。

「一定要今天晚上嗎？」她問。我可以聽見背景傳來樂團演奏〈紅泥土〉的樂音。我告訴她，我會盡量縮短約談的時間。我喜歡用「約談」這個詞，因為一般大眾會將之視為依循法律途徑的第一步，從「協助警方問話」到和一個堅持叫你蘇珊、狂流汗的壯漢關在狹小的牢房裡等候女王發落。

我問她現在在哪裡。

「攝政公園的活動中心，」她說，「今天是露天爵士音樂節。」

事實上，根據我後來在入口處看到的海報，這個活動是**最後的露天爵士音樂節**，由以前叫做吉百利史威士的公司贊助。

五百年前，以精明出名的亨利八世發現了一個優雅的方式，可以同時解決他的神學問題與個人財務危機——他解散修道院，奪走他們所有的土地。想要永保財富的有錢人絕對不會在任何財產上退讓，除非他們必須這麼做，所以這些土地從此隸屬於國家。三百年後，攝政王喬治四世延攬了建築師納西為他建造一座大型宮殿，附帶一些可供出租的雅緻排屋，藉此掩飾這位攝政王想放蕩墮落至死的英勇意圖。

這座宮殿沒建成，不過排屋和縱情聲色倒是遺留了下來——這座公園便以攝政王之名命定。公園的一端是北公園草地，做為操場和運動設施使用；中央則矗立著活動中心，在一座大型的人工山丘上蓋了亭閣與更衣室。活動中心有三個主要入口，以疏散機堡的方式打造，底層的入口看起來像是通往超級壞蛋的巢穴。活動中心樓上是一間環形咖啡廳，環繞的透明壓克力牆能盡收三百六十度的公園全景，人們可以坐在這裡喝茶，策畫如何統治世界。

天空還是很晴朗，但空氣中已經帶有寒意。每逢八月，人們會三三兩兩聚集在臨時舞臺前方，半裸著、懶洋洋地躺在咖啡廳四周的水泥地上。可是到了九月中旬，就會用運動服蓋住腰部，袖子也不捲起來了。所幸，現在還有足夠的金色陽光可以假裝——如果是另一天的話該有多好——倫敦是個有露天街道咖啡廳和公園裡有爵士樂的城市。

現正表演的樂團演奏著某種我不會將之分類為爵士樂的融合樂，所以當發現媞斯塔．戈許在樂聲隱約的餐飲帳篷後抱著一瓶白酒時，我並不驚訝。我撥打了她的手機，她叫我走過去。

「我希望你會願意喝這個，」當我找到她時，她說，「我沒辦法讓這款澳洲酒的氣泡維持久一點。」

為什麼不呢，我心想，我一整個星期都在喝酒，為什麼現在要停止？

戈許小姐是個苗條、淺膚色的女人，她的鼻梁很挺，偏好長垂吊式耳環，一頭黑長髮紮成馬尾。她穿著白色休閒褲和紫色短上衣，外罩一件高檔的騎士皮夾克，至少大了有五個尺寸。也許是她借來禦寒的。

「我知道你在想什麼，」她說，「像我這樣的印度好女孩，為什麼會聽爵士樂？」事實上我只是在想，她到底是從哪裡拿到那件皮夾克的，而且穿皮夾克不會違背她的宗教信仰嗎？

「我父母親很愛爵士樂。」她說。「他們是加爾各答人，那裡有間知名的翠卡俱樂部，在公園街上。去年九月我去了那裡——去參加一場婚禮。現在一切都不一樣了，不過那裡以前是很棒的爵士樂表演場地，他們就是在那裡相遇的。我說的是我的父母親，不是在那裡結婚的親戚。」

夾克的左邊翻領上別著一排粗製濫造的徽章，只要用手一壓就會壞掉的那種。趁戈許小姐在講解印度於戰後蓬勃發展的創新爵士樂時，我偷偷讀了徽章上頭的字——搖滾反種族主義、反納粹聯盟、別怪我沒投托利黨——都是一九八〇年代的口號，大部分是在我出生以前開創的。

戈許小姐正告訴我艾靈頓公爵在冬宮表演時的事——是加爾各答的一間飯店，不是俄國革命的發生地——我決定是時候將談話拉回正軌了。我問她是否注意到有會員突然死亡，尤其是在表演中或是表演完之後。

戈許小姐狐疑地盯著我看了一陣子。

「你在耍我嗎？」她問。

「警方在調查音樂家的可疑死亡案例，」我說，「這只是很初步的調查而已。這些死亡案例也許看起來像是過勞或濫用酒精毒品。妳有沒有注意到類似的狀況？」

「你在開玩笑嗎？」她說，「這些爵士樂手，要是連一項壞習慣都沒有，我們不會讓他們入會。」她笑了，但我沒笑，她注意到我的反應後便不笑了。「是謀殺案嗎？」

「現階段還不知道，」我說，「我們只是在追查既有的線索。」

「你突然這樣問，我想不出來。」她說。「如果你想要知道，我明天可以查一下紀錄。」

「那樣應該會很有幫助。」我遞給她我的名片。「明天妳可以先做這件事嗎？」

「當然。」她說。「你認識那些盯著你看的人嗎？」

我轉頭，發現非正規兵們在啤酒帳篷下看著我。麥克斯朝我揮了揮手。

「你不會想跟他說話的，小姐，」詹姆士大喊，「他是爵士樂警察。」

我向戈許小姐道別，希望她還能認真看待我請她查資料這件事。為了補償我，非正規兵們同意請我喝酒。

「你們在這裡做什麼？」我問。

「爵士樂人在哪裡喝酒，我就在哪裡。」詹姆士說。

「我們本來在這個音樂節有演出安排，」丹尼爾說，「但是少了賽勒斯……」他聳聳肩。

「不能找別人頂替嗎？」我問。

「要降低標準才找得到。」詹姆士說。

「說真的，標準已經相當低了。」麥克斯說。「我想你應該不會演奏樂器？」

我搖搖頭。

「太可惜了。」他說。「下週我們在拱門俱樂部有演出。」

「我們倒數第二個出場。」丹尼爾說。

我問丹尼爾，除了鋼琴以外他還會什麼。

「我的吉布森電吉他彈得很好。」他說。

「你會想要跟一個幾乎是爵士樂傳奇的人合奏嗎？」我問。

「怎麼會有『幾乎是』爵士樂傳奇的人？」麥克斯問。

「閉嘴，麥克斯，」詹姆士說，「他在說他父親。你是在說你父親吧？」

一小段的沉默——大家都知道我父親已經不會吹小號了。丹尼爾整理了這段對話。

「他換樂器了，是嗎？」他問。

「芬達羅茲電子琴。」我說。

「他彈得好嗎？」麥克斯問。

「肯定比我厲害。」丹尼爾說。

「葛蘭特大人，」詹姆士說，「這樣很酷吧？」

「非常酷，」麥克斯說，「你覺得他會同意嗎？」

「我會去問他，」我說，「我看不出他不同意的理由。」

「謝謝你。」丹尼爾說。

「別謝我，兄弟。」我說。「我只是做我該做的事。」

結果，爵士樂警察變成了救火隊。如果我父親說好的話——我認為他很可能答應。拱門俱樂部在康登水閘，和我住的公寓在同一條街，交通路線安排上會很簡單。我決定讓母親來安排團練時間——她應該會樂在其中。

在我答應替他們牽線之後，我才發現自己從未聽過父親在觀眾面前演奏。非正規兵們高興極了，詹姆士還感動到要請我喝大杯啤酒，其實是好幾大杯，但我還要開車，所以只喝了一杯。這樣也好，十分鐘後史蒂芬諾柏斯就打電話來了。

「我們在搜查傑森．登祿普的公寓，」她說，「找到一些東西，我想要讓你看一下。」她給了我地址，在伊斯林頓。

「我半小時後到。」我說。

傑森．登祿普住在邦斯貝里路一棟改建過的、早年維多利亞時期排屋的半地下室公寓裡。更早以前，僕人住的地方完全在一樓以下，不過維多利亞時期的人們是偉大的社會改革者，決定即使是地位低下的人，也應該能看見在主人宅邸附近走來走去的腳——因此有了半地下室。這樣還能增加自然光照、節省蠟燭，省錢就是賺錢之類的好處。屋內的牆面漆成簇新的白，上頭毫無任何裝飾：沒有相框，沒有莫內、克林姆的複製畫，或是一群狗玩撲克牌的油畫。廚房設備是便宜的新品。我聞到了買來出租的氣息，也嗅出這是最近才發生的事。從客廳裡半空的包裝箱來看，我認為傑森剛搬來不久。

「離婚離得不乾脆。」史蒂芬諾柏斯帶我參觀時說。

「她有不在場證明嗎？」

「到目前為止是的。」史蒂芬諾柏斯說。面對同時是被害者又是嫌疑犯的喪親家屬——我很高興自己不用負責調查**這部分**，不用享受這種樂趣。這間公寓只有一間房，兩個男用手提箱被推到角落，還有一排包裝箱，蓋子上有採指紋粉的痕跡。史蒂芬諾柏斯示意我看一疊書，它們被小心擺放在床邊的塑膠布上。

「已經搜查過了嗎？」我問。

史蒂芬諾柏斯說是，但我還是戴上了手套。在面對證物時這是個好習慣，巡佐也贊同地哼出聲。我拿起第一本書，書很舊了，這是一本戰前出版的精裝書，小心翼翼地用白色紙巾包裹起來。我打開來看到作者與書名：艾薩克．牛頓《自然哲學的魔法學原理》。我的書桌上也有一本同樣版本的，旁邊還有一本更大的拉丁文字典。

「我們看到了這個，」史蒂芬諾柏斯說，「然後想到了你。」

「還有其他的嗎？」我問。

「這個箱子留給你處理，」她說，「以免它被詛咒了什麼的。」

我希望她只是想挖苦我。

我檢查了這本書，封面的四個角都磨損了，因年代久遠而變形。書頁的邊緣留下了使用時的凹痕與髒汙。無論它的主人是誰，它都不是只擺在書架上而已，是實際拿來閱讀的。我憑直覺翻到第二十七頁，自己曾在這一頁的某處貼過畫著問號的便利貼，就在同一個地方，我看見了變淡的鉛筆字跡寫著「什麼？」。有人跟我一樣，無法理解牛頓在這篇序論的中段所講的內容。

如果有人真的在學習魔法，還會需要卡斯柏森的《偉大作品的現代評論》。這本書以英文寫於一八九七年，感謝老天，每個試圖用擬光照亮自己房間的受挫學生，都毫無疑問地張開雙臂擁抱了這本書。我看了看箱子裡，在一本厚重的現代拉丁文字典和文法書下面找到了一本卡斯柏森——知道我不是唯一需要幫助的人，這感覺真好。這本《現代評論》和《魔法學原理》一樣很老舊而且經常使用。我快速翻看內頁，翻了三十頁後找到一個褪色的章——是一本打開的書，周圍有三個皇冠，「Bibliotheca Bodleiana」字樣圍繞在外頭。我檢查了《魔法學原理》，找到另一個不同的章，圖案是一個老式的圓規，圍繞的字樣是「SCIENTIA POTESTAS EST QMS（知識即是力量）」。我翻到卷頭插畫，看到一個淺淺的方形汙塊。我父親的書也有這種汙塊，就在他年輕時從學校圖書館偷回來的書上。這個痕跡來自於原本黏貼借閱紀錄卡套的膠水，這種東西得回溯到恐龍還在地球上遊走，而電腦還是洗衣機大小的時代。

我謹慎地清空把箱子。裡頭還有六本書，我認為都是與魔法切實相關的書籍，全都蓋上了「Bibliotheca Bodleiana」的圖章。

我假設這個圖章指的是博德利圖書館，依稀記得那是在牛津大學裡，雖然我不認得第二個圖章，但我認出了那句格言。我打電話回浮麗樓，響了幾聲後才有人接聽。「我是彼得。」我說。電話那頭沒有聲響。「我現在必須跟他說話。」我聽見話筒被放在話機旁的聲音。在等待時，我思考著該是買支實用的手機給納丁格爾的時候了。

當納丁格爾接起電話，我向他說明了這些書的事。他要我把書名列出來並描述圖章的樣子，接著他問史蒂芬諾柏斯是否有空聽電話。

我喊了她的名字，把手機遞給她。「我的長官想跟妳說話。」我說。

趁他們講電話時，我將這些書裝進袋子裡，填寫證物資料標籤。

「你認為這樣做比較好嗎？」她問。「那好。我會讓他帶著書過去。我想你們應該會保管好證物。」納丁格爾一定是向她保證，我們會像內政部所有的實驗室一樣一絲不苟，她點點頭後把手機還給我。

「我想，」納丁格爾說，「我們現在要面對的可能是一位黑魔法師。」

5 夜鬥

根據納丁格爾的定義，黑魔法是指以魔法破壞和平的使用方式。我指出這種定義太廣泛了，基本上包括了所有浮麗樓以外的魔法使用。納丁格爾表明，他認為這是一種特徵，而非定義錯誤。

「黑魔法是指利用魔法傷害他人。」他接著說。「你比較喜歡這個定義嗎？」

「我們沒有任何證據指出傑森·登祿普曾經利用黑魔法傷害任何人。」我說。我們把檔案資料夾攤開，放在早餐餐廳的桌子上，還有我從登祿普家帶回來的書，以及茉莉嘗試做出來的古怪班尼迪克蛋殘骸。

「我會說，我們有很明顯的跡象指出有人傷害了他。」納丁格爾說。「而且還有強力的證據證明他是個術士。考慮到攻擊他的人非比尋常，我想我們可以合理推測有魔法涉及其中——你不認為嗎？」

「這樣說的話，傑森·登祿普遇害是否可能跟暴斃的爵士樂手有關？」

「有可能。」納丁格爾說。「不過行凶手法截然不同。我認為目前這兩個案子還是分開調查比較好。」他伸手去拿直插在水煮蛋上、有浮麗樓字樣的謝菲爾德鋼叉，用手指輕彈著——叉子幾乎一動也不動。「你確定叉子不是卡在鬆餅上？」

「不是，」我說，「而且這上頭只有蛋而已。」

「這種事有可能嗎？」納丁格爾問。

「在茉莉的烹飪技術之下，誰知道呢？」

我們兩個看了看四周，確定茉莉沒有聽到。到今天早上之前，茉莉的菜單範圍都嚴守英國公立學校標準：很多的牛肉、馬鈴薯、糖蜜，以及工業級用量的牛羊板油。有一次我們到外面的中餐館吃飯，納丁格爾說，他認為茉莉是從浮麗樓本身獲得靈感的。「一種制度記憶。」他說。若不是我的到來開始改變了這種「制度記憶」，就更可能是她注意到我和納丁格爾經常溜出去偷偷在餐廳吃飯。

班尼迪克蛋是她想擴增菜單的嘗試之舉。

我拿起叉子和蛋、鬆餅，以及我推測應該是荷蘭醬的東西，它們全都聚集成一塊很有彈性的聚合物離開了我的盤子。我拿給托比，牠聞了聞，發出哀鳴後躲在桌子底下。

今天早上沒有印式燴飯或臘腸，或是任何沒被硬化的荷蘭醬淹沒的水煮蛋，甚至連吐司或果醬也沒有。顯然這項烹飪實驗太過耗費茉莉的心神，所以早餐菜單上的其他餐點都消失了。雖然咖啡還是很棒，這是當你跟案件資料奮鬥時最重要的東西了。

調查謀殺案都是從被害者開始，這通常是你手上僅有的資訊。研究被害者的學問稱為被害者學，任何東西只要加上「學」這個字，聽起來就比較厲害。為了讓人可以確切掌握這門學問，警方發展出這世界上最無用的記憶法——5WH&1H——也就是誰（Who）？什麼（What）？哪裡（Where）？何時（When）？為什麼（Why）？以及怎麼做（How）？下次當你在電視上看到真正的謀殺案調查時，會發現一群神色嚴肅的探員站成一圈說話，要記住，他們其實是在試圖釐清這該死的5WH＆1H應該如何進行。一旦他們弄清楚了，精疲力竭的警員們就會撤退到最近的酒吧去喝酒喘口氣。

我們很幸運，關於第一個問題：**誰是被害者？**史蒂芬諾柏斯和調查小組已經把最困難的部分處理得差不多了。傑森．登祿普是一名成功的自由記者，也是格魯喬俱樂部的會員，他已故的父親是高階公務人員，把年幼的傑森送到哈羅蓋特的二流私立學校就讀。他在牛津的莫德林學院主修英文，在學期間是個不甚突出的學生，最後也以相符的、不甚突出的第二名成績畢業。雖然他的學業表現並不令人驚艷，但他順利進入BBC工作，起初擔任研究員，後來成為時事節目《廣角鏡》的製作人。一九八〇年代在西敏市議會做過各種工作後，他回到新聞業，替《泰晤士報》、《郵報》和《獨立報》寫報導。我翻閱了一些剪報，有很多各種「你在假期時寄給我，我幫你寫一篇好訪談」的文章。他和身為公關經理的妻子瑪麗安娜還有兩個金髮孩子一起度過家族假期。史蒂芬諾柏斯告訴我，他們的婚姻最近失敗了，律師已經介入處理，正在爭取孩子的監護權。

「跟他的妻子談一談會有幫助，」納丁格爾說，「看她是否知道他的嗜好。」

我看了他妻子接受約談時的文字稿，沒有任何與神祕或超自然事物相關的不健康興趣。我在**福爾摩斯**上她的檔案裡加註這點，並提議應該針對這方面再約談一次。我將這點特別註記給史蒂芬諾柏斯，不過除非有更重要的目的，她不打算讓我們和他妻子談。

「非常好，」納丁格爾說，「我們就把所有的世俗線索留給能幹的偵緝巡佐。我想我們的第一步，應該是找出這本書的出處。」

「我認為這本書是登祿普從博德利圖書館偷來的。」我說。

「這就是你不應該擅自假設的原因。」納丁格爾說。「這是本舊書，可能在登祿普就讀牛津之前就被偷了，然後以其他方式成為他的所有物。或許是那個訓練他的人。」

「假設他是個術士的話。」我說。

納丁格爾用他的奶油刀輕敲包裹在塑膠袋裡的《魔法學原理》。「不會有人無緣無故持有這本書。」他說。「加上我認得另外這個圖書館章，它出自於我以前的學校。」

「霍格華茲？」我問。

「我真心希望你不要這樣稱呼它。」他說。「我們今天早上可以開車去牛津。」

「你要跟我一起去？」瓦立醫生已經說得很清楚，凡事不能操之過急。

「沒有我，你進不去圖書館的。而且，也是時候介紹你認識這一行的其他人了。」他說。

「我以為你是最後一個？」

「這世界上可不是只有倫敦這個地方。」納丁格爾說。

「大家都這麼說，」我說，「但我從沒真正見識過。」

「我們可以帶狗去，」他說，「牠會很享受新鮮空氣的。」

「要是帶牠去，」我說，「我們就無法享受新鮮空氣了。」

我們很幸運，天氣和預報的不一樣，今天十分溫暖，所以我們開在A40公路上可以搖下車窗讓氣味散去。說實話，在公路上開捷豹並不舒服，不過我不可能開著福特Asbo去摩斯中區——即使後座載了托比，標準還是不能打折。

「如果傑森・登祿普接受了訓練，」我說，我們已經開到大西路上，「那誰是他的導師？」

我們先前已經討論過這個問題，納丁格爾說，你不可能自己學會系統性的「牛頓式」魔法。如果沒有人指導你箇中差異，很難分辨出**感應殘跡**與自己大腦的隨機背景雜音有什麼不同。**形式**也一樣，在我開始學習前，納丁格爾總得先示範給我看。想要自己學會這些，你得是個會為了測試自己的光學理論而讓自己眼球變形的瘋癲偏執狂——簡單來說，就像是牛頓這樣的人。

「我不知道。」納丁格爾說。「在戰後，我們這種人就所剩無幾了。」

「這樣應該可以縮小嫌疑犯的範圍。」我說。

「大部分的倖存者現在應該都非常老了。」納丁格爾說。

「其他國家的呢？」我問。

「大陸上沒有哪個國家的魔法實力在歷經戰爭後還完好無損的。」納丁格爾說。「納粹在他們占領的國家裡圍捕了能找到的術士，所有不願意加入的都被殺了。那些沒有因他們而死的術士，大部分也為了反抗他們而死。法國和義大利也是一樣的情況。我們一直認為北歐有魔法傳統，不過他們非常低調。」

「美國呢？」

「從戰爭初期，美國就有志願者站出來。」納丁格爾說。「他們自稱道德軍——來自賓州大學。」其他人在珍珠港事件後陸續抵達，而納丁格爾一直覺得他們與道德軍之間有某種深沉的敵意。他認為戰爭結束後，他們可能都不會再回到英國。「他們因為伊塔斯貝的事指責我們，」他說，「所以有了協議。」

「這個嘛，當然會有協議了。」我說。在哪裡都會有協議。

納丁格爾宣稱，如果他們在倫敦使用魔法的話，他一定會發現。「他們可不像你想的那樣難以捉摸。」

我問了關於其他國家與地區的狀況——中國、俄國、印度、中東、非洲。我不相信這些地方就連某種類型的魔法也沒有。納丁格爾承認他也不是非常清楚，即便聽起來有些尷尬，他還是保持著優雅。

「世界跟戰前不一樣了。」他說。「我們不像你們這個世代可以即時接收資訊。那時候的世界是個更大、更神祕的地方——我們還會幻想著月球山脈裡的祕密洞穴，在旁遮普獵捕老虎。」

當地圖上都還是英國疆域的時候，我心想。當每個男孩都期盼著屬於自己的冒險，女孩還沒能自主嶄露頭角的時候。

在我們超過一輛裝滿不知何物、也不知要開往哪裡的大型卡車時，托比吠叫起來。

「戰爭之後，我像是從一場夢裡醒來。」納丁格爾說。「這個世界有火箭、電腦和波音七四七，魔法消失似乎是一件『自然』的事。」

「你的意思是，你不再費心尋找同伴了。」我說。

「只剩下我了，」他說，「我負責整個倫敦和東南方。我從未想過往昔的日子可能捲土重來。另外，我們現在有登祿普的書，因此我們知道他的老師並非來自其他魔法傳統——他是本土的黑魔法師。」

「你不能叫他們黑魔法師。」我說。

「你知道我們用的是『黑』這個字的隱喻意義。」納丁格爾說。

「這無所謂。」我說，「文字的意義會改變，對吧？有些人也可能叫我黑魔法師。」

「你不是魔法師。」他說。「頂多只能算是學徒。」

「你在轉移話題。」我說。

「那我們應該怎麼稱呼他們？」他耐心地問。

「道德匱乏的魔法術士。」我說。

「我只是出於好奇，你懂的。」納丁格爾說。「會聽到我們使用『黑魔法師』這個詞彙的人只有你、我和瓦立醫生，換個稱呼有這麼重要嗎？」

「因為我不認為舊世界很快會捲土重來。」我說。「事實上，我覺得是新世界要來了。」

牛津是個奇怪的地方。穿過郊區時看到的景象，就像是英國的任何一座城市，相同的愛德華時期風格建築逐漸變成維多利亞時期風格，偶爾會出現一些一九五〇年代的礙眼錯誤，等你通過莫德林橋之後，突然間就進入了十八世紀之前最大型的中世紀晚期建築聚落。就歷史的角度來說很驚豔，不過從交通管理的角度來看，這意味著要穿過這些狹窄的街道，幾乎要花上與開回倫敦一樣長的時間。

約翰·雷德克里夫是威廉三世和瑪莉二世的皇室御醫，以閱讀時間稀少又幾乎沒有著作而聞名。因此，牛津大學裡最知名的圖書館之一由他所建也是合情合理。雷德克里夫科學圖書館位於一棟圓頂建築中，看起來像是聖保羅教堂，但去掉了不相關的宗教元素。圖書館裡有許多光滑的石雕、舊書、露臺，以及年輕人們異常安靜的勉強噤聲。負責接待我們的人就站在入口處的告示板旁。

在大城市以外的地方，我的外表有時候會使某些人說不出話來，哈洛德·波斯特馬丁博士也是如此。他是皇家學會會士暨博德利圖書館特別藏書部部長，顯然很期待納丁格爾要引薦的這位「與眾不同的」新學徒。我可以看出他很努力以不會冒犯的說法來表達**但他是有色人種**這句話，可惜失敗了。我與他握手好化解他的窘境。我的經驗法則是，如果對方不排斥肢體上的接觸，最終他們會調整好自己的心態。

波斯特馬丁是個駝背的白髮紳士，看起來比我父親年長許多、也虛弱許多，握手的力道卻堅定得令人意外。

「所以你就是新學徒。」他說，而且成功地讓這句話聽起來不像是指控。從這一點我就明白我們可以和平相處。

就像所有的現代圖書館一樣，雷德克里夫科學圖書館的可見館藏只是冰山一角，絕大多數館藏都收在雷德克里夫廣場下方一間間擺滿書本的房間裡，現代的空調系統發出擾人的嗡嗡聲。波斯特馬丁帶領我們走過一連串刷白的磚砌走道，來到一道貨真價實的金屬安全門，門上寫著**禁止進入**。波斯特馬丁拿了張磁卡，刷過安全鎖並輸入密碼。門咚的一聲解鎖了，我們走進去找一間與其他間有著相同書架和空調系統的收藏室。收藏室裡只有一張辦公桌，桌面僅僅放了一臺看起來像是早期麥金塔和ＩＢＭ電腦的草率結合體。

「這是安斯特拉德的ＰＣＷ電腦，」波斯特馬丁說，「我想應該是你出生之前的東西了。」他坐在一張紫色塑膠椅上，打開那臺古董。「沒有外接硬體，沒有ＵＳＢ插孔，停產的三吋磁碟片——這是以陳舊過時作為保全系統。很像浮麗樓本身。外人沒辦法駭進來，如果我這個詞使用得正確，因為他們根本沒有管道。」

螢幕是令人緊張的綠色，我發現它是單色的，就像老電影裡出現的一樣。這臺機器在讀取三吋磁碟片時真的會發出聲音。

「你有那本《魔法學原理》嗎？」波斯特馬丁問。

我將書遞給他，他慢慢地翻閱。「這座圖書館裡的每一本書都有自己獨特的標記。」他說，然後停在某一頁拿給我看。「你看這裡，這個字畫了底線。」

我看了，是**治理**（regentis）這個字。「這個字很重要嗎？」我問。

「等一下就知道了。」他說。「或許你應該寫下來。」

我把這個字寫在警察筆記本上。我在寫的時候，我注意到波斯特馬丁偷偷在記事本快速記下了什麼，以為我沒有看見。我寫好後他繼續翻頁，直到出現另一個標記，然後我再次寫下那個字，是**腳**（pedem），而我也再次看到他在記事本寫了些什麼。我們又重複這個動作三次，接著波斯特馬丁要我將記下來的字唸出來。

「**治理**，**腳**，**提**（tolleret），**放**（loco），**敵人**（hostium）。」我說。

波斯特馬丁的眼神越過鏡片上緣看著我。「你認為這代表什麼？」他問。

「我認為這代表了頁碼比這些字重要。」我說。

波斯特馬丁看起來很挫敗。「你怎麼知道？」

「我能讀你的心。」我說。

波斯特馬丁看向納丁格爾。「他能嗎？」

「不能。」納丁格爾說。「他看到你記下數字了。」

「你真是殘酷啊，葛蘭特警員。」波斯特馬丁說。「你一定會有前途的。如你所推測的，這些字其實並不相關，不過如果將頁碼重新以字母和符號排序，就會形成一個獨一無二的識別碼，我們便可以將之輸入這臺可敬的朋友，voilà（你看）……」

這臺ＰＣＷ的螢幕顯示了一整頁難看的綠色字：書名、作者、出版社、書架編號，以及短短的借閱者姓名清單。最後一個借閱的人是傑弗瑞·惠特卡夫特，一九四一年七月借走後就沒有歸還。

「噢。」波斯特馬丁驚訝地說。「傑弗瑞・惠特卡夫特？他可不是什麼壞傢伙，完全不是你們要找的犯人類型，對吧，湯瑪斯？」

「你認識他？」

「我認識。」波斯特馬丁說。「他去年過世了——我們都出席了葬禮，雖然湯瑪斯得以自己兒子的身分出席，避免他人懷疑他的年紀。」

「這是兩年前的事了。」納丁格爾說。

「哎呀，是嗎？」波斯特馬丁問。「出席的人數並不多，如果我沒記錯的話。」

「他是個很活躍的術士嗎？」我問。

「不是。」納丁格爾說。「他在一九三九年成為巫師，不過並非是一流的，他在戰後放棄巫師身分，進入莫德林工作。」

「教授神學，各種東西。」波斯特馬丁說。

「莫德林學院嗎？」我問。

「對。」納丁格爾說，忽然陷入思考。

我先想到了。「跟傑森・登祿普是同一間學院。」

納丁格爾想要直接前往莫德林學院，不過波斯特馬丁提議先到鷹與孩酒吧吃午餐。我覺得坐下來吃飯是個好主意，老實說，納丁格爾又開始往左邊偏，而且看起來有些虛弱。納丁格爾退讓了一步，提議先去拜訪莫德林學院，之後再到酒吧碰頭。波斯特馬丁邀請我跟他一起去，這樣他可以在路上告訴我一些事。

「如果你認為非常有必要的話。」納丁格爾說，在我出聲拒絕之前。

「我認為是的。」波斯特馬丁說。

「我懂了。」納丁格爾說。「那麼，如果你認為這是最好的做法……」

波斯特馬丁說，他認為這件事很重要，於是我們陪他走回停車的地方。我向他介紹托比，托比帶著一團臭味跳出車外。我建議由納丁格爾開車——這樣一來，我們可以從酒吧開車回去，而他至少不需要走路。

「這就是那隻有名的獵鬼犬了。」他說。

「我不知道他很有名。」我說。

波斯特馬丁領我穿過一條十分道地的中世紀晚期小巷，中間還有個石斑鳩充當排水管。「現在的用途已經跟以前不一樣了。」波斯特馬丁說。

巷子裡充斥學生和遊客，每個人都盡力忽略肆意來去的腳踏車。

我問波斯特馬丁，他在這個以不成文協議構成的、錯綜複雜的英國魔法執法網絡裡，扮演什麼角色。

「你和納丁格爾寫報告，我負責看報告。」他說。「至少是看那些相關的部分。」

「所以你是納丁格爾的上司？」我問。

波斯特馬丁咯咯笑起來。「不是。」他說。「我是檔案管理員。我負責那位偉人的文書資料，以及其他站在他肩上不那麼偉大的人的文書資料。包括納丁格爾還有你。」

走過充滿歷史感的小巷，轉進博德街後感覺挺不錯，至少有一些維多利亞時期排屋與一間樂施會商店。

「往這走。」波斯特馬丁說。

「牛頓是劍橋大學的人，」我說，「他的文書資料怎麼會在這裡？」

「就跟他們不想要他的煉金術著作是同樣的道理。」波斯特馬丁說。「等到老牛頓安然過世，他成了他們的科學與理性明星。我不認為他們會希望他的形象複雜化，但我們得承認，即使在最好的情況下，他依然是個複雜的人。」

牛津維持一致的都鐸風格建築，偶爾出現一些細緻裝飾性的喬治亞風格，最後，我們來到了聖吉爾斯街的鷹與孩酒吧。

「很好。」波斯特馬丁說，我們在他所謂的「隱蔽角落」坐下。「湯瑪斯還沒到。手上有雪莉酒的時候，談起某些話題會容易得多。」

當你是個男孩時，你的人生會是一連串令你不舒服的對話，你並不想聽，但大人們卻致力於告訴你一些已經知道、或者根本不想知道的事。

他喝著他的雪莉酒，我喝著我的檸檬水。

「我想你應該了解，湯瑪斯收學徒這件事是史無前例的？」波斯特馬丁問。

「大家都說得很清楚了。」我說。

「我想或許他應該早一點收學徒。」波斯特馬丁說。「從死於魔法的案件報告明顯變得嚴重的時候。」

「是什麼讓魔法又開始盛行？」

「湯瑪斯逐漸變得年輕也是線索之一。」波斯特馬丁說。「我把瓦立醫生的報告歸檔，有些部分我認為……很詭異。」

「我應該要擔心嗎？」我問。我一直到最近才接受我的上司出生於一九〇〇年的事實，根據他自己所說，他從一九七〇年代早期開始逆生長。納丁格爾認為，這或許與一九六〇年代以來普遍增加的魔法活動有關，不過他並非對此不心懷感激。我不怪他。

「真希望我知道。」波斯特馬丁說。他伸手從口袋拿了張名片遞給我，上頭寫有他的電話號碼、電子郵件信箱，還有令我訝異的推特帳號。「如果你有任何擔心的事，就聯絡我吧。」

「如果我聯絡你，」我說，「你會怎麼做？」

「我會傾聽你的擔憂，」他說，「然後深表同情。」

至少又過了一個小時之後，納丁格爾才加入我們，我看著他一邊說明他的發現，一邊灌下一大杯苦啤酒。就納丁格爾的判斷，傑森．登祿普在校期間和傑弗瑞．惠特卡夫特並沒有交集。

納丁格爾印出了傑森在求學期間所有莫德林學院的學生與講師名單，另外還加上每個曾修過傑弗瑞．惠特卡夫特課的學生清單。這厚厚一疊資料宛如一本精裝書，尺寸與厚度都恰好適合毆打嫌犯又不會留下瘀青——如果這是你對警察執法的印象的話。只要將這些資料輸入**福爾摩斯**，就可以自動交叉比對，看是否有哪個名字也出現在世俗調查結果的那一塊。在史蒂芬諾柏斯率領的凶案調查小組中，至少有三位一般員工專門負責這一項無聊費時、卻又至關重要的資料輸入工作。浮麗樓呢？你可以想像得到在浮麗樓是由誰負責，而他對於接下來的工作量並不感到高興。

波斯特馬丁問納丁格爾，接下來打算怎麼做。

納丁格爾露出苦笑，又大口喝下啤酒。「我打算從安博思學校拿回剩下的借閱紀錄卡。該是時候看看其他的書來自何方了。」

納丁格爾叫我在五號交流道下，駛過斯托肯契吉，在我看來這裡像是一間醫院附帶了一個不錯的小鎮，在左轉開上一條鄉鎮公路之前，眼前的路很快就變成一條窄巷，穿梭在非常老式的高聳青綠灌木樹籬之間。

「這裡的房子大部分都租給當地農民。」納丁格爾說。「大門在前方左手邊。」

要是他沒有提醒我，我就會開過頭了。樹籬突然變成高聳的石牆，中央是一道寬大的鍛鐵柵欄門。我先停車讓納丁格爾下車，托比跟在後面，他拿出一把很大的鐵鑰匙打開柵欄門。當他推開門時，還伴隨恐怖電影裡會發出的標準吱嘎聲，接著他揮手示意我開進去，托比則忙著在門柱上做記號。我停下車子等他上車，不過他指向急轉入一排樹後的車道。

「在轉角等我，不遠。」他說。

他說得對。轉彎之後，我的眼前出現了學校的主建築。捷豹在礫石路上吱嘎停了下來，我下車看看四周。

這裡自從有人使用以來，至今已經五十年了，你可以看得出年代感。草地和花圃都回歸到刺藤、刺蕁麻、金魚草還有峨參的懷抱——我是後來才知道這些名詞的，先說一聲免得你納悶——建築物褪成灰色，大片的直拉窗被釘上木板。我原本預期會是哥德風格的建築，不過這裡看起來比較像逃到鄉下的攝政時期排屋，斷絕各方聯繫，不讓某些殘酷的建築師將它團團圍住、關回原本狹窄的建築正面規格。這裡被棄置了，但並不破敗。我看到排水系統是乾淨的，還有修補過的屋頂。

托比匆匆跑過，叫了幾聲想引起我的注意，接著牠跑向學校左側一處茂密的樹林。牠的本質顯然是隻鄉下犬。納丁格爾隨後也到了。

「我以為這裡會重建。」我說。

「重建成什麼？」納丁格爾問。

「我不知道。鄉村飯店和會議中心，健康水療、名人勒戒診所？」

在我解釋了什麼是名人勒戒診所後，納丁格爾說：「不會。浮麗樓還是擁有這裡，用農民繳交的房租來支付修繕費用。」

「為什麼沒賣掉？」

「戰後很混亂。」納丁格爾說，「當事情都告一段落後，我變成唯一一個合法持有產權的人。光憑我自己簽字就賣掉學校，似乎……過於放肆了。」

「你認為學校可能重開嗎？」

納丁格爾眉頭一蹙，「我試著不要去想起有關學校的事。」

「這塊校地現在一定值很多錢。」我說。

「你認為這裡改建成名人勒戒中心會有幫助嗎？」

我必須承認不太可能。我指了指大門，不但被木板釘死，還以一個沉重的掛鎖牢牢緊閉著。「你有鑰匙能開嗎？」

納丁格爾咧嘴一笑。「你得看仔細了，好好學。」

我們走到門口階梯的左邊，在長長的雜草下，有一段狹窄的階梯通往一扇厚實的橡木門，我注意到這扇門既沒有釘上木板、也沒有用鎖鍊鎖住，卻也沒有任何肉眼可見的門把。

「你看，」納丁格爾說，「這是夜門。原本是建來讓僕人在主人走下樓梯之前，可以從他們的住處直接來到主人的馬車後方。」

「這真是非常十八世紀。」我說。

「確實如此。」納丁格爾說。「不過在我們念書的時候，這扇門別有用途。」他將手掌放在門板上，就在你預期會有門鎖的地方，低聲喃喃唸了些拉丁文。接著喀噠一聲，然後是吱嘎聲，納丁格爾一推，門就往內旋開了。

「以前有門禁，而我們那時候全都年少輕狂，想要出去外面喝酒。」他說，「想反抗門禁可不容易，你的導師們能召喚大地和空氣的神靈來對付你。」

「真的嗎？」我問。「大地和空氣的神靈？」

「他們是這麼說的。」納丁格爾說。「而我相信他們。」

「所以沒有酒喝。」我說。

納丁格爾發出擬光，走進門裡。我也不落人後地發出自己的擬光，跟著他走進去。我聽見托比在外面叫，牠似乎不願意跟我們進來。我們的擬光照亮了一小段未經粉刷的磚砌走道，令我聯想起浮麗樓地下室裡類似的僕人走道。

「在你升到第六學級前，是這樣沒錯。」他說。「一旦你可以進入師生共同休息室，第六學級的學長會教你使用夜門的咒語，你就可以出去喝酒了。除非你是霍瑞斯．格林威，級長們不喜歡他。」

我們遇到一條岔路後往右走。

「他怎麼了？」

「在克里特島戰役時死了。」納丁格爾說。

「我是說，那他怎麼去酒吧？」

「我們會有人幫他開門。」納丁格爾說。

「老師們都沒發現你們偷溜出去嗎？」我問。

我們來到一座往上的木頭階梯，梯板因我們的體重發出刺耳的嘎吱聲。

「導師們都知道。」納丁格爾說。「畢竟，他們也曾經念過第六學級。」

當我們走到樓梯中間的木頭平臺時，我察覺到一陣**感應殘跡**，檸檬水果糖和雪寶，溼羊毛和奔跑的腳步聲。我看到左右兩邊的牆上都有黃銅製的大衣掛鉤，長椅的大小足夠讓青少年坐在上面換鞋子。我用指尖拂過木頭，感覺到兒童漫畫周刊《比諾》和《老鷹》的那種粗糙紙質。

「有很多回憶。」納丁格爾看見我停下動作時說。

鬼魂，我思索著，回憶——我不確定這兩者是否不同。

納丁格爾打開一扇破舊的木門，我們走進了寬敞的大廳。明亮度忽然顯得不足的兩團擬光，照出了兩座大階梯，粗糙的石牆上還殘留著曾經掛過畫像的褪色方形痕跡。所有窗戶都被封死了，若是沒有擬光，就會陷入一片漆黑。

「這是大廳，」納丁格爾說，「圖書館就在邪惡樓梯上方。」

我忍住沒問他為什麼是邪惡樓梯，接著發現我們走的是左邊的樓梯。sinister（邪惡的）在拉丁文中意指「左邊的」，成了男學生喜歡的雙關語，實在很適合用在男女合校的廣告裡。我暗忖，只要想像一下如果他們有個同學剛好很倒楣地叫德克斯特[1]，他們一定會笑得人仰馬翻。我們爬上樓梯，我看見遠方的牆上刻著一排人名，但在我想問那些是什麼之前，納丁格爾已經走到最上頭，往學校的冰涼深處走去。

磚牆牆面上幾乎都粉刷過，有更多淺色的長方形印顯示出掛過畫像的位置。我曾經幫我母親打掃過夠多辦公室，所以知道不管納丁格爾雇來打理這棟房子的人是誰，一定

1 Dexter，意指「右邊的」。

是用大型的工業用胡佛吸塵器來清理地毯——你可以從長條狀的清理痕跡判斷出來，而且從累積的灰塵來看，距離上一次清理至少有兩個星期了。

沒有藏書、書架或家具，圖書館看起來就像是另一個大房間，在擬光的移動照明下彷彿洞穴。我從防塵罩顯現出來的輪廓認出了索引卡櫃。浮麗樓的一般圖書室有兩個像這樣的櫃子，這裡有八個。幸好納丁格爾說只有其中一櫃的索引卡與魔法書籍有關。在納丁格爾提供的照明下，我拉開防塵罩，打開抽屜。抽屜裡沒有灰塵，但令人驚訝的是沒有**感應殘跡**。

「這些是跟魔法有關的書。」我向納丁格爾提起這點時，他如此說。「不是有魔法的書。」

這些都是標準的索引卡，書名和索書號以人工打在卡片上端，還有一串手寫人名，記錄是誰在何時借了這本書。我們在離開牛津之前，去了一下雷曼文具店，買了超大一包橡皮筋，用來固定這些索引卡的順序。我花了非常多時間一一處理所有抽屜裡的卡片，最後裝滿了一個黑色垃圾袋，並沒有比直接扛走櫃子輕多少。

「我們應該直接全部帶走。」我說，不過納丁格爾指出櫃子其實是鎖在地板上的。我把這一大袋甩上肩膀，略顯搖晃，跟著納丁格爾回到大廳。我乘機問他牆上刻的名字是誰。

「那些人，」納丁格爾說，「都是光榮捐軀者。」他帶我走上右邊階梯，他的擬光飄浮著，照亮第一批名字。「半島戰役。」他說。這裡有一排名字。「滑鐵盧戰役。」

只有一個名字。克里米亞半島有六個名字，印軍譁變兩個，大概還有二十多個名字分屬十九世紀的大小殖民戰爭，總人數遠多過死於第一次世界大戰的不到二十人。

「我們與德國有協議，不得使用魔法。」納丁格爾說。「我們作壁上觀。」

「我猜你們因此變得受歡迎了。」我說。

納丁格爾讓他的擬光往前飄浮，照亮了第二次世界大戰的光榮捐軀者。

「你看，這是霍瑞斯。」納丁格爾說，照出了這段銘刻：霍瑞斯．格林威，卡斯提利，一九四一年五月二十一日。「還有珊蒂、強普斯跟帕斯可。」擬光迅速飛越密密麻麻的人名，註記的死亡地點像是圖卜魯格和阿納姆，還有其他我依稀記得在歷史課出現的地名。但大多數人被標註的死亡地點都是伊塔斯貝，一九四五年一月十九日。

我把垃圾袋放在地上，製造出一個足以照亮全室的明亮擬光──這個紀念碑橫跨了整整兩面牆。上頭肯定有好幾千個名字。

「這是東尼．軒克斯，他毫髮無傷地撐過了列寧格勒圍城戰，結果卻被魚雷炸死了。死在迪耶普的史密西，還有魯伯特．丹斯，我們以前都叫他懶屁股丹斯。」納丁格爾的聲音越來越小。我轉頭看見眼淚在他的臉頰上閃爍，於是我移開了視線。

「有些日子似乎是很久以前的事了，而有些日子……」他說。

「有多少？」我還來不及阻止自己就問出口了。

「兩千三百九十六個。」納丁格爾說。「是符合英國從軍年紀巫師的五分之三。許多倖存下來的人不是身體就是心靈嚴重受創，他們都無法再使用魔法了。」他比了個手勢，他的擬光猛然衝回來盤旋在他的手掌上方。「我想我們已經花太多時間在回憶過去了。」

我讓我的擬光逐漸消失，將垃圾袋抬上肩膀跟著他走。在離開大廳的途中，我問他是誰刻下這些名字的。

「我自己刻的。」納丁格爾說。「醫院鼓勵我們培養嗜好。我選擇了木雕。我沒有告訴他們理由。」

「為什麼不說？」

我們鑽回僕人走道。「醫生已經很擔憂，他覺得我太消極了。」

「你為什麼要刻這些名字？」

「噢，總得有人做這件事，而且我是唯一一個仍然做得到的人。我還很荒謬地覺得，做這件事或許會有幫助。」

「有嗎？」

「沒有，」他說，「並不盡然。」

我們走出夜門，傍晚的光線讓我們瞇起眼睛。我忘了學校外面還是白天。納丁格爾關上我們身後的門，跟著我上了臺階。托比睡在捷豹被太陽晒得暖暖的引擎蓋上。你可以看到牠在烤漆上踩得到處都是泥巴。納丁格爾皺起眉頭。

「我們為什麼要養這隻狗？」他問。

「牠讓茉莉開心。」我說，把那袋索引卡丟進後座。車門打開的聲音讓托比醒來，牠盡忠職守地鑽到後座，立刻又睡著了。我和納丁格爾繫上安全帶後，我發動了車子。轉彎之前，我最後看了一眼這所舊學校封死的窗戶，然後將它拋在腦後，返回倫敦。

當我們融入M25公路上的尖峰時段車陣時，已經天黑了。大片烏雲從東邊移動過來，雨滴很快就落在擋風玻璃上。捷豹的老式操作系統依然堅固好用，只是雨刷就上不了檯面了。

一路上，納丁格爾都別過臉望向窗外。我沒有試著找他聊天。

我們剛上高架西路時，我的手機響了。我按下擴音鍵——是艾許。

「我看到她了。」他大聲說。我聽見背景傳來群眾的嘈雜聲和重擊的節奏。

「你在哪裡？」

「我在脈衝星俱樂部。」

「你確定是她嗎？」我問。

「高高的、很瘦、皮膚蒼白、長黑髮，聞起來有死亡的味道。」艾許說。「還能是誰呢？」

我叫他不要接近她，並說我正往那邊趕去。納丁格爾把手伸進雨中，將警燈放上車頂，我開始加速。

世界上每位男性駕駛員都認為自己開車技術一流。每個警察只要曾在水溼裡撿過眼珠就知道，他們大多是自欺欺人。在車陣裡開車是很困難又很有壓力的，而且又該死的危險。有鑑於此，倫敦警察廳在亨頓設立了一所舉世聞名的駕訓學校，那裡有一系列進階的整合駕駛課程，專為警察設計，旨在將他們訓練成可以在市街上飆到時速一百英哩，並保持死亡人數不超過兩位數。

我下了高架西路，開上嚴重塞車的賀羅路。我真希望自己現在是在其他輛車上。身為我上司的納丁格爾不應該讓我開車的。不過他或許不知道有進階駕訓課程這種東西。由於這項課程是到一九三四年才強制執行，他可能沒有任何考進階駕照的概念。

我轉進埃奇威爾路，發現我的車速低於二十，即使每個駕駛都懷著罪惡感急忙讓路。我趁這個時候打電話給艾許，告訴他我們十分鐘內就會到了。

「她朝門口走去了。」艾許說。

「她身邊有人嗎？」

「她帶著一個男的要走出去。」艾許說。

該死、該死、該死——我受夠了祕密調查。納丁格爾的動作比我快，他從置物箱拿出空波撥了個號碼——令人印象深刻，因為我是上星期才教他怎麼使用空波的。

「跟著她，」我說，「但電話不要掛斷，不要冒險。」

我耐著性子等開到大理石拱門時往東邊轉——牛津街只限公車和計程車通過，我打算直接穿過去，會比費力開過龐德街周邊那些詭異的單向道來得快。

「史蒂芬諾柏斯要過去了。」納丁格爾說。

我問艾許他人在哪裡。

「我剛走出俱樂部，」他說，「她在我前面十五英呎左右。」

「往哪邊走？」

「皮卡迪利路。」他說。

我在腦中畫出地理位置。「榭伍德街。」我告訴納丁格爾，他傳話給史蒂芬諾柏斯。「往南。」

「要是她開始對她的男伴動手，我該怎麼做？」艾許問。

我猛然閃過一輛拋錨在路中央的公車，故障警示燈在閃爍，公車的下層乘客看著我的車子滑過，我的車頂警燈在他們臉上閃現藍光。

「離她遠點，」我說，「等我們到。」

「來不及了。」艾許說。「我想她看到我了。」

進階駕訓班的老師們看到我駕駛捷豹在牛津圓環闖紅燈，一定不會高興的。車子打滑右轉開上了攝政街，輪胎冒出藍色煙霧。

「穩住。」納丁格爾說。

「好消息是，」艾許說，「她讓那個可憐的傢伙走了。」

「他們快要到丹翰街了。」納丁格爾說，他指的是當地警察。「史蒂芬諾柏斯要他們包圍這個區域。」

有個開福特Mondeo的駕駛顯然又聾又瞎，居然決定超車到我前面，我幾乎要放聲大叫。幸好我的吼叫聲都淹沒在警笛聲裡。

「壞消息是，」艾許說，「她朝我走過來了。」

我叫他快跑。

「來不及了。」他說。

我聽到嘶聲、叫喊聲，還有手機摔破在堅硬表面上發出的特殊噪音。

我做了個九十度的急轉彎，開上玻璃屋街，我發誓我獲得了路人的掌聲，還有托比被甩到車門上時發出的一聲驚訝吠叫。捷豹 Mark 2 之所以成為銀行搶匪及迅雷小組鍾愛的逃跑和追捕車款是有原因的，而納丁格爾的捷豹絕對是被改裝成適合追擊用途。這也就是為什麼，只要車尾停止晃動，我就可以在車身與街角的萊賽斯特軍隊酒吧齊平之前踩下油門飆到六十英哩。

接著，我以為自己看到的反射光來自我們的警燈，結果是一輛救護車的警示燈，而且我們剛剛都知道了這輛車升級過的四輪碟煞有多優秀——答案是太棒了。如果沒裝這種煞車的話，我已經在吃安全氣囊，我的胸口也因此被安全帶勒出嚴重瘀青，但我一直到後來才注意到，因為我直接開門下車，跑過交叉路口來到榭伍德街上，速度快得可以跟上那輛救護車。救護車停下來了，但我沒有。

榭伍德街的一頭是一條長廊商場，有些令人難過的一九五〇年代陶質磚風格，設計成像是公廁一樣，或許正適合夜晚忽然需要上廁所的酒醉民眾使用。就凶案調查小組所能重建的現場來看，那個咬陰莖犯似乎打算將她最新的受害者帶到陰暗處，來個即興的深吻和輸精管切除手術。

我發現艾許倒在一群關心的民眾中央，當他在地面上痛苦扭動時，其中兩名路人還嘗試要安撫他。他身上有血，圍觀群眾身上也有，以及貫穿他肩膀的那根半公尺長鐵製尖銳物上也有。

我對民眾喊「警察！」，替自己爭取一些空間，並試圖將他調整成復甦姿勢。

「艾許，」我說，「我叫你要離她遠一點。」

艾許停止扭動了好一段時間才能看著我。

「彼得，」他說，「那婊子用欄杆插我。」

6 愉悅女皇

倫敦救護車局的男女員工們並不容易歇斯底里，因為他們整天都在尋找與接送致命車禍的傷者、成功或失敗的自殺者，還有「跌倒」在火車前的民眾。這些人被偶然地稱為「車下一」。我曾經問過他們：如果有一對情侶掉在火車下方的話，那會是「車下二」嗎？但答案顯然是「兩個車下一」。總之，這種充滿痛苦與不幸的日常生活，很容易培養出鎮定且務實的個性。簡單來說，就是那種你希望配置在深夜救護車上的人員。來接艾許的緊急救護人員是位中年女子，留一頭方便的短髮，操著紐西蘭口音。不過在救護車上路幾分鐘後，我可以看出她的冷靜開始動搖。

「那個婊子，」艾許大叫著，「那個婊子拿欄杆插我！」

那根折斷的欄杆約半公尺長，從一絲不苟的直角橫斷面來判斷，這是取自品質很不錯的維多利亞式鍛鐵欄杆。以我外行人的眼光來看，它看起來像是直接穿過了他的心臟，但艾許並沒有因此停止掙扎扭動或不再大吼大叫。

「壓住他。」救護人員大喊著。

我抓住艾許的手臂，嘗試將他壓制在擔架上。「妳不能給他點什麼藥嗎？」我問。

救護人員情緒激動地看著我。「給他點什麼藥？」她說。「他應該已經死了才對。」

艾許的手臂掙脫我的箝制，他抓住欄杆。

「拔出來，」艾許大喊，「這是冷鐵，**拔出來！**」

「我們可以拔嗎？」我問。

這句話徹底激怒了救護人員。「該死的，你是不是瘋了？」

「冷鐵，」他說，「會殺死我。」

「到醫院他們就會幫你拔出來。」我說。

「不要醫院，」艾許說，「我需要河。」

「瓦立醫生會在醫院裡。」我說。

艾許停止掙扎，抓住我的手將我拉近。「拜託，彼得，」他說，「去河邊。」

波利達利醫生說過，冷鐵**對精靈及其諸多親族有害**，我以為他只是胡謅的，或者只是在講述顯而易見的流血情況。將冷鐵插進身體裡當然是有害的。

「拜託。」艾許說。

「我要把這根東西從他身上拔出來。」我說。

救護人員表達了她的意見，她認為這是個糟糕的行事步驟，就連只是考慮也不行，還有我是個結構不完整的低智力人類，具有自暴自棄的傾向。

我雙手抓住欄杆，欄杆因為沾了血而非常滑溜。艾許看到我的動作之後讓自己保持不動。讓我不自在的並非是拔出欄杆時發出的撕扯聲——艾許的吼叫已經掩蓋掉那個聲音了。真正讓我動搖的是骨頭擦過鐵欄杆粗糙表面時發出的震動，令人難以忘懷。

一柱鮮血沖上我的臉。我聞到銅的氣味，還有一股奇怪的油彩混合臭氧的味道。救護人員將我推到一旁，救護車轉彎時我往後一跌。她趕緊以紗布按住兩邊的傷口固定，但紗布在她固定好之前就已經溼透。她一邊做著手上的工作，一邊低聲咒罵。

艾許停止掙扎扭動，逐漸安靜下來，臉色蒼白且呆滯。我在救護車裡跌跌撞撞地往前，將頭探進駕駛座。我們現正行駛在圖騰漢庭路上——距離醫院不到五分鐘車程。駕駛員和我年紀相當，白人，非常纖瘦，耳朵上有個骷髏頭耳釘。

我叫他調頭，他叫我滾開。

「我們不能帶他去醫院。」我說。「他可能會爆炸。」

「什麼？」駕駛員大喊。

「他身上可能有炸彈。」我說。

他緊急煞車，我被甩進駕駛座。我聽見救護人員在後頭發出挫敗的叫喊聲，抬頭發現駕駛員的車門已經打開，他飛也似地跑走了。

這是個非常好的例子，說明為何不應該使用第一個在腦袋裡冒出來的謊言。我爬進駕駛座，關上車門，發動救護車揚長而去。

倫敦救護車局的服役車輛是賓士疾馳箱型車，就像一般標準的疾馳車款，不過後方搭載了約兩公噸重的東西，以及避免每次經過減速丘就會害死病人的軟式懸吊系統。

車內還有許多額外的液晶螢幕、按鈕和開關，為了不使事情複雜化，我選擇無視。這也就是為什麼我們經過倫敦大學學院醫院的救護車車道時，還開著警示燈、鳴放警笛，沿高爾街往河邊開去。

根據緊急應變中心的通話紀錄，那時候救護人員用她的空波回報了消息，說她的救護車被一個假扮成警察且脫逃的精神病患給劫走了。

我駕駛一輛閃著警示燈、鳴著警笛的救護車，警笛的音量足以劃破所有iPod、車內音響等大部分駕駛所身處的音樂罩，沒有什麼比這個更能將不經意出現的路人嚇回人行道上的了。摩西穿越紅海的感覺，大概就像我破浪穿過霍爾本高街的十字路口來到安戴爾街，在直奔弓街、經過皇家歌劇院還在修復損害的鷹架時，那似曾相識的短暫瞬間。

想從柯芬園往南走是件麻煩事，周邊路上設置了繫纜樁或路障，讓人無法抄近路，但我曾花了兩年時間在查令十字警局轄區巡邏，所以我知道該閃開哪些地方。我一個急右彎開上埃克賽特街，再一個急左彎進入博萊街，這讓後車廂的救護人員對我吼叫起來。她其實不需要擔心，我覺得自己終於掌握住這輛救護車的棘手操作方式了。

「他怎麼樣了？」我側著頭朝身後喊。

「他快流血身亡了。」她也喊著回覆。

我暫時融入河岸街上的車流，然後穿過迎面而來的車潮轉進薩沃依街，這是滑鐵盧橋西側一條直通河邊的窄巷。要在倫敦中心找到停車位是件難事，人們總是將車子停在路旁，他們從沒想過會有人開著某種大車經過，而且還無法完全控制它。依我估計，實際損害大概低於兩萬英鎊——大部分是刮花烤漆、撞壞後照鏡、撞凹金屬車殼，還有兩輛根本不該綁在車頂的競賽用單車。以上尚未將救護車本身的損傷算進去，但我確定救護車的損害是很表面的。

車子離開街尾後來到堤岸，急轉向右開上薩沃依碼頭前的人行道。我跌跌撞撞地離開駕駛座，接著爬進後車廂，震驚的救護人員帶著敵意瞪視我。

艾許幾乎沒有呼吸了，包紮在胸口上的紗布也完全被血浸透。當我開口請救護人員打開車門時，有那麼一瞬間我以為她會打我，不過她還是打開了門閂並將門推開。她不會幫我抬艾許下車，我也沒時間弄懂該怎麼升起擔架，於是把艾許扛上肩，腳步搖晃地走進細雨之中。

我選擇薩沃依碼頭有兩個原因：這裡已經不再使用了，所以我無須翻過任何船隻就能進到河裡，而且這裡有條相當平緩的坡道，很適合推擔架前進，如果我能把那個該死的東西弄下救護車的話。現在，我得先將艾許扛在肩上，費力地走上坡道來到柵欄門前。他是個健康的大個子，我懷疑等我走到泰晤士河時，應該會變矮個幾公分。坡道底端有個像是開放式電話亭的物件，目的是阻攔遊客、醉鬼，還有想從碼頭逃走的罪犯。

我停下來喘口氣，發現除了救護車本身的鳴笛聲外，還能聽到其他鳴笛聲逐漸接近。我來回查看了一下堤岸，看見藍色閃燈從兩邊近逼。我瞥了一眼防浪矮牆，牆面顯示現在是退潮，往下跳的話將會有三公尺高，底下是石頭與泥土。我看了看那座亭子，記得上頭有金屬鎖。雖然我想要進行得巧妙一點，但現在已經沒時間了，我只好將整個鎖從鉸鏈上炸開。

當我跑下坡道，我聽見緊急應變警車在我身後緊急煞車，還有抱怨聲、咆哮聲與無線電交談聲，這通常是在宣告條子正過來處理了。就在我從碼頭的這一端跑到另一端時，有個東西狠狠打中我的大腿。是防護欄杆，我太晚意識到了，結果我就一頭栽進了泰晤士河。

泰晤士河女神也許會自豪地告訴你，這是條官方認定全歐洲最乾淨的工業河，只是河水並沒有乾淨到讓人想喝的地步。我抬起頭吐出口中的水，嘴巴裡有種金屬的味道。

一道暗色身影在我前方一公尺的水裡快速擺動——是艾許，他正仰躺在水上。

通常在調查案子時我會穿馬汀靴。它們很時髦、耐穿，重要的是保留了某種適合踢擊的優點，這讓馬汀靴依然是所有思想健全的光頭暴力仔和足球流氓的購鞋首選。換句話說，這種鞋很重，你不會想在涉水時穿它們。我把鞋子脫掉後，在河裡潑濺著水花前進，想看看艾許的狀況——他在水裡比我輕快許多。我能聽得見他正在呼吸，聽起來比之前更加有力。

「艾許。」我說。「感覺好些了嗎？」

「好很多了。」他疲倦地說。「水有點鹹，不過很舒服、很溫暖。」

我可是快冷死了。我回過頭看到我的警察同僚們拿著手電筒在水面四處探照，但無所謂，現在仍是退潮期，我和艾許早已在下游幾百公尺處了。總之，直到我們都被沖進北海，或是我死於失溫或溺斃之前，一切都還不要緊——最有可能三者同時發生，這真是令人激動。

潮水引領我們經過滑鐵盧橋下的橋拱。

「你沒告訴我她是白小姐。」艾許說。

「誰是白小姐？」我問。

「死亡女神。」他說，接著又說了些什麼，聽起來有點像威爾斯語，也可能不是。

「嘿。」附近傳來聲音。「你們在水裡做什麼？」年輕的中產階級女性，省略音節的母音發音，出自一個雙親很重視教育的家庭，或者……是泰晤士之母的女兒之一。

「這個問題很難回答。」我結結巴巴地說。「我從牛津開車回家，艾許打電話給我，接著事情就開始走樣了。」我說。「妳在河裡做什麼？」

「輪到我們值班了。」我們穿過橋底下後，第二個聲音出現了。

艾許在水面上漂浮得很開心，我納悶自己是不是唯一一個覺得在踩水時很難繼續對話的人。某個溫暖的東西拂過我的腿，我轉身時剛好看到一個女孩從水面冒出頭來。只憑藉堤岸上的燈光很難看仔細她的臉，但我記得她眼角的貓眼弧度，以及她母親堅毅的下巴。

「妳們在做什麼？當救生員？」我問。

「不算是。」她說。「如果你能獨力搞定這條河，那很好。如果不能，那你就屬於泰晤士之母。」

第一個女孩再度浮出來，升出水面直到腰部高度，穩定得就像站在箱子上一樣。我注意到她穿了件黑色潛水衣，胸前寫著虎鯨。照在她臉上的燈光亮得足以讓我認出她是奧林比亞，亦即康特斯溪，是泰晤士之母的小女兒之一，這也意味著另一位是她的雙胞胎姊妹切爾西。

「你喜歡這件潛水衣嗎？」奧林比亞問。「氯丁橡膠，這是最好的材質了。」

「我以為你們都喜歡裸泳。」我說。我上次就看到她們的姊姊貝弗莉在河裡裸泳。

「你作夢去吧。」奧林比亞說。

切爾西從艾許的另一側浮出水面。「我想我聞到血的味道。」她說。「艾許，你還好嗎？」

「現在好多了。」他昏昏欲睡地說。

「我想我們得帶他回母親那裡。」她說。

「他叫我帶他到河裡。」我說。我的腿游得真的很累，環顧四周，發現自己離岸邊更遠了——我已經被帶到河道中央。

「你想要什麼？一枚獎章嗎？」切爾西問。

「拉我回岸上如何？」我說。

「那可不行。」奧林比亞說。

「別擔心，」切爾西說，「如果你快要不行了，我們會等著你。」

然後，隨著不明顯的撲通一聲，他們全都消失在水面下。

我咒罵了一會兒，要不是快要凍死，我會罵得更久一點。我試著判斷哪一邊的堤岸比較近，不過由於浪潮的關係，這並不容易確認，加上我正被水流推往黑衣修士橋。義大利「上帝的銀行家」羅伯特·卡維就吊死在這座橋下——對我來說，實在不是個好兆頭。我快冷死了，只好努力回想小學考游泳證書時學過的水上救生。我的雙腿沉重，雙臂也痠痛不已，就我視線所及，沒有哪個堤岸是比較近的。

要死在泰晤士河裡是件異常簡單的事，每年都有一大堆人辦到。我開始擔心自己會成為那些人的一分子了。

我奮力往南岸游去，因為泰晤士河是沿這一側流過去的，比較可能會有民眾可以願意幫我一把。另外，位於南岸的歐克索塔也是個很醒目的地標。我不試著逆流而行，集中僅存的力氣專注在朝岸邊靠近這件事。

我從來就不是什麼厲害的泳者，只是如果能選的另一個選項是成為死亡數據之一的話，可以發揮的潛能是非常驚人的。周遭的世界彷彿縮小到什麼也不剩，只有我身上溼衣服的冰冷重量、雙臂的疼痛感，以及偶爾不懷好意打在我臉上的浪潮，這讓我上氣不接下氣的，連忙吐出口中的河水。

泰晤士之母，我祈禱著，**妳欠我的：讓我上岸**。

我忽然發現雙臂無法正常擺動，要讓臉部保持在水面上也越來越難了。

泰晤士之母，我再次祈禱著，**拜託**。

浪潮莫名反轉了方向，我發現自己正被推往上游，接著一股隨機的漩渦圈住了我，將我輕柔地送上泰晤士河的淤泥岸。我扭動身子盡量往前灘前進，最後終於能翻身仰躺。我盯著空中的雨雲，由於這座城市的燈光而發出陰沉的鈉紅色。我想到很多我絕對不想再做一次的事，這件事幾乎可以奪冠了。我已經冷到手指和腳趾都麻木，但身體還在發抖，我想這是個好徵兆，隱約記得要是停止顫抖，那才是真正需要擔憂的時候。我判斷自己還能待在原地穩定一下呼吸，或是小睡一會兒——今天真是太漫長了。

不過，事實和你可能聽到的相反，在倫敦的公共場所倒在地上呻吟，是幾乎不可能不吸引一群善心人士圍過來的——即使現在正在下雨。

「先生，你還好嗎？」

人們在防浪矮牆邊低頭望著我。我躺在地上的姿勢，看著他們面帶疑問、上下顛倒的臉。來幫忙的人身上攜帶手機，他們可以打電話報警，而警察可能會要求我協助調查，回答關於某輛救護車被劫持的案件。

千萬不要管巫師的閒事，我暗忖，**因為他們又溼又軟，而且很難點燃**。

我有考慮要逃跑，但是那名救護人員和救護車駕駛都認得出我，不管情況如何，我已經累得無法動彈了。

「先生，撐著點，」上方有個聲音說，「警察快到了。」

警察至少花了五分鐘才抵達現場，就反應時間來說還不差。我整個人被裹在毯子裡，送進緊急應變警車的後座，我告訴他們，我是在追捕一名嫌犯時掉進水裡，結果上錯岸了。關於我想像出來的嫌犯，他們沒有問我任何通常會問的問題，我覺得這點很怪，直到看見捷豹停在警車旁邊，才明白納丁格爾已經都處理好了。

當我們回程經過滑鐵盧橋時，他問我艾許是否無恙。

「我想是吧。」我說。「切爾西跟奧林比亞看起來並不擔心。」

納丁格爾點點頭。「做得好。」他說。

「我沒有惹上麻煩嗎？」我問。

「你是惹了麻煩，」他說，「只是與我無關。」

隔天早上，他還是要我準時起床，還做了雙倍分量的練習——混蛋。

練習結束之後，我拿著從牛津大學列印出來的資料到科技基地，朝躺椅用力一丟，試著假裝這些東西並不存在。要輸入這麼大量的資料是件煩人的事，還很可能根本不值得我花時間去做。當我發現萊斯莉寄了三封電子郵件給我，表達她在淡季海濱小鎮那無法言喻的無聊時，我想到了一個確實愚蠢又聰明的點子。我回信問她想不想做一些單調乏味的資料輸入工作，她說好，於是我聯絡了快遞公司來收取這些資料送去給她。不管萊斯莉有多無聊，你也不能要求像她這樣的人做無聊工作卻不加以解釋。我對她大致說明了傑森・登祿普這個人，以及我們正在尋找他與傑弗瑞・惠特卡夫特的關係。

失落的魔法之書，她寫道。**你殺了我吧。資料輸入。好傷心喔我。**

我回信：**讓妳有事可做**。她沒有再回我。

瓦立醫生寄了些圖片檔給我，看起來像是花椰菜的薄片，不過附帶的說明文字則向我保證，這些是米寇爾・「長號」・艾傑亞的大腦切片。圖片放大之後，可以看見神經損傷的跡象，顯示出超魔法衰退——意思是，如果你過度使用魔法就會因此喪命。另外，我們也從上次的大案子學到，如果有哪個徹頭徹尾的混蛋利用你做為使用魔法的媒介，也會發生這種現象。警察這行有句老生常談的話，就是證人和證詞固然有用，但沒什麼比得上實證的證據。事實上，這並不是一句老生常談，因為大部分的警察都認為「實證」一詞跟達斯．維達有關[1]，這句話確實應該被牢記在心。為了強調他的看法，瓦立醫生還附上賽勒斯．威爾金森的大腦切片做為比較——受損的方式很一致。

這表示，長號米奇和賽勒斯．威爾金森的死因是相同的。只要我能找出原因到底是什麼。

我彙整了要給萊斯莉的清單，將東西交給茉莉，並嚴正交待她不可以咬來取件的快遞員。

回到車庫，我發現捷豹的雨刷下壓著一張摺起來的紙條。納丁格爾以令人意外的潦草字跡寫著：**在取得應有的駕駛許可證之前，禁止擅自駕駛捷豹**。所以納丁格爾其實是知道駕訓課程的。

我開了 Asbo——反正它比較省油。

奇姆是首都倫敦官方範圍內最西南邊的地方。它是另一個典型的倫敦郊區，簡單來說就是有一座火車站、一些維多利亞晚期的時髦獨棟別墅，然後是一整片建於一九三〇年代、令人喘不過氣的仿都鐸風格半獨立式建築。奇姆原本是一片保留的綠地，做為英格蘭東南部的休憩地區[2]。奇姆的照片被掛在倫敦周圍諸郡每個開發規畫局的牆上，當作是一種可怕的警告。而這些是在黑人搬進這一區**之前**的事。

艾傑亞宅是一棟大型愛德華時期風格的獨棟別墅，整條路上都是大同小異的建築。除了一塊裝飾性的橢圓形綠地之外，前院都鋪上了水泥地，以便在屋前停放幾輛大型德國車。我可以從這棟房子讀出這家人的歷史。父親和母親在一九六〇年代移民到這裡，找到他們能輕易勝任的工作，在一個相對偏僻的地區買下這棟破舊的房產，現在靠房產升值而過著優渥的生活。父親會穿著訂製的西裝，是一家之主，母親會有放滿鞋子的臥房與三支手機。孩子們則依父母親心中的優先順序，寄望將來能成為醫生、律師或是工程師。

一位與我年紀相仿的年輕女子開了門，我猜她是這家人的女兒或表姊妹。她有著與米寇爾相同的寬額頭、高顴骨和扁鼻子，雖然她的臉比他還要圓潤，而且還配戴半月形的黑色玳瑁框閱讀眼鏡。她看見我時是面露微笑的，但當我告訴她我的身分，那個笑容就消失了。她身穿成套運動服，我聞到汗水和家具亮光漆的味道。在她讓我進屋時，我看見胡佛吸塵器立在走廊中央，兩側牆上的相框全都撢掉灰塵，擦上了亮光漆。

我請教她的名字。

「瑪莎。」她說，並咯咯笑了起來，她一定是看到我的臉抽搐了一下。「對，我知道。我剛剛在廚房。」她帶我走進廚房。廚房很大，有張歐洲橡木桌，上頭擺放了一排

1 達斯．維達為電影《星際大戰》中的要角之一，「實證」是其手下的一個行動實驗室名稱。

2 英格蘭東南部地區，被認為是富人居住的地區。

大鍋子、杓子，以及裝滿了樹薯粉和鱈魚乾的塑膠洗碗盆，完全是西非風格。

我婉拒了茶和餅乾，我們坐在桌子的另一頭。

「媽在醫院，」瑪莎說，「我剛好在打掃。」她不需要向我解釋。這些年來，我母親在倫敦的親人也有不少人過世，我很清楚這些流程。只要米寇爾．艾傑亞的去世消息一傳出，親戚就會開始聚集過來，要是他們抵達時這棟房子不是一塵不染的話，瑪莎就慘了。

「他是長子嗎？」我問。

「獨子。」瑪莎不悅地說。「我還有兩個姊姊，她們已經不住在這裡了。」

我點點頭表示理解。受寵的兒子，女兒們努力工作，卻是兒子繼承家產。「他演奏爵士樂多久了？」

「米奇嗎？一輩子了吧。」瑪莎說。

「妳覺得他厲害嗎？」

「他很傑出。」她說。

我問她，他們的父母是否介意他成為音樂家，她說米奇隱瞞了這件事。「他住在瑪莉皇后學院，讀法律。」她說。「他知道這樣至少爭取了四年時間，好讓自己成名。」一旦他成名，母親和父親就不會在意了──只要他名利雙收就好。看得出來瑪莎也認為這個計畫行得通。我問起他的情史，顯然這也不是什麼問題──至少沒有造成麻煩的可能。

「白人女孩嗎？」我問。

「對，」她說，「不過琪莉真的很好，還有一點上流社會感，所以你知道的，媽跟爸的態度也就軟化了。」

瑪莎對米寇爾的女友不是很了解，但她答應等她的父母親回來，會幫我問一問。她想不出來有誰會對米奇做這種事，或是有任何可疑的跡象。「他就是某天下午出門，」她說，「然後就死了。」

在離開奇姆的回程上，我接到音樂家工會戈許小姐的電話。她想告訴我英印混血的爵士新風潮正從孟買開始向外傳播。我讓她暢所欲言——這比聽廣播好多了。

「總之，」她總結道，「是有這麼一件案子。有個會員叫亨利．貝爾拉旭，在演出結束後突然死了。我會記得這件事是因為我見過他幾次，他總是看起來很強壯又健康。像是在倫敦馬拉松……之類的活動場合。」

她給了我住址，在溫布頓。既然我現在還在泰晤士河以南，便直接往那裡駛去。另外，我很確定那起挾持救護車事件遲早要落在我頭上，所以我並不急著回去面對。

「我不確定，」貝爾拉旭夫人說，同時遞給我一杯茶，「我是否真的了解你來這裡的目的。」

我拿起杯子與碟子——我注意到這是客人專用的——然後把杯碟擱在腿上。我不敢放在一塵不染的桃花心木咖啡桌上，讓它不穩地放在沙發扶手上當然也不行。

「我們會定期審查發生在醫院以外的死亡案例。」我說。

「理由是？」貝爾拉旭夫人問。她在我對面坐下，端正地將腿往左併攏。安妮塔・貝爾拉旭，亨利・「吹嘴」・貝爾拉旭的遺孀，五十五歲左右，穿著淡紫色的寬鬆長褲和細心熨燙過的白色絲質上衣，一頭沙金色秀髮和細窄的藍眼睛。她住在一間一九三〇年代的磚砌獨棟房子，有著你在全英國郊區都能找到的那種窗臺，不過這裡可是溫布頓。屋中有許多上好的、鋪著桌巾的實心橡木家具以及花卉椅墊，還擺設了德勒斯登的瓷器。她用的是印花棉布，但不是我常看到獨居老女人用的那種。也許是由於貝爾拉旭夫人的言行舉止，或是她那鋼鐵般的藍眼珠，我反而覺得這是具侵略性的、好戰的印花棉布，是那種可以出去征服一個帝國、而且品味好到可以穿去餐廳用餐的印花棉布。任何宜家家居的組裝家具只要出現在這裡，就會立刻被燒掉似的。

「因為哈洛德・須普曼。」我說。「妳記得他嗎？」

「那個殺了自己患者的醫生。」她說。「噢，我懂了。你們會不定時檢查這些死亡人口，好確保這些報告資料都是正確的。想必你們還運用了模式辨識系統，看能否找出任何不尋常的傾向？」

這聽起來是個很棒的主意，不過我想我們無須如此，因為警察工作的第一條守則就是：麻煩永遠會自己找上門，沒必要自找麻煩。

「我只是跑腿的而已。」我說。

「總得有人負責跑腿。」她說。「來點餅乾嗎？」

那是很貴的餅乾，包裹在外頭的黑巧克力，可可成分肯定遠高於百分之五。

亨利．貝爾拉旭是在軍隊裡學會吹短號的。他服役於皇家工兵部隊，一路升到少校，然後在進入二十一世紀時提早退休。

「我們是在軍隊裡認識的。」貝爾拉旭夫人說。「他是個自信瀟灑的上尉，我也是，非常浪漫。在那個時候，只要妳結了婚就得離開軍隊，於是我搬到了錫費街。」並諷刺地發現，她做的工作跟在軍隊裡一樣。「只是薪水高多了，當然。」她說。

我問她從事哪種工作，不過貝爾拉旭夫人說她不能告訴我。「我想那些都是不能說的祕密。」她說，「國家機密法案之類的。」她的視線越過茶杯邊緣看向我。「那麼，關於我丈夫的死，你想知道什麼事呢？」

如果有人很享受自己的退休生活，那一定是亨利．貝爾拉旭，坐擁這麼一座花園，孫子們圍繞身邊，海外的度假時光，當然，還有他的音樂。他和一些朋友以前會在當地的酒吧表演——完全是自娛自樂。

「不過他加入了音樂家工會。」我說。

「亨利就是這樣。」貝爾拉旭夫人說。「他是軍人出身的——永遠不會失去與大眾團結在一起的心。」

「妳有沒有發現他有任何異常的行為？」這是個標準問題。

「例如什麼？」她問，有那麼一點點過於防衛的語氣。

「很晚不回家，無故缺席，健忘。」我說，她沒有任何反應。「花費習慣改變，不尋常的收據，信用卡帳單。」她有反應了。

她的視線對上我的，然後移開了。

「他常常在蘇活區的某家店買東西。」她說。「他並沒有要隱瞞我的意思，信用卡帳單上也都寫得很清楚。他死了以後，我還在他的錢包裡找到一些收據。」

我問是哪裡的收據。

「絲襪一瞥。」她說。

「女性內衣店？」

「你知道那裡？」

「我曾經路過那裡。」我說。事實上，我大概花了十分鐘盯著櫥窗，但我必須說那是因為我在巡邏，當時是凌晨三點，加上我非常無聊。「妳確定他不是要買禮物送妳？」

「我很確定我從來沒收過像是大紅色生絲馬甲搭配成套緞面內褲這種大膽的東西。」她說。「並不是說我無法接受。或許會很訝異，可是不會厭惡。」

人們不願意說死者的壞話，即使他們是怪物也一樣，更不用說是自己的摯愛了。人們傾向遺忘他人所做的壞事。為什麼要記得呢？他們也沒機會再重蹈覆轍了。所以我盡可能讓接下來的提問保持中立。

「妳認為他是否有外遇？」

她站起來走向一張古董摺疊桌，拿了一只信封後走回來。

「從這些消費紀錄來看，」她說，一面將信封遞給我，「我想不出其他解釋——你可以嗎？」

信封裡裝了一束收據，大部分都是現代收銀機列印出來的，不過有幾張是手寫收據，我認為是刻意營造一種復古感——這些收據上方都印有**絲襪一瞥**字樣。

他可能有變裝癖，我心想，不過我沒有說出口。

賈科莫．卡薩諾瓦，義大利的風流才子，來到倫敦尋找某個藏匿在卡萊爾宅邸的前任情人暨孩子生母。這座宅邸原為索茲斯柏立伯爵的住所，面朝蘇活廣場。她是歌劇女高音泰瑞莎．柯勒利，由於她提供豪奢浪費、縱情酒色的服務還有家居布置的行業，一度被譽為愉悅女皇。

卡萊爾宅邸成為倫敦第一個會員限定俱樂部。只要付一筆合理的會費，就能享受一個有歌劇和美食的夜晚，以及傳說中親密宜人的陪伴。是泰瑞莎建立了這個蘇活區的悠長傳統，她將人們收攏進來，灌醉他們，在他們吱吱叫之前盡情壓榨。可惜她比較擅於當個女主人而非經營者，二十年之後，在幾家銀行信用破產後又重整旗鼓，她孤獨且身無分文地死於債務監獄裡。

泰瑞莎．柯勒利的崛起與殞落證明了三件事：犯罪的代價很高、應該要對歌劇說「不」，以及投資多元化才是聰明的做法。嘉布列拉．羅西就遵循了這些建言，她也是義大利人，於一九四八年以兒童難民的身分來到倫敦，在服飾業打滾過後，一九八六年開了自己的第一家「絲襪一瞥」，從罪惡的報酬裡獲取利益，雖然是很有品味地得利。她對歌劇說不，也確保了她的投資標的是合適的。當她於二〇〇三年逝世時，由於對情趣的貢獻而被封為羅西夫人，並留下幾間連鎖女性內衣店。

蘇活區的這家分店是由一位骨感的金髮女子所經營，她穿著一本正經的長褲套裝，不過沒有搭配襯衫，手腕細得令人煩惱。在我亮出我的警察證件時，她似乎真的覺得很有趣，雖然她不記得亨利．貝爾拉旭，但當我暗示說他很可能是買來自己穿的時候，她放聲大笑。

「我不相信。」她說。「這種款式的馬甲是『經典式』腰身，比臀圍還要小上十吋——我不認為男人穿得下。」

這家店充滿藝術氣息地散放古董展示架和櫥櫃，營造出一種舒適的復古氛圍，就連英國人也可以享受這些充滿摺邊的內衣，知道它們是包裹在諷刺的、後現代的蝴蝶結裡。其中一面牆上掛著裱框的女人照片，全都是黑白照或是一九六〇年代的褪色彩照。照片中的女子大部分都是半裸或身著馬甲，還有穿著那種可能會讓我父親惱火的蕾絲內褲。其中一幅是摩里所拍攝的知名作品，照片中的克莉絲汀．奇勒反坐在一張看起來不怎麼舒服的北歐設計椅上。有幾張還有親筆簽名，我認出了其中一個名字——蘿絲蒂．蓋納，一九六〇年代蘇活區的傳奇脫衣舞孃女王。

這位女店長仔細檢查收據。

「絕對不是給男人穿的，」她說，「這些尺寸不可能。雖然從其他品項來判斷，可以看出是一位壯碩的健康女孩。如果讓我來猜，我會說這些是演出服。」

「什麼樣的演出？」

「一名豔舞舞者，」她說，「毫無疑問。可能是亞歷山大手下的女孩之一。亞歷山大・史密斯，在紫貓俱樂部有演出，很有品味。」

「妳是說，脫衣舞孃？」我問。

「噢，親愛的，」女店長說，「你不能這樣叫她們。」

就我所知，脫衣舞和豔舞之間的差別是階級。

「我們的舞臺沒有鋼管。」豔舞團經理亞歷山大・史密斯說。他很瘦，有一張狐狸臉，穿著淡黃褐色的套裝，搭配一九七〇年代的翻領，不過沒有打彩色寬領帶——還得顧及體面的關係——而是繫上一條梅子色的領巾式領帶，以及顏色一致的口袋手帕，可能還穿著絲襪。他看起來十足像個娘娘腔，不過當我知道他已經結婚而且有孫子，並未感到太驚訝。沒有一個男同性戀者必須如此努力工作。史密斯心情很好地讓我看他家人的照片——他的妻子、小潘妮洛普和艾斯梅拉德，然後解釋為什麼鋼管是惡魔的作品。

「那是魔王的發明。」他說。「脫衣舞是跟隨音樂脫掉身上的穿著，那並不包括真正的情色；客人想看她的下體，而她想拿到酬勞。速戰速決。」

越過他的肩膀，我看到一名身材勻稱的白人女子在店內的小舞臺上隨反體制酒吧樂團所翻唱的〈美臀寶貝〉扭動屁股。她身穿韻律服，上半身罩著寬大的粉色運動上衣，我必須承認，即使看不到下體，也讓人十分入迷。史密斯轉頭看我在注意什麼。

「這是魅力問題，」他說，「感官享受的藝術。這是你可以帶母親一起欣賞的表演。」

不會是**我的**母親，我心想。她無法接受帶諷刺性的後現代主義。

我讓史密斯看亨利．貝爾拉旭的照片，這是我從他妻子那裡拿到的。「這是亨利。」史密斯說。「他怎麼了嗎？」

「他是常客嗎？」我問，讓對話延伸下去。

「他是個大師。」史密斯說。「一名音樂家。很棒、很棒的短號手。他和迷人的佩姬一起演出。非常經典，他演奏短號的樂音，還有他演奏時她舞動的姿態。她光是脫掉手套就能迷倒觀眾，當她脫到上空的時候觀眾會嘆息，因為他們知道表演快要結束了。」

「他們那時候只是工作夥伴的關係？」我問。

「你一直在用過去式。」史密斯說。「他出事了，對嗎？」

我告訴他亨利．貝爾拉旭已經死了，而我來進行例行查問。

「唉，真是遺憾。」史密斯說。「我還在納悶他們怎麼有一陣子沒出現了。關於你問的問題，他們兩人非常專業：他喜歡演奏，而她喜歡跳舞。我想就只是這樣而已。」

他還喜歡替她買演出服，或者他視之為投資。我不曉得是否該告訴他妻子這件事。

我問史密斯，是否有這位神祕佩姬的任何宣傳照，雖然他很確定有，但俱樂部裡卻找不到。

我問他們的最後一場演出是什麼時候，他說了一個月初的日期，與貝爾拉旭的死亡時間相隔不到一天。「是在這裡演出嗎？」我問。對於易逝的**感應殘跡**而言，十四天是一段長時間了，不過還是值得一試。

「不是。」史密斯說。「比這裡更有水準的場合——是我們在巴黎酒館夏日豔舞節的表演之一。我們每年都會舉辦這個活動，提升大眾對豔舞的認知。」

我離開俱樂部，微弱的午後陽光讓我忍不住眨起眼睛，在我弄清楚自己的方位之前，就被席夢．費茨威廉給突襲了。

「警察先生，」她爽朗地說，一手勾住我的手臂，「是什麼風又把你吹來我住的這一區？」她的手臂抵著我的腰側，十分溫暖且柔軟，我聞到忍冬和焦糖的味道。

我告訴她，我還在調查幾起可疑的死亡案例。

「包括可憐的賽勒斯？」她問。

「恐怕是的。」

「這樣啊，我已經下定決心要忘記了。」她說。「賽勒斯也不會希望我意志消沉的。他的信念是把握當下還有複式簿記。不過，如果大家都一樣的話，又有什麼樂趣呢。下一個偵查地點是？」

「我得去巴黎酒館看看。」我說。

「噢，」她說，「我好久沒去那裡了。你一定得帶我一起去，我可以當你的大膽助手。」

我怎麼能拒絕這個請求呢？

我扯了謊進入巴黎酒館，說我是來追蹤抽查的掃黃組，五分鐘後就會離開。日班的酒館經理不是相信了我的說法，就是他的薪水還沒高到會在意這件事。

酒館內部是令人眼花撩亂的金箔、紅色天鵝絨和深藍色窗簾。主要大廳是橢圓形的，一頭有一座左右分離的階梯，另一頭則有個小舞臺，陽臺環繞整個室內，令我不自在地想起皇家歌劇院。

「你可以感覺得到歷史。」席夢緊抓住我的手臂說，「威爾斯親王以前很常來這裡。」

「那我希望這裡提供的是延壽的餐點。」我說。

「延壽的餐點是指什麼？」席夢問。

「妳知道的，豆類跟米飯。」我說，然後就說不下去了，我發現自己也不知道延壽餐點究竟是什麼。「健康的食物。」我說。

「聽起來不像親王會吃的。」她說，輕快地跳到我面前。「我們得跳舞。」

「沒有音樂。」我說。

「我們自己哼。」她說。「你會哼歌，對吧？」

「我得去檢查舞臺。」我說，同時試圖說服自己。

她假裝噘嘴，但是她鮮紅色的嘴角在抽動，洩了她的底。「你還有警察的職責得去做，」她說，「這工作真不好玩。」

這個小舞臺的空間夠大，或許可以容納一組三重唱，如果歌手們都很瘦的話。我看不出豐滿的佩姬要怎麼在此賣弄風情而不會掉下舞臺，無論她的身姿有多優美。我發表看法。

「嗯哼，」席夢說，「我想你已經發現這個舞臺可以往前延伸，讓空間變大。劇場的人都稱它為『伸縮舞臺』。提醒你一下，我確定我記得樂團是在另一端演奏的。」

我能感覺得到，層層積累的**感應殘跡**蝕刻在巴黎酒館的牆上，閃現的笑聲、茶的味道、片段的音樂、舌尖突如其來的尖銳血味。這裡就像一座老教堂，糾結纏繞了太多的生命與事件，因而無法理出任何一條線來。顯然沒有最近遺留下來的。**感應殘跡**不像黑膠唱片上的溝槽，和錄音帶錄音的原理也不同，比較像是夢的記憶，你越想抓住就越快消散。

又是突如其來的閃現——磚灰和嗡嗡作響的寂靜。我想起來了，巴黎酒館在倫敦大轟炸時被擊中，殺死了大部分音樂家，包括傳奇的樂團團長肯恩．強森。這或許可以解釋那股寂靜。波利達利曾將他調查過的一個瘟疫現場描述為**孤寂的深淵**——他真是個充滿活力的傢伙。

「你答應我要跳舞。」席夢說。

事實上我並沒有答應她，不過我伸出雙手環住她，她主動朝我靠得更近。當我們拙劣地繞著小圈子擺動時，她哼起歌來。我聽不出曲調。她抱緊我的腰，而我抵住她硬了起來。「你可以跳得更好的。」她說。

我在搖擺裡加入一些屁股的擺動，有那麼一瞬間，我又回到了布里克斯頓學院，和麗莎．帕斯可在一起，她住在史塔克沃爾山莊，似乎決心要成為我的第一個女人，雖然後來她在艾瑞斯托亞公園步道上吐得很慘，而我睡在她母親的客廳沙發上。

接著我聽到了：強尼．葛林的前奏，不過帶著點搖擺節奏，有個聲音遠遠唱著……**我心傷悲且孤寂／為你我嘆息，為了你，親愛的，只為你**。席夢並不高，所以她可以將臉頰靠在我的胸口，這時我才發現她在學我哼唱，原來是我在哼歌。她的香水味和**感應殘跡**的灰塵與寂靜交織在一起，那些歌詞清楚得讓我能輕輕唱出來。**你為何不明白？／我將全部奉獻給你，身體與靈魂**。

我感覺到席夢在顫抖，她一手環住我的脖子將我往下拉，直到她在我耳畔低語：帶我回家。

我們到達柏威克街時幾乎是用跑的，席夢拿出鑰匙，準備打開直通陡峭樓梯的前門，公共區域的地毯很髒，四十瓦燈泡和定時開關永遠不會給你足夠的時間走到樓梯頂端。席夢領我走到第三層樓，曲折地經過某些翻新成一九五〇年代的古怪空間，當時多是女傭和「有印象的小模」住的公寓。樓梯很陡，我開始累了，但她擺動的屁股拉著我走上第四層與最後一層樓，然後我們來到了屋頂。我勉強記得那裡有鐵欄杆、茂密的綠色盆栽、一張吧檯圓桌和收攏的藍白色遮陽傘，接著我們接吻，她的手往我的牛仔褲後方下探，再猛然將我往前一拉，我們倒在了床墊上。

老實說，要很有尊嚴地脫掉一件緊身牛仔褲是不可能的事，尤其是有個漂亮女人一手伸進你的內褲，而另一手環住你的腰際。你一定會瘋狂地踢著腿想讓這條該死的褲子脫離你的腳踝。然而我是個紳士，我幫席夢脫掉她的緊身褲——我們身上穿的其他東西得先等等，因為席夢並不打算慢慢來。她將我拉到她的雙腿間，把我照她滿意的方式調整好，將我其餘的部分拉了進去。我們搏鬥了許久，最後我抬頭看到她在我身上仰著頭，弦月越過她的肩膀照耀著我們，她的腰部在我的掌間狂亂地抽動。她往後一甩頭，發出喊叫，我們一起高潮了。

她趴倒在我身上，肌膚灼熱且香汗淋漓，她的臉則埋在我的肩上。

「跟我做。」我說。

「什麼？再來一次嗎？」她問。「沒有什麼能阻止你了，對嗎？」

我立刻又硬了，只要一點點恭維就能激勵男人。沒錯，和性有關的時候，我們真的就是這麼膚淺。天氣很冷，我發著抖將她翻過身躺在床墊上。她朝我張開雙臂，但我無視她的動作，讓我的嘴唇一路描繪至她的肚臍。她的雙手抓住我的頭——催促我再往下一些，可我卻刻意延長時間。對她們苛刻，讓她們迫切，這是我的座右銘。我的嘴在重點部位持續進攻，直到她的雙腿踢往空中、雙膝交扣。之後，我慢慢沿溼滑的路線返回，重新進入。席夢的腳踝交扣在我背後，雙臂環繞我的肩膀，有相當長一段時間我們都無法思考。

一陣黏膩的爆發後我們分開了，暫時就只是躺在那裡，在夜晚的空氣中散發熱氣。席夢狂野地親吻我，飢渴地長吻，接著撐起身子離開床墊。

「我馬上回來。」她說。

我看著她白皙的屁股慢慢扭擺，她輕輕走過屋頂，閃身進了門裡。月光和街燈還算明亮，可以看見這個露臺被改建成屋頂花園，而且十分專業，腳下是堅實的石板，還裝設了及腰的鐵欄杆。四個角落放置了木桶，每一個都種下要不是很大的盆栽，要不就是很小的樹。我現在躺著的其實是防水的戶外坐墊，正在我赤裸的屁股下方逐漸冰涼，我也是。

底下傳來低低的人語聲和派對的喧囂噪音，一個尋常的蘇活區夜晚。我變得極為神志清醒，知道我正一絲不掛地躺在倫敦市中心的一座屋頂上。我真心希望空中支援隊沒有被請求加入巡邏，否則我就會被貼上YouTube，變成讓人笑掉大牙的頂樓裸體蠢蛋。

當席夢拿著一條鴨絨毯和側邊刻有F＆M字樣的老派野餐籃回來時，我正認真地尋找我的衣服。她把籃子放在床墊旁，帶著毯子撲向我。

「你快凍僵了。」她說。

「妳把我留在屋頂。」我說。「我差點凍死了。他們要緊急出動海空搜救直升機跟其他設備了。」

她替我暖了一會兒身子，我們研究起那個野餐籃。它是正牌知名老店福南梅森的野餐籃，裡頭有裝著熱巧克力的不鏽鋼壺、一瓶御鹿干邑白蘭地，以及包在防油紙中、一整條的棋格蛋糕。難怪她去了這麼久才回來。

「妳平常就囤放這些？」我問。

「我喜歡事先準備。」她說。

「妳知道卡薩諾瓦在倫敦的時候，就住在這附近嗎？」我說。「每當他出門辦事，總會帶一個小手提箱，裝著雞蛋、盤子和酒精爐。」我的手在她溫暖、深邃的胸部曲線上游移。「這樣一來，無論他去了哪裡，都可以煎個蛋當早餐。」我親吻她——她嚐起來有巧克力的味道。

「我不知道原來卡薩諾瓦是個童子軍。」她說。

我們裹著鴨絨毯而坐，看月亮沉下蘇活區的屋頂。我們吃著棋格蛋糕，聆聽警車警笛呼嘯在查令十字路和牛津街上。當充分恢復精神之後，我們瘋狂做愛，直到聽見蘇活區破曉時的鳥啼聲迎來嶄新一天的第一道晨光。

我想，老賈科莫．卡薩諾瓦會贊同的。

7 宛如陷入愛河

羅伯特・馬克爵士是一九七二至一九七七年間倫敦警察廳的總監，他因兩件事而聞名——一件是他在固特異輪胎的廣告裡說，「我相信這是對道路安全的一大貢獻」；另一件是反貪腐行動，調查自己手下員警的貪腐狀況。回溯到《每日郵報》所稱的美好舊時光，一個認真負責的警察只要在適當的時機出手，就能使自己的薪水翻三倍；而一個武裝銀行搶匪只要付一些合理的酬金，就可以免於被捕。不過平心而論，這些人總是努力確保有人會因為犯罪而遭起訴，如此一來至少還會被認為正義得以伸張，這是最重要的。馬克總監很不認同這一點，於是發起了倫敦警察廳前所未見的反貪腐行動，這正是為什麼警察老鳥們都用他來威嚇菜鳥們守規矩。要乖，否則討厭的羅伯特・馬克爵士會把你踢出警界。這可能也是現任總監將馬克爵士的肖像掛在辦公室中庭的原因，刻意讓肖像面對一整排不舒適的綠色合成皮椅，我和納丁格爾不得不坐在那裡等待接見。

當你是個位階很低的警察時，和這樣一位大人物離得這麼近是不會有好事的。上一次我到這裡來，是為了宣誓成為巫師學徒。這一次，我猜差不多是來挨罵的。納丁格爾坐在我旁邊，看起來很放鬆，讀著《電訊報》。他身穿棕褐色的輕質戴維斯父子訂製西裝，若不是全新的，很可能就是早先時代的復古款。我則穿警察制服，面對長官時，制服是警員最好的朋友，特別是茱莉將它熨燙得筆挺銳利，她似乎把褲子上的縐褶視為顯而易見的攻擊武器。

祕書替我們打開門。「總監現在可以見你們了。」她說，我們站起來，一起去面對我們的命運。

總監辦公室並不特別，地毯雖然不算太廉價，但再多的木板也無法掩飾警察廳總部自一九六〇年代中期以來水泥建築的呆板陰鬱。不過，倫敦警察廳總計超過五萬名人員，年度預算高達四十五億，負責的業務範圍從金斯頓的反社會行為到白廳的反恐活動，總監辦公室的裝潢其實也無須太過計較。

總監坐在那裡等我們。他頭戴制服帽，我才明白這次真的死定了。我們在他的辦公桌前站定，納丁格爾確實抽動了一下，彷彿在壓抑敬禮的衝動。總監坐在位子上不動，沒有伸手與我們相握，也沒有開口請我們坐下。

「納丁格爾督察長，」他說，「我相信你已經閱讀了關於上週二的事件報告。」

「是的，總監。」納丁格爾說。

「你很清楚倫敦救護車局所提出的指控，以及DPS的初步報告？」

「是的，總監。」納丁格爾說。

聞言，我畏縮了一下。DPS是指專業標準理事會，他們是披著人皮的惡魔，隱身在我們之中，主要是讓普通員警身處恐懼與沮喪。若是你感覺衣領處傳來DPS的溼冷鼻息，就像我這樣，下一件你必須知道的事便是這呼吸來自於誰。我認為不是ACC反貪腐組，或是IIC內部調查組，因為挾持一輛救護車，最多只會被歸類為直逼犯罪程度的愚蠢行為，而非愚蠢的犯罪行為。或者至少，我希望他們是這樣看待這件事的，然後我期待負責的是MCAV違法行為調查組，他們的工作是負責處理那些害倫敦警察廳被告的員警們——例如，被精神受創的救護人員提告。

「你是否認可葛蘭特警員那晚的行為？」

「是的，長官。」納丁格爾說。「我相信葛蘭特警員，面臨棘手的狀況做出正確評斷，並迅速採取果決的行動，使艾許．泰晤士免於死亡。如果他沒有將冷鐵從傷處移除，或是沒有將艾許移送到河邊，我毫不懷疑這名受害者會死亡——至少是因為失血過度。」

總監直勾勾地看著我，我發現自己屏住了呼吸，直到他將視線轉向納丁格爾。

「儘管你的身體狀況如此，我還是保留了你的主管職位，因為我確信你依然是唯一一個有資格處理『特殊』案件的警官。」他說。「這是我的錯嗎？」

「不是，總監。」納丁格爾說。「直到葛蘭特警員徹底完成訓練之前，我依然是倫敦警察廳唯一一個有資格的警官。相信我，總監，我和您一樣擔憂未來。」

總監點點頭。「既然在當時的狀況下葛蘭特別無選擇、只能出此下策的話，我可以將這件事歸列為你的督導不周。這次會是口頭懲戒，將在你的個人紀錄上留下一筆。」

他轉頭看我，我將視線固定在牆壁上一塊安全的區域，在他的頭部左邊幾公分處。

「雖然我可以理解你是經驗不足，被迫自己做出判斷，在這種……」總監停頓了一下，思考措辭，「……傳統警察工作之外的狀況下，但我想提醒你，你是同時以警察和學徒身分宣誓的。而且在你宣誓的時候，已經曉得我們預期你能大展長才。就目前來說，不會對你採取任何懲戒，也不會在你的個人紀錄上註記任何事。然而，我希望在未來可以看到你的行事能更得體、更謹慎，並且努力將財物損失降到最低。你明白嗎？」

「是的，總監。」我說。

「關於財物損失。」總監說，視線回到納丁格爾身上。「包括救護車在內，會從浮麗樓的預算裡撥款支付，而不是警察廳的儲備金。任何向倫敦警察廳提起民事訴訟所衍生的法律費用及損害賠償亦是如此。這樣清楚嗎？」

「是的，總監。」我們兩人一起說。

我流著汗，鬆了口氣。我之所以不需要面對正式的懲戒聽證會，唯一的理由就是總監大概不想對首都警察監管局說明，為什麼一名低階的警員目前會是一個行動組的實質領導人。任何我從警察聯會找來的幫手，都會是跟著我在缺乏長官有效督導下進行的野外演習——納丁格爾還在請病假，記得嗎？更不用說在半夜被迫跳進泰晤士河會對健康和人身安全造成何種危害。

我以為事情結束了，但其實沒有。總監按下他的內部對講機。「現在可以讓他們進來了，麻煩妳。」

我認得這兩名客人。第一位是身高不高的中年白人男子，一身馬莎百貨藍色細條紋成衣西裝，顯得十分短小精悍。我注意到他沒有打領帶，他的頭髮像是一叢灌木，堅決抗拒梳子的梳整。奧斯歷・泰晤士，泰晤士之父最睿智的兒子，是他的參謀長、媒體專家以及負責扮黑臉的人。他對我苦笑了一下，按照總監的意思在辦公桌的右邊坐下。第二位客人是位身材健美的白皙女子，鼻子稜角分明，雙眼斜飛，一身黑色香奈兒裙套裝，如果是輛車的話，應該可以在三點八秒內從零加速到六十英哩。泰小姐，泰晤士之母最寵愛的女兒，畢業於牛津大學，是個野心勃勃的調停者。她似乎很樂於見到我，這可不是個好兆頭。當她在奧斯歷身邊坐下時，我才領悟到訓斥還沒有結束，現在要上演的是《訓斥二：這次是人身攻擊》。

「我想你們都認識奧斯歷和泰本小姐。」總監說。「他們的『首長』要求他們針對艾許・泰晤士一事來聲明立場。」他轉頭看向奧斯歷和泰本，問他們誰要先說。

泰本轉頭看向總監。「我有個問題想請教葛蘭特警員。我是否可以……？」她問。

總監做了個手勢，示意她儘管問。

「在任何時候，」她說，「你是否曾經想過，如果艾許被殺了，我妹妹會面臨什麼狀況？」

「沒有，女士。」我說。這是實話。我完全沒想到這件事，而我現在想到了，這念頭令人感覺非常差。

「你的這番坦白倒是很有意思，因為是你促成協議的。」她說。「也許，你根本沒有意識到人質交換的真正意義？或者你只是忘記了，要是艾許在我們的領地死亡，我妹妹也會殞命？你知道『殞命』的意思吧？」

我心頭一涼，我的確完全沒想到這件事，在我招攬艾許替我去監視的時候沒想到，甚至和他直接跳進泰晤士河裡時也沒有想到。假使他被殺了，那麼貝弗莉．布魯克，泰小姐的妹妹，就得面臨殞命的結果。這也就意味著那天晚上我差點害兩個人送命。

我看了納丁格爾一眼，他皺著眉，點頭示意我回話。

「我知道殞命的意思。」我說。「我要說明的是，我從來沒有預期艾許會讓自己陷入險境。我認為他是個冷靜又可靠的人，就像他所有的兄弟一樣。」

奧斯歷哼了聲，泰小姐因此怒瞪了他一眼。

「我並沒有預料到他會這麼勇敢或機敏。」我說，然後奧斯歷的表情告訴我，我講話實在太諂媚了。但這不要緊，你沒有與泰小姐正面衝突的原因是，她只是在等你鬧騰完之後給你一巴掌。

「我當然很清楚納丁格爾督察長和葛蘭特警員在調停局勢上扮演的角色。」泰小姐說。「不過從最近的一些事件來看，我認為在河際外交的相關事務上，如果他們可以採取不那麼先發制人的立場來處理的話，會比較好。」

我大受感動，差點要鼓掌喝采了。總監點點頭，保證他會私下處理，大概是跟大倫敦警察監管局和市長辦公室周旋。他應該是覺得自己已經夠忙了，不需要我們再來添亂。他轉向奧斯歷，問他是否想要補充什麼。

「艾許是個年輕人，」奧斯歷說，「而且大家都知道，男孩子就是男孩子。假使葛蘭特警員在面對與他相關的事情上能更負責任一點，我覺得這也無妨。」

我們稍等了一會兒，不過奧斯歷並沒有什麼表情。泰小姐看起來不太高興，也許這種處理方式不如她預期的有力。

我偷偷向她露出小男孩般的嘻嘻笑，是那種我從八歲開始就用來氣瘋我母親的舉動。她抿緊了脣，顯然比我母親更能夠不動聲色。

「聽起來很合情合理。」納丁格爾說。「只要兩方都能遵守協議與法律，我確信我們可以同意不多加干涉。」

「很好。」總監說。「雖然我很高興能跟你們聊一聊，不過希望將來不要再發生在我的辦公室裡。」

這句話之後，我們就地解散。

「事情本來可能更糟。」當我們經過警察廳總部大廳永不熄滅的紀念之火時，我說。這是用來紀念那些值勤時捐軀的勇敢同袍們，同時也警惕我們這些活著的人，要格外小心行事。

「泰本很危險。」在我們前往地下停車場途中，納丁格爾說。「她以為她能透過操控官僚體系和官場政治來奠定她在這座城市的角色，她遲早會跟她母親發生衝突。」

「發生衝突會怎麼樣？」

「可能會有超乎想像的結果。」納丁格爾說。「為了你自己好，如果真的發生這種事，你最好不要站在她們兩人中間。」他意味深長地看著我。「或者泰晤士河谷的任何一處。」

納丁格爾得去醫院檢查，他讓我在萊賽斯特廣場下車，我打給席夢。

「給我一個小時整理一下，」她說，「接著你就可以過來了。」

我還穿著制服，要是去酒吧喝酒會有點麻煩，所以我在弗里思街上的義大利咖啡廳買了杯咖啡後，悠閒地散步去康普頓老街。正在考慮是否去瓦萊麗法式糕點店買些蛋糕時，我那敏銳的警察感知能力無可避免地被觸發了，就像瞄準龐大獵物的獵人般，感覺到有某些細微的線索顯示迪恩街出事了。

再加上封鎖線、鑑識帳篷，以及正在執行戒備犯罪現場這項刺激任務的制服警察們。我的職業好奇心占了上風，於是我悄悄過去探個究竟。

我看到史蒂芬諾柏斯正在跟幾個凶案調查小組的偵緝巡佐說話。你不能未經許可就擅入其他組的犯罪現場，因此我站在封鎖線外揮手，直到史蒂芬諾柏斯看見我。一分鐘後，她大步朝我走來，打量了我身上穿的制服。

「回來跟我們這些凡人一起巡邏了嗎？」她說。「我想你逃過一劫了。調查本部的人分成兩派，賭你會不會因為造成嚴重損害而被停職。」

「口頭訓誡。」我說。

史蒂芬諾柏斯一臉懷疑地看著我。「你挾持了救護車，只有口頭訓誡？」她說。「你在基層是交不到朋友了，你知道吧？」

「我知道。」我說。「誰死了？」

「跟你沒關係。」史蒂芬諾柏斯說。「橫貫鐵路的建設工頭，在一個豎井通道被發現。」雖然橫貫鐵路的新車站大多已經完工，承包商似乎還想要在路面下繼續挖。「可能只是單純的意外。無論如何，這個工作環境的健康與安全條件跟警察廳差不多糟。」

健康與安全是目前警察聯會熱衷的議題。去年的重點在防刺背心，不過最近他們開始認為，警察在追捕嫌犯時是冒著不必要的風險。他們想要更完善的健康與安全指導守則來避免受傷，大概是想利用遠端遙控機械來執行追捕犯人的勤務吧。

「是在晚上發生的嗎？」

「不是，是早上八點，天色還很亮的時候。」史蒂芬諾柏斯說。「這表示他有可能是被推下去的，而且——這是你最關心的一點——這起案件絕對沒有任何超自然要素，感謝上帝。所以你可以閃一邊去了。」

「謝了，長官。」我說。「我會走開的。」

「等等，」史蒂芬諾柏斯說，「我要你去查看一下柯林．山柏爾的後續約談報告，他們應該已經放上資料庫了。」

「誰是柯林．山柏爾？」

「要是你的怪胎朋友沒有插手，他就會是下一個受害者。」她說。「如果你認為自己可以做到不再造成更多財物損害的話，就去看吧。」

我笑出聲來，以表示我是個輸得起的人，但就我所認知到的警察幽默，救護車這件事會在我剩餘的職業生涯中如影隨形。我離開犯罪現場，讓史蒂芬諾柏斯去指揮大局，然後穿過聖安妮巷和督博雷街來到柏威克街。由於那天晚上我並未特別留意周遭環境，因此得停下來辨認一下方位，接著我認出了那扇門——擠在一間藥局和一家專賣古董唱片的唱片行中間。黑色的門漆已經斑駁，對講機上的小卡若不是髒汙就是完全消失。不過沒關係，我知道她住在頂樓。

「你這混蛋。」對講機傳來氣急敗壞的聲音。「我還沒準備好。」

「我可以在附近繞一繞。」我說。

門鎖打開了，我推開門走進去，那道樓梯在大白天看起來一樣糟糕。地毯是淡藍色的，有好幾處磨破了，牆面上有人們伸手撐住自己時留下的汙漬。每一層樓都有暗門，在蘇活區，這些門可以是通往各種嚴守紀律的地方或是電視製作公司。我調整自己爬樓梯的速度，讓自己不會喘著抵達頂樓，然後敲了敲門。

席夢打開門時看到我穿著制服，她往後跳了一步拍著手。「看看這個，」她說，「是到府脫衣秀嗎？」

她正在打掃家裡，穿一條灰色運動褲和一件看起來像是被指甲剪剪過的深藍色運動上衣。她的頭髮以一種英國人的方式用頭巾繫起，我只有在肥皂劇《加冕街》裡看過。我走上前牽住她。她聞起來有汗水和清潔劑的味道。要不是她喘著氣說門還沒關，我們早就直接倒在地上了。我們暫停了一段夠長的時間，關上門，跌跌撞撞爬上了床。我注意到這裡只有一張床，不過是特大號的，我們盡力使用它的每一吋空間。我的制服在某個時間點被脫掉了，也不曉得她的運動服到底跑哪去了——雖然她還繫著頭巾，我因此莫名感到興奮。

大概一個多小時後，我才有機會觀察一下這間公寓。這張床完全占據了這間主臥房的一角，除了一張塞得太過飽滿的皮扶手椅外，這張床是唯一可以坐人的地方。其他剩下的家具就是並排在牆邊的三個不成套衣櫃，還有一個堅實的橡木五斗櫃，這個五斗櫃大到只能從窗戶吊進來。我沒有看到電視或是音響，也許有個小型MP3播放器消失在散落於房間各處的衣物裡了。我是獨生子，僅僅需要和一位女性一起生活，所以我完全沒有心理準備看到三姊妹同住而產生的大量衣物。尤其是無所不在的鞋子，一排排密集的、在我看來幾乎一模一樣的高跟涼鞋。拖鞋被隨意塞在角落裡，高跟鞋盒則塞滿了衣櫥間的空隙。一雙雙靴子，款式從小腿高度到大腿高度都有，像城堡裡的整排刀劍般掛在牆壁的鉤子上。

席夢看到我正在打量一雙六公分高的細跟皮靴，便掙脫出我的懷抱。「想看我穿那雙嗎？」她說。

我將她拉回胸前，親吻她的脖子——我不想要她去任何地方。她在我的懷裡扭動，我們親吻著直到她說得去一下廁所。一旦你的情人走了，你也該起床了，於是我逼自己走到浴室，這是個很不錯的小隔間，空間只足夠安裝現代得令人意外的強力蓮蓬頭、馬桶，還有那種為了塞進剩餘空間而形狀怪異的小型水槽。當我在浴室的時候，我的警察直覺占了上風，開始翻找她們的藥物櫃。席夢和她的姊妹們顯然喜歡長期儲放危險藥物，因為藥物櫃裡有十年前的止痛藥和處方安眠藥。

「你在翻我的東西嗎？」席夢在廚房裡問。

我問她和她的姊姊們是如何共享一間這麼小的浴室。

「親愛的，我們以前都是讀寄宿學校。」席夢說。「只要能熬過寄宿學校的生活，你就能應付任何事了。」

我走出浴室，她問我要不要喝茶，我說好，於是我們享受了一頓英式下午茶——餐盤上擺放 Wedgwood 的藍金陶器、藍莓果醬和塗滿奶油的烤麵餅。

我喜歡看她赤裸的模樣，斜倚在床上一手拿茶杯、另一手拿烤麵餅，宛如國家美術館裡的藝術品。我們才剛度過一個炎熱的夏天，但她的皮膚依然非常白皙，幾近半透明。當我抬起放在她大腿上的手時，上頭還留下了粉色的印子。

「對，」她說，「我們不太會晒黑——謝謝你提醒我。」

我親吻那裡做為道歉，然後親吻她肚子的曲線做為邀請。她咯咯笑了起來，接著將我推開。

「我怕癢。」她說。「先喝完你的茶，你這野蠻人。不懂禮貌嗎？」

我拿起那個柳樹圖案的茶杯，輕啜熱茶。這茶嚐起來很不一樣，帶有異國風情。我猜是很高級的混和茶，來自另一個福南梅森的野餐籃。她餵我吃了一些烤麵餅，我問她為什麼家裡不放電視。

「我們的成長過程裡沒有電視。」她說。「所以沒有看電視的習慣。家裡有收音機可以收聽廣播肥皂劇《亞契一家》。我們每一集都準時收聽。雖然我得承認，我沒辦法記清楚所有角色，他們似乎就是一直出現新人物、結婚、外遇，當我好不容易熟悉這些新角色之後，他們就又死了或是離開安布奇了。」她的視線越過茶杯望著我。「你沒有在聽《亞契一家》吧，是嗎？」

「不算有。」我說。

「你一定覺得我們很像波希米亞人吧。」她說，喝完杯裡的茶。「生活在一個亂七八糟的房間裡，沒有電視，在蘇活區的這些享樂地方中。」她放下茶杯，把托盤放在床邊的地板上，伸手抽走我指間的空杯子。

「我覺得妳過於擔心我的想法了。」我說。

席夢把茶杯安全地移開床邊，親吻我的膝蓋。

「我有嗎？」她問，伸手抓住了我。

「絕對是。」我說，在她一路往上親吻時忍住不要叫出聲。

兩小時後她將我丟下床，不過是以一種最溫柔的方式。

「我的姊姊們很快就要回來了。」她說。「我們有公約，十點以後床上不能有男人。」

「這裡有過其他男人？」我說，同時尋找我的內褲。

「當然沒有。」她說。「你是我的第一個。」

席夢隨便套上她從地上撈到的衣物，包括一件緞面內褲，貼身得宛如她的第二層肌膚。看她穿上那件內褲幾乎和看她脫下一樣性感。她發現我在喘氣，朝我搖了搖手指。

「不行。」她說。「要是再來一次，我們就停不下來了。」

我不介意，不過身為一名紳士，必須知道何時該優雅地讓步並離開現場。雖然得先在門口來場投入的長吻。

我往回穿過蘇活區，鼻間充滿了忍冬的香氣，根據之後的紀錄顯示，我還協助了查令十字警局和西區中央警局解決兩場搏鬥，一場是家人間的爭執，另一場則是一群女子想性侵犯一名男性脫衣舞者。可是我什麼都不記得了。

當你練習**定離**的時候，先使用**驅動**讓蘋果浮起並固定在空中，接著你的老師會設法用板球棒移動它。隔天我連續浮起三顆蘋果，當納丁格爾擊打它們時，它們只是稍微晃動而已。當然，他擊打的力氣大到足以打爛它們，不過果肉碎屑只是浮在半空中，像是太空站裡發生的食物意外一樣。

納丁格爾第一次示範這個**形式**時，我問過這些蘋果會固定飄在空中多久。他說這取決於蘋果裡注入了多少魔法。對大多數學徒來說，意味著最多半小時。這種模糊不清的說法可以總結出納丁格爾對經驗主義的態度。這一次，我可是有備而來。我準備了碼錶，是個錶面和我的手掌一樣大的古董，還帶了筆記本以及那個**陰牙**案的柯林．山柏爾的約談文字紀錄。當納丁格爾走回樓上時，我坐在工作桌前開始讀資料。

柯林．山柏爾，幸運的混蛋，二十一歲，來自艾福德，出門想找點晚上的樂子。他以為自己遇上一個不怎麼說話的粗野女孩，似乎不介意來點刺激的戶外活動。從外貌看來，山柏爾至少是年輕且結實的，但他的臉卻有一種普通沙灘般的平凡感，就好像造物主是在一天的尾聲創造他的，而且是在補足當天的業績。這也許可以解釋為什麼他如此急著想離開酒吧。

「你不認為她這麼熱情有些可疑嗎？」史蒂芬諾柏斯問了這個問題。

山柏爾說，他不是那種懷疑多慮的人，雖然以後他在面對異性的時候會採取更謹慎的態度。

在我施行咒語後的十六分又三十四秒開始下起了蘋果泥雨。我把資料收起來，記下時間。我事先在下面鋪了塑膠袋，整理起來並不費事。關於撐住蘋果的咒語魔力究竟來自何處，教科書和納丁格爾都說得很模糊。如果這股魔力是從我的大腦吸取的，那在我的大腦萎縮之前，我能提供多少魔力？如果這股力量不是來自我身上，那麼又是從何而來？我是個老派的警察，不相信熱力學原理是可以違反的。

寫完筆記後，我來到馬車屋準備使用維繫二十一世紀舒適生活的基礎設備——寬螢幕電視、寬頻網路以及**福爾摩斯**。然而，我卻見到納丁格爾舒舒服服地坐在沙發上，一手拿奈及利亞的明星啤酒，一邊看電視轉播橄欖球。他看起來倒是有些尷尬。

「我想你不會介意，」他說，「角落裡還有兩箱多的這種啤酒。」

「酒太多了。」我說。「那是我去勸說泰晤士之母的時候，帶了一整貨車的啤酒留下來的。」

「你解釋得很清楚。」他說，擺了擺手上的瓶罐。「不要告訴茉莉啤酒的事。她變得有點保護過度了。」

我要他放心，不會說出去的。「哪兩隊在比賽？」我問。

「丑角隊跟黃蜂隊。」他說。

我讓他繼續看球賽。我喜歡看一點足球和拳擊賽，這和我母親不一樣，只要和球類有關的比賽她都看，包括高爾夫，我倒是對橄欖球沒什麼興趣。所以我坐在我的書桌前，打開那臺用來當作**福爾摩斯**終端機、第二好的筆電，繼續鑽研案情。

史蒂芬諾柏斯的手下做事很周全。他們已經和所有山柏爾的朋友談過了，還包括任何他們找得到的客人。這家俱樂部的保鑣堅稱他們沒有看到嫌犯進入店內，儘管監視攝影畫面已經清楚呈現她走過他們旁邊的身影。這起攻擊事件讓我聯想起夏天時聖約翰・吉爾斯的案子，而不是傑森・登祿普的謀殺案——我正打算在檔案寫下註記時，發現史蒂芬諾柏斯早已注意到了。

不曉得萊斯莉現在怎麼樣了。她一直沒回我的簡訊或電子郵件，於是我打到她家裡，接電話的是她的一個妹妹。

「她在倫敦。」她說。「跟她的醫生有約。」

「她沒提過這件事。」

「這個嘛，她不會說的，是吧？」她妹妹說。

「妳可以告訴我是哪家醫院嗎？」

「不行。」她說。「如果她希望你知道她在倫敦，她自己會告訴你。」

我無法反駁。

納丁格爾的橄欖球賽結束了，他謝謝我的啤酒然後離開。我轉到新聞節目，看看挾持救護車的新聞是否還在二十四小時的報導周期裡打轉，所幸這則消息已經被馬洛的嚴重淹水新聞給蓋過了。在許多詳細的照片裡，可以看到車子在鄉間道路上滑水，消防局忙著用小艇將老人家們載出來。在那麼一瞬間，我有個可怕的懷疑，認為這場淹水也許是泰晤士之父對於艾許受傷的反應，不過當我上網搜尋詳情之後，發現大水是發生在我和席夢在屋頂上嬉鬧之後的那個晚上。

我鬆了一口氣。我已經惹上夠多麻煩了，沒必要再不經意地涉足泰晤士河谷的氾濫問題。

一名環境署的女士被問到為什麼沒有發布洪水警告，她解釋泰晤士河的流域很複雜，人類建設也使得情況更為棘手。

「有時候這條河就是會出其不意。」她說。昨天深夜又發生了第二波預期外的大水，她不排除當天還可能再有氾濫的情況發生。就像大多數的倫敦人，我的看法是只有富人才住得起河邊，因此我可以狠下心袖手旁觀他們的困苦。

我結束了在**福爾摩斯**上頭的工作，把該關掉的都關了。在我們這兩個半受害者之間，史蒂芬諾柏斯沒有發現任何關聯性。更糟糕的是，聖約翰．吉爾斯和山柏爾是一時衝動才走進他們遇上神祕殺手的俱樂部。我同意史蒂芬諾柏斯在鎖定對象報告裡附加的註記，她認為那兩名年輕男子只是被隨機挑選的目標，但傑森．登祿普一案比較像是預謀鎖定的。如果白小姐——我現在是這樣想像她——是在公眾場所與她的受害者有所接觸，而且是當著許多可能的目擊者面前，或許這是一種平衡工作與生活的方式。那兩個夜店男孩只是娛樂，傑森・登祿普才是正事。

母親打電話給我，提醒我下午要介紹父親給非正規兵認識。我指出這已經是她第三通提醒電話了，不過我母親向來如此，完全不把我的話當一回事。我向她保證我一定會去。我考慮要不要打給席夢邀請她一起去，但我覺得冒險讓她與我的家人見面——尤其是我母親——可能操之過急。

最後我還是打給她了，她說我不在她都提不起勁。我聽見她的身後傳來女性的笑聲，還有一些音調低到聽不清楚的說話聲。我猜是她的姊姊們。

「真的提不起勁，」她說，「我想你晚一點應該沒空過來陪我玩一玩？」

「那個十點以後床上不能有男人的規矩呢？」我問。

「我想你不會用到床。」電話那頭的背景傳來更多笑聲。「所以就不用跟別人共享了？」

我思考著能否偷偷帶她進浮麗樓。納丁格爾並沒有明文禁止訪客留宿，只是我不確定該如何提這件事。我自己是睡在馬車屋裡，不過沙發可以擠兩個人。值得思考一下。

「我晚點打給妳。」我說。接著隨意查起倫敦市中心的旅館房價——就算我的財務狀況良好，這也是不可能採行的選項。

這時我才想起，不到兩個星期之前，她還是痛失賽勒斯・威爾金森的悲傷情人，下午我父親還要跟威爾金森的其他團員一起團練。綜合以上理由，我想還是別邀請她一起去好了。

就我所知，每一處國宅裡都設置了交誼廳。建築師和城市規畫師把人塞進鴿子籠後，認為設置一些交誼廳可以彌補缺少花園、或是某些公寓實在小得可憐的遺憾。也許他們天真地幻想著，這些國宅住戶會自然而然聚集起來，慶祝各式各樣的無產階級節慶、舉辦一些聯絡感情的比賽。事實上，這些交誼廳通常只有兩個用途——小孩子的派對以及住戶大會，但是這個下午我們要來顛覆一下，在這裡進行爵士樂團排練。

由於詹姆士是鼓手的關係，他有一輛小貨車，破舊得很剛好的福特 Transit，我們可以不上鎖就停在那裡，車鑰匙插著，擋風玻璃上還有塊牌子寫著「帶我走，我是你的」，而且完全不必擔心，等我們出來時車子一定還在原地。我幫他把鼓具從貨車上卸下來搬到屋內，他告訴我不用急，慢慢來。

「我是從格拉斯哥來的，」他說，「不需要倫敦人來教我什麼是人身安全。」

我們還得再來回三趟搬音箱和喇叭，這時候是學生下課回家的時間，我們身邊很快就聚集了一些想成為街頭頑童的觀眾。想必格拉斯哥的街頭頑童比倫敦的年紀大、也比較兇狠，因為詹姆士完全不在意他們。不過我看得出來，丹尼爾和麥克斯顯得很不自在。一群十三歲大又不做作業的孩子，沒人能像他們那樣散發出帶有敵意的好奇心。其中一名骨感的混血女孩歪頭問我們是不是在玩樂團。

「妳覺得看起來像什麼？」我問。

「你們玩哪種音樂？」她問。她身邊的小夥伴們聞言咯咯笑了起來。我和他們的哥哥姊姊是同學。他們認識我，但我還是一個可以捉弄的對象。

「爵士樂。」我說。「你們不會喜歡的。」

「是喔，」她說，「搖擺、拉丁，還是融合？」

她的小夥伴們盡責地笑起來，伸手指指點點。我讚許地看了她一眼，她卻無視我。

「我們上學期的音樂課有教爵士樂。」她說。

「我想妳媽媽在找妳了。」我說。

「才沒有。」她說。「我們可以看嗎？」

「不行。」我說。

「不，你們不會。」

「我們會很安靜的。」她說。

「你怎麼知道？」

「我能未卜先知。」我說。

「你才不能。」她說。

「為什麼不能？」

「這樣就違反了暈果關係。」她說。

「一定是《超時空博士》看多了。」詹姆士說。

「是因果關係。」我說。

「管他的。」她說。「我們可以看嗎？」

於是我讓他們待在一旁看，聽了兩分鐘的爵士名曲〈亞利及奈〉，比我預期的時間還長。

「那是你爸，對嗎？」父親露面時，她很幫忙地說了這句話。「我不知道他會樂器。」

這感覺很奇怪，看著我父親坐下來和一些樂手一起彈鍵盤。我從沒看過他的現場表演，不過記憶裡充斥黑白照片，在那些照片裡他總是拿著他的小號。模仿邁爾斯．戴維斯的拿法，像一樣武器，像是稍息姿勢時的步槍。他彈鍵盤沒問題，就連我也聽得出來。但我還是覺得他拿錯了樂器。

這整段團練我都覺得有哪裡不對勁，可是又說不出理由來。

團練結束後，我以為我們會去萊維頓街的鳳梨酒館喝點酒，但是我母親邀請所有人到家裡去。我們上樓的時候，那個想看練團的愛講話女孩在樓梯井攔住我。這次只有她一個人。

「我聽說你會魔法。」她說。

「妳從哪裡聽來的？」

「我有我的辦法。」她說。「是真的嗎？」

「對。」我說，有時候說真話比打耳光更能讓小孩子閉嘴，還有個好處，就是不會違反虐童法。「我會魔法。然後呢？」

「真正的魔法，」她說，「不是魔術那種小伎倆。」

「真正的魔法。」我說。

「教我。」她說。

「這樣吧，」我說，「妳如果拿到拉丁文的會考證書，我就教妳魔法。」

「成交。」她說，然後伸出手。

我和她握了手，她的手掌很小而且乾燥。

「你要用你媽媽的性命起誓。」她說。

我遲疑了，她用盡全力握緊我的手。

「用你媽媽的性命起誓。」她說。

「我不拿我媽的性命起誓。」我說。

「好。」她說。「不過約定就是約定——對嗎？」

「對。」我說。不過我現在有點懷疑了。「妳是誰？」

「我是艾比蓋爾。」她說。「就住在這條街上。」

「妳真的要學拉丁文？」

「不是現在，」她說，「是之後。」然後蹦跳著離開了。

我數了數我的手指確定它們都還在，不需要納丁格爾來告訴我這樣做是錯的。有一件事是確定的，就是住在這條街上的艾比蓋爾會列入我的觀察名單。事實上，我正打算建立一份觀察名單，把艾比蓋爾放在第一位。

在我上樓回到家裡的時候，樂手們已經被吸引到臥室裡了，對著我父親的唱片收藏嘖嘖讚嘆。我母親一定是大肆劫掠了冰島超市的點心櫃，咖啡桌上擺著一盤盤迷你臘腸捲、迷你披薩，還有一碗碗薯圈圈。可樂、紅茶、咖啡以及柳橙汁，應有盡有。我母親看起來很滿意她自己的籌備。

「妳認識艾比蓋爾嗎？」我問。

「當然。」她說。「她父親是亞當．卡馬拉。」

我依稀記得這個名字，是關係很遠的諸多表親之一——關係很遠的表親所指的範圍很廣，可以是我叔叔的子女之一，或是在一九七七年闖進我祖父宅院後就再也不曾離開過的一名和平工作團的白人男子。

「是妳告訴她我會魔法的嗎？」

她聳聳肩。「她跟她父親一起來的，可能聽到了什麼吧。」

「我不在的時候，你們會談論我？」

「你會很驚訝的。」她說。

對，我很驚訝，我心想，接著抓了一把薯圈圈。

在我母親的吩咐下，我把頭探進臥室，問非正規兵要不要吃些點心。我父親說他們等一下就出去了，顯然在這些唱片收藏的附近是禁止吃零食的，然後他繼續和丹尼爾及麥克斯聊著從史丹．簡頓到第三流派的轉變。詹姆士拿著一張唱片坐在床上，陷入了重度黑膠唱片樂迷的艱難困境——他想借這張唱片，但他也知道假使自己是這張唱片的主人，他絕不會讓它離開家。他真的左右為難得快要哭了。

「我知道這很不時髦，」在談論了唐恩·契里一會兒之後，詹姆士說，「不過我就是無法抗拒短號。」就在那時候，如果我是卡通人物，我的頭上肯定會「叮」的亮起一顆小燈泡。

我向我父親借了他的 iPod，在他的音樂清單裡搜尋我想找的那一首歌。我手拿 iPod 穿過廚房，走到有著對面公寓無法相比的景觀陽臺上。我找到了，〈身體與靈魂〉，出自《閃電行動寶貝與樂團》專輯——蛇臀強森賦予這首歌讓人想跳舞的搖擺節奏，以至於科爾曼·霍金斯得發展出一套全新的爵士樂，才能讓這首歌跳出他的腦海。這正是我和席夢在巴黎酒館跳舞時聽到的那個版本。

長號手米奇身上的**感應殘跡**聽起來像長號，賽勒斯·威爾金森的屍體則傳來中音薩克斯風——是這些樂手生前所演奏的樂器。亨利·貝爾拉旭演奏的是短號，可是我在巴黎酒館並沒有察覺到短號的樂音。

我感應到肯恩·「蛇臀」·強森以及他的西印度樂團，他們全都死於巴黎酒館，是超過七十年前的事了。

這不可能是巧合。

隔天早上，我說服自己不要練習，而是去了克勒肯威爾的倫敦大都會檔案館。倫敦金融城當局，該組織致力於確保倫敦金融城不受近兩百年來抬頭的各種創新民主所汙染。如果十五世紀的倫敦金融城市長迪克．惠汀頓認為寡頭政治已經很好了，他們就會認為二十一世紀的倫敦也同樣適用。畢竟，根據他們的說法，這在中國也行得通。

他們同時負責倫敦郡議會的檔案資料，收藏在一棟建設工藝樸實但仍舊高雅的裝飾藝術建築中，裡頭有白色的牆面與灰色的地毯。我朝一名圖書館員出示我的警察證件，她立刻在電腦上列出一串檔案，告訴我該如何調閱。

她也建議，她會查一下電子檔案庫，看看是否有圖像資料可取用。「這是懸案嗎？」她問。

「非常困難的懸案。」我說。

從館藏室找到的第一份資料是LCC／CE／4／7，這是一個紙箱，裝滿綁有骯髒白緞帶的牛皮紙文件夾。我要找第三十九號文件夾，是一九四一年三月八日的報告。標示文字都是手寫的黑色墨跡，我打開文件夾，看見這份報告是以紫色墨水印在淡黃色的紙上，館員說這表示他們一定是用油印術印刷的。這份報告標註了**機密**，日期紀錄為一九四一年三月九日，標題是**〇六〇〇小時情況報告**，按照重要性排序列出建物損害：工廠、鐵路、電信、電力供給、碼頭、道路、醫院以及公共建築。位於蘭伯斯的聖湯瑪士托育中心也被攻擊了，在讀到沒有造成傷亡時我鬆了一口氣。這種放心的感覺很奇怪，這已經是在我出生前半世紀之前的事了。我在第三頁的下半找到我要的資訊。

二一四〇：爆炸案，巴黎酒館，柯芬奇街傷亡──三十四人死亡，約八十人重傷

我在等其他檔案送過來的時候，館員聯絡我，要我過去資訊處，她在數位檔案庫裡找到了一些照片想讓我看。大部分是出自《每日郵報》，他們肯定有一位攝影師在爆炸發生後立刻抵達了現場。黑白照片讓一切看起來都奇異地並不血腥。等你發現從桌子底下伸出來的淺灰色管子其實是一截女人的前臂時，才會意識到自己看著的是個藏屍所。另外還有六張俱樂部裡的照片，以及幾張送抵查令十字醫院的傷患照片，那些被裹在毯子裡的蒼白臉孔和驚愕表情，還有戰時醫院的簡陋儀器。

我差點錯過了，但是那瞬間的記憶讓我又點回去確認了一次。

照片很混亂，我無法辨識出拍攝的地點，也許是在救護車出入口。一群女子被引領經過攝影鏡頭，她們肩膀蓋著毯子，全都弓著身體，只有一個人沒有。那張臉盯著鏡頭，震驚將她的表情抹消成一個平滑的蒼白橢圓形。我認得這張臉，我曾經在長號手米奇遇害的那天晚上，在神祕風格酒吧的休息室裡見過。

她自稱佩姬──我懷疑這是否是她的真名。

8 煙霧迷濛了你的雙眼

巴黎酒館建於地下二十英呎，店家和客人都覺得非常安全。除非你躲在地下鐵，否則在倫敦沒有比這裡更深的私人避難所了。之後，兩顆炸彈穿透了俱樂部樓上的建築，一顆沒有爆炸，另一顆則從通風井墜落，就在樂團面前爆了開來，樂手們和大部分舞者因此喪命。肯恩・強森的頭被俐落地炸離了他的肩膀，報導指出，客人們就這樣死在自己的座位上，仍挺直身體坐在桌邊。目擊者們記得，當晚在酒館裡有非常多加拿大護士和軍人，但就算我和圖書館員一起到館藏室尋找，還是沒找到疑似傷亡名單的資料。我找到一些薄如衛生紙的文件副本，是抗議救護車並未及時抵達協助傷患的相關信件往來，此外還有一份報告指出，居然有人敢趁機在現場打劫財物。

至於這位神祕的佩姬，沒有更多資料了，如果她們是同一個人，那她至少已經九十歲了。一年前的我會認為這種事是不可能發生的，不過近來我可是跟一個出生於一九〇〇年的人一起工作，而他還不是我認識的人之中最老的。奧斯歷是個中世紀修士，他「父親」的年紀則可追溯至倫敦在第一世紀建城的時候。

《布萊克史東的警察行動指南》建議，在進行調查時應遵循以下三大準則：不預設任何事、不相信任何事、調查每一件事。只是你總得從某處開始著手，我打算從佩姬開始查起。

檔案館有一間漆成白色的休息室，裡頭有可上鎖的置物櫃、兩臺咖啡機，還有一臺免費販賣機，提供巧克力棒及儲放過久的零食。我沖了一杯咖啡，拿了一條火星巧克力棒，接著聯絡全國警察系統，請他們查詢佩姬、女性、白人，十八至二十五歲。接線生在電話那頭笑了，她說她應該不需要告訴我，像這樣的搜尋條件會得出多少搜尋結果。我請她將地區限定在蘇活區，並往前回溯至一九四一年。這次她倒是沒問為什麼。

「系統裡不見得有那麼久以前的資料。」接線生說。她有著利物浦口音，說話聽起來彷彿這是我個人的錯似的。她一邊查詢，一邊低聲哼唱某首一九九〇年代晚期的流行曲。「我找到一大堆符合條件的對象，」她說，「大部分是賣淫跟販毒的逮捕紀錄。」不過沒有什麼值得注意的。我請她將這份名單轉到我在**福爾摩斯**上建立的案件檔案。這讓她印象深刻——大部分警察都不知道可以這麼做。

長號手米奇在神祕風格酒吧死去的那晚，佩姬也在。她提到了雀莉，很可能就是琪莉，米奇姊姊提到的那個有點上流社會感的女友。在從前，我得千辛萬苦趕到奇姆讓她看這張照片，現在我只需要用手機傳給她就行了。我把那張一九四一年的圖像裁剪到只剩臉部後傳給她。

「她看起來有點眼熟。」米奇的姊姊說。我聽見背景傳來從緊閉門扉後隱約透出的歌聲與樂聲——她弟弟的痕跡還在。

「妳有琪莉的地址嗎？」我問。

「她住在市區，」米奇的姊姊說，「我不知道在哪裡。」

我問她是否有琪莉的照片，她說她可能有，答應我如果找到了就會傳給我。我感謝她的協助，問她最近還好嗎。

「我想還可以吧。」她說。

我叫她要撐著點——我還能說什麼呢？

感謝科技的神奇力量，我把剩下的照片存到隨身碟裡，也要感謝魔法的神奇力量，我曾實驗過發現施咒的時候隨身碟不會壞掉。雖然到目前為止，我能證實使用魔法時只會破壞附近正在運行中的晶片，卻找不出一種理論能說明魔法的實際運行方式，對此我感到挫敗不已。我腦中有個小小的分析聲音指出：任何可行的假說在某種程度上大概都會涉及量子力學——這部分的物理學我早就忘得差不多了。

我整理了需要備份的爆炸案報告及其他文件，好好地感謝了館員一番，才走向我今天早上停放 Asbo 的地方。

回到浮麗樓時，我發現瓦立醫生正在中庭和茉莉說話。

「啊，太好了，彼得。」他說。「很高興你回來了。我們一起喝杯茶吧，好嗎？」

茉莉朝我投以責備的表情，之後幽幽地走向廚房。瓦立醫生領我走到東邊陽臺下方，那裡擺放了幾張鬆軟的紅色扶手椅和桃花心木茶几。我注意到他帶著他的醫療裝備包，那是一個具子彈光澤的現代塑膠箱，包裹在酒紅色的皮革之下，唯一保留的傳統特色是聽診器還掛在把手上。

「我很擔心，」他說，「湯瑪斯把自己逼得太緊了。」

「他還好嗎？」

「有感染症狀，而且還發燒了。」瓦立醫生說。

「早餐時他還好好的。」我說。

「人可以在承認很累之前把自己搞得精疲力盡。」瓦立醫生說。「我希望接下來的幾天他能好好靜養。他被射穿了胸口，彼得，那裡的組織傷害永遠不會完全復原，這讓他很容易發生胸腔感染，就像現在這樣。我給他開了一個療程的抗生素，我希望茉莉會盯著他把這一輪藥都吃完。」

茉莉用塗漆的木製托盤端著 Wedgwood 的高級茶具進來。她以優雅俐落的動作為瓦立醫生倒茶，刻意不替我倒就離開，顯然是在怪我讓納丁格爾再次倒下——也許她知道啤酒的事了。

瓦立醫生替我倒茶，自己拿了一塊燕麥餅。

「我聽說萊斯莉來這裡接受手術。」我說。

「她會沒事的。」瓦立醫生說。「你只需要在她尋求幫助的時候，及時伸出援手就好。你對她受傷這件事感受如何？」

「受傷的人不是我。」我說。「是萊斯莉和福萊醫生，還有那個可憐的哈瑞奎師那討厭鬼跟其他人。」

「你感到內疚嗎？」

「不會。」我說。「並不是我動手傷害他們的，而且我也盡全力阻止事情發生了。不過我覺得內疚是因為自己不感到內疚，如果這麼說有用的話。」

「我的患者不是每個都會死去，」瓦立醫生說，「總之，不是在我進行治療的時候。有時不管你做了什麼，結果還是會不盡理想。這跟你覺得自己是否有責任無關，而是當她需要你的時候，你不能逃避。」

「一想到她的臉我就怕死了。」我還來不及阻止自己就把話說出口了。

「你不會比她更怕。」他拍拍我的手臂說。「她更怕你可能會拒絕她。當她需要你的時候，你得陪著她——這就是你在這件事情上的責任——或是你比較想當成是一種工作。」

我們今天的一日情緒量都已經超標，於是我換了個話題。

「你知道吸血鬼在佩里的巢穴嗎？」我問。

「那可是很棘手的事。」

「納丁格爾說我在那裡感覺到的是*tactus disvitae*，『與生命相反的氣息』，」我說，「他的意思是吸血鬼從環境裡吸取『生命』。」

「我也是這麼理解的。」他說。

「你曾經取得吸血鬼受害者的大腦切片嗎？」

「通常當我們拿到大腦的時候，已經是極乾燥的狀態了。」瓦立醫生說。「但有一、兩個還算新鮮，足以得出一些有用的結果。我想我知道你要說什麼了。」

「那些大腦切片是否顯示出超魔法衰退的跡象？」

「是超奇術衰退。」瓦立醫生說。「沒錯，的確顯示出末期的超奇術衰退，至少百分之九十的大腦受損。」

「『生命』能量跟魔法，在本質上是否可能是相同的東西？」我問。

「這跟我觀察到的現象並不抵觸。」他說。

我告訴他我用小型計算機做的實驗，以及這些計算機的微處理器所受到的損害，與人類大腦的超奇術衰退很類似。

「這表示魔法可以對生物跟非生物的系統產生影響，」瓦立醫生說，「也就表示我們也許能發展某種形式的客觀工具。」瓦立醫生和我一樣，對於利用托比來偵測魔法的方式感到挫敗。「我們必須重做你的實驗，這得記錄下來。」

「我們可以之後再做，」我說，「我現在必須知道的是，這個現象對延長壽命可能產生的影響。」

瓦立醫生嚴肅地看著我，「你在說湯瑪斯。」他說。

「我說的是吸血鬼。」我說。「我查過沃夫的研究，他列出了至少三個例子，證實這些吸血鬼最少已經有兩百歲了。」

瓦立醫生是個很優秀的科學家，不可能接受十九世紀早期自然哲學家說的話，雖然他勉強承認這些證據的確顯示這種可能性。說真的，我原以為神祕病理學家會比較容易相信這種事。儘管如此，我還是不打算讓一絲絲懷疑的態度妨礙一個完美理論的發展。

「我們先假設我是對的。」我說。「所有能延長壽命的生物、**地域守護神們**——納丁格爾、茉莉、吸血鬼——是否有可能，他們全都是從環境中汲取魔法，使自己不會衰老？」

「生命會保護自己。」瓦立醫生說。「就目前所知，吸血鬼是唯一一種可以吸取生命、魔法之類東西的生物——直接從人類身上吸取。」

「你說得沒有錯。」我說。「暫時先不管神明、茉莉還有其他怪人，專注討論吸血鬼就好。是不是可能有一種類似吸血鬼的存在，他們是以音樂家為食——演奏音樂這件事讓他們特別容易被攻擊？」

「你認為有一種吸食爵士樂的吸血鬼？」他問。

「為什麼不可能？」

「爵士樂吸血鬼？」

「如果他們像鴨子一樣走路，像鴨子一樣呱呱呱的話……」我說。

「為什麼是爵士樂？」

「我不知道。」我說。我父親肯定有答案。他會說一定得是爵士樂，因為它是唯一真正的音樂。「我想我們可以找出不同類型的音樂家，讓他們接觸吸血鬼，看哪一種音樂家會出現腦部受損。」

「我不確定這麼做是否合乎英國醫學會的人體實驗道德標準，」他說，「更不用說還要找到當白老鼠的自願者。」

「我不知道。」我說。「音樂家嗎？如果你可以提供津貼，甚至是免費啤酒的話。」

「這就是你針對賽勒斯・威爾金森的案件所做的假設？」

「不只是這樣。」我說。「我覺得我可能碰巧發現了某種觸發事件。」我向他說明佩姬和蛇臀強森，還有巴黎酒館的事，但隨著我越說越多，聽起來就越來越站不住腳。

瓦立醫生在我說到尾聲時喝完了茶。

「我們必須找到這個佩姬。」我說。

「這一點是肯定的。」瓦立醫生說。

我不想做資料建檔的工作，也一直無法聯繫上萊斯莉，於是我剪裁了一張一九四一年的佩姬的高解析照片，用雷射印表機印了幾十張。我帶著這些照片前往蘇活區，看看是否有人記得她。首先從亞歷山大・史密斯開始，畢竟佩姬和亨利・貝爾拉旭曾經是他的臺柱。

當亞歷山大・史密斯沒有以一種後現代的諷刺方式、付錢要女人脫掉她們的衣服時，他在希臘街上經營一間小小的辦公室，就位在一樓是由情趣商店轉營為咖啡廳的上面。我按下對講機，有個聲音詢問我是誰。

「我是葛蘭特警員，找亞歷山大・史密斯。」我說。

「您說您是哪位？」那個聲音問。

「葛蘭特警員。」

「什麼？」

「警察，」我說，「快把這該死的門打開。」

門鎖開了，我走進蘇活區又一條狹窄的連通走道，底下鋪著磨損的尼龍地毯，牆上留有手印。有個男人站在階梯的最上層等我。當我站在階梯底端時，我覺得他看起來很普通，但就像那種詭異的走廊錯覺一樣，隨著我逐漸走近，他變得越來越巨大。等我爬上階梯頂端，才發現他的身高比我高了十公分，寬度占滿了整個樓梯間。他穿著深藍色的High and Mighty西裝外套，裡面是一件黑色的齊柏林飛船樂團T恤。我看不到他的脖子，他在袖子底下可能還藏有鉛頭短棍。仰頭盯著他毛絨絨的鼻孔，讓我感覺挺懷念的，在倫敦已經看不到這種老派的肌肉男了。現在的保鑣都是瘦得像惠比特犬一樣的白人男子，身穿帽T、眼神瘋狂。而他是我父親認得出來的那種壞人，這讓我好想擁抱他，用力親吻他的雙頰。

「你他媽的想幹嘛？」他問。

或許我其實不想。

「我只是想跟亞歷山大說兩句話。」我說。

「他很忙。」無脖男說。

在這種時刻，身為警察有好幾種方式可以處理。我在亨頓警察學院所接受的訓練特別強調：身為警察要堅定——「很抱歉，先生，我必須要請你讓開」——而我的街頭經驗則告訴我，最好的做法是打電話叫來一整輛作戰支援組，讓**他們**來處理這個問題，有必要的話可以使用電擊槍。更重要的是，和我父親同年代的倫敦佬會大聲對我咆哮，說這是最差勁的濫用特權，應該要好好踢他一頓才對。

「聽著，我是警察。」我說。「我們可以，你知道的，照程序來，不過你就會被捕之類的，而我只是想跟他聊一聊。所以，我們何必搞得這麼……嚴重？」

無脖男想了一會兒，咕噥著閃開了一點點，讓我必須擠著經過他身邊。這就是真正的男人解決衝突的方式，透過理性的討論和冷靜的分析。我進到裡頭那扇門時他放了個屁，我決定將這當成他表現敬意的一種象徵。

亞歷山大．史密斯的辦公室整齊得令人意外。兩張自行組裝的辦公桌，兩面牆上裝設了壁掛式組合書架，擺滿雜誌、書、報紙、塞滿資料夾和DVD的箱子。窗戶的淺黃色百葉窗都是灰塵，其中一簾的中間卡住了，大概從二〇〇〇年開始就不曾有人去碰過。史密斯一直在一臺PowerBook筆電上忙碌，不過在我踏進辦公室時，他以誇張的動作闔上筆電。他還是一派花花公子模樣，檸檬黃的獵裝和深紅色的領巾式領帶，只是在俱樂部外他看起來比較矮小刻薄。

「你好，亞歷山大。」我說，並一屁股坐上他的訪客椅。「近來如何？」

「葛蘭特警員。」他說。我發現他的腿開始不自主顫抖。他注意到我發現了，便伸手按住膝蓋制止自己。「有什麼我能幫上忙的嗎？」

肯定有什麼事讓他感到緊張。即使可能與我的案件無關，稍微施加一點壓力也無傷大雅。

「你有什麼趕著完成的工作嗎？」

「就只是平常的工作而已。」他說。

我問他手下的女孩們都還好嗎，他很明顯放鬆下來。這不是他緊張的原因。媽的，我暗罵。現在他知道我不曉得了。

為了證明，他說要泡杯即溶咖啡給我，而我拒絕了。

「你在等人嗎？」我問。

「嗯？」

「門口那個打手是怎麼回事？」

「噢，」史密斯說，「他是湯尼，從我哥哥那裡接手的。我的意思是，我沒辦法擺脫他。基本上他算是家族長工。」

「養他不會很貴嗎？」

「女孩們喜歡有他在。」史密斯說。「你有什麼需要我幫忙的事嗎？」

我拿出其中一張一九四一年的列印照片遞給他。「這是佩姬嗎？」

「看起來像她。」他說。「怎麼了？」

「你最近有看到她嗎？」

「在巴黎酒館的演出之後就沒見過了。」他說。「那場表演真是精采極了。我跟你說過了嗎？真他媽的精采。」

而且還巧合得很詭異，不過我不打算告訴史密斯這一點。

「你有她家的地址嗎？」我問。

「沒有。」史密斯說。「我們這裡算是現金交易吧。稅務局看不到收入，他們就不會操心稅金。」

「我不知道，」我說，「我是預扣所得稅的。」

「那是可以調整的。」史密斯說。「還有什麼想知道的事嗎？我們有些人可不是拿時薪的。」

「你會回憶過去，對吧？」我問。

「我們都會回憶過去。」他說。「有些人會回憶到更久之前。」

「她那時候在嗎？」

「誰？」

「佩姬。」我說。「她在九〇年代就開始跳舞了嗎？」

「我通常不太會應付還在讀幼稚園的孩子。」他說。

「一九八〇年代呢？」

「現在我懂了，你在耍我。」他說，但他遲疑得有一點點久。

「或者那不是她。」我說。「也許是她媽媽——類似的長相。」

「抱歉。七〇跟八〇年代的時候，我幾乎都在國外。」他說。「雖然有位小姐以前在風車劇場跳扇子舞，不過那是一九六二年的事——就算是佩姬的媽媽，也有點太久遠了。」

「你為什麼要出國？」

「我也可以不出國，」他說，「只是這個地方太差勁，所以我離開了。」

「可是你又回來了。」

「我想念鰻魚凍。」他說。但我不相信他。

我沒辦法打聽到有用的情報，不過我寫了個註記，等我回到科技基地，就要上全國警察系統查一查史密斯這個人。我在擠過無脖湯尼身邊時，友善地拍了拍他的肩膀。

「小子，你是個活珍寶。」我說。

我下樓時他哼了聲，我對於我們之間能產生交集感到滿意。

總之，可以確定的是——如果不是佩姬祖母和她的孫女長了一張不可思議的相像臉龐，那就是佩姬從一九四一年開始以爵士樂手為食。到目前為止，所有確認見過佩姬的證詞以及近來發生的死亡事件都在蘇活區，這裡就是該著手調查的地方。鎖定某些「已知關係人」會很有幫助，尤其是雀莉或琪莉——長號手米奇的女朋友。在進行案件調查時，我們會請求上司派人挨家挨戶搜查，但現在只有我一個人，於是我從康普頓老街的某一端開始沿路查起。

人生滋味酒吧和艾德餐廳的人不認識她，這條街上東邊的其他餐廳也不知道她。蓋伊酒吧的某個售票人員說她看起來很眼熟，不過僅止於此。街角一家附帶迷你超市的書報攤女店員說，她覺得自己看過佩姬走進店裡買香菸。我在海軍上將酒吧裡沒有收穫，除了有幾個人說要請我吃晚餐。無用內衣店的人認得她，「經常走進來，對我們的商品不屑一顧的上流階級妞」。當我正想著跑一趟絲襪一瞥或許會有幫助時，有個瘋女人從瓦萊麗法式糕點店跑出來喊我的名字。

是席夢。她急忙轉身閃開一名被嚇到的路人，高跟鞋還因此在路上滑了一下。她穿著褪色的彈性牛仔褲和酒紅色開襟衫，上衣就這樣令人目瞪口呆地敞開，露出裡頭的深紅色蕾絲胸罩──我注意到那是前扣式。她揮手呼喚，我看見她的臉頰上有一抹奶油。

她一看見我注意到她就停止了呼喊，很有自覺地將開襟衫拉攏，遮住胸口。

「你好，彼得。」我走向她時，她說。「沒想到可以像這樣遇見你。」她摸摸自己的臉，發現到那抹奶油，做了個鬼臉後想用袖子擦掉。接著她伸出手臂環住我的脖子，將我的臉拉近親吻。

「你一定覺得我徹底瘋了。」我們分開時她說。

「很瘋。」我說。

她再次拉低我的頭，輕聲問我這個下午是否有空。「昨天你整天都沒陪我。」她說。「我想你至少還欠我一整個下午的肉體追捕。」

如果是這件事，或是數小時挨家挨戶的搜查，我真的不需要那麼認真工作。席夢笑了，她的手臂勾住我的手，領我往前走。我朝瓦萊麗法式糕點店擺了擺手。「妳的帳單怎麼辦？」我問。

「你不用擔心。」她說。「我在這家店有會員帳戶。」

午餐結束後一陣子，外頭下起了雨。我在席夢的大床上醒來，看見室內一片灰暗，雨聲如鼓打在窗戶上。席夢溫暖地緊緊窩在我身邊，臉頰靠在我的肩上，一手占有性地橫過我的胸口。經過一番小心移動後，我總算能看到手錶，發現時間已經超過兩點了。席夢的手臂施力圈緊我，她睜開眼睛，淘氣地看了我一眼後便親吻我的頸間。我決定了，如此潮溼的天氣實在不適合進行地毯式搜查，等回到浮麗樓，我就會立刻進行所有的無聊資料輸入工作做為補償。合理調整好行程之後，我讓席夢翻身躺著，準備試試看在不用手的情況下，我能使她興奮到什麼程度。我的雙唇碰觸到她的乳頭時，她發出了嘆息，這不是我追求的效果，接著她輕柔地撫摸我的頭。

「過來這裡。」她說，拉著我的肩膀讓我移到她的雙腿之間，於是我毫不費力就滑了進去，她要我持續努力直到她滿意，然後讓我停在那裡，臉上流露出滿足的神情。

我的臀部抽動著。

「等等。」她說。

「我沒辦法。」我說。

「如果你可以稍微忍一下，」她說。「我一定讓你值回票價。」

我們維持彼此交纏的狀態。我感覺到胸腔和腹部有一種奇怪的震動，我發現那是席夢在她橫膈膜深處的哼唱聲，總之是一種歌手會的技巧。我聽不太出曲調，但這卻令我聯想起煙霧瀰漫的咖啡廳，穿著羽絨外套、戴無邊平頂圓帽的女子。

「沒有人能像你一樣給我這種感覺。」她說。

「我想我是第一個。」我說。

「如果真的有其他人，」她說，「他們也不可能像你一樣給我這種感覺。」

我又抽動了，不過這次她抬高臀部迎合我。

後來我們又小睡了一番，渾身汗溼又滿足地躺在彼此的臂彎裡。我可以永遠就這樣待著，要不是我的膀胱、以及還有要事得辦的罪惡感驅使我起床的話。

席夢伸開手腳赤裸地躺在床上邀請我過去，她刻意垂眼看我穿衣服。

「回床上來嘛。」她說，手指在立起的乳頭周圍遊走，然後是另一邊。

「很抱歉，倫敦警察廳的正義警隊是從不睡覺的。」我說。

「我不希望正義警隊睡覺。」她說。「相反的，我還希望正義警隊可以非常勤奮地對付我。我是個壞女孩，必須為自己的行為負責。」

「抱歉。」我說。

「至少帶我去你父親的演奏會。」她說。

我對她提過父親接下來有演出，不過我沒告訴她賽勒斯．威爾金森以前的團員也會跟他一起。

「我想見你媽、你爸還有你的朋友。」她說。「我會表現得很好的。」

我跪在床邊吻她。她緊緊抓住我的手臂，我心想，管他的——他們遲早會知道。我說她可以來。

她結束這個吻，躺回床上。

「我就是想要這個。」她說，以一種女王的姿態朝我擺擺手。「警察先生，你可以去執行你的勤務了，我會了無生氣地待在這裡，直到我們再次相遇。」

雨勢減緩成細雨，如果你是倫敦人的話，幾乎不會把這當成是在下雨。即便這樣，我還是揮霍地招了輛黑色計程車載我回浮麗樓，茉莉已經端出牛排腰子派佐烤馬鈴薯、豆子和紅蘿蔔。

「我生病的時候，她總是會做這道菜。」納丁格爾說。「明天早餐會是黑布丁，使血液濃稠。」

我們在所謂的私人餐廳裡吃晚餐，就在二樓英文圖書室旁邊。大餐廳可以容納六十人，我們從來不使用那裡，以免茉莉覺得她必須排滿所有餐桌的刀叉杯盤。儘管如此，我和納丁格爾還是穿著得體地吃晚餐——我們都有自己的原則，而且其中一個人還努力了一下午。

我從經驗裡學到，你得等到茉莉的牛排腰子派裡的一些超熱蒸氣消散，派裡的溫度已經不足以燒烤陶器後，才可以開始食用。

納丁格爾喝了一些水吞下幾顆藥丸，接著問起案子進度。

「哪一件？」我問。

「先說爵士樂手那件。」他說。

我一五一十告訴他關於巴黎酒館的轟炸，以及我正在尋找佩姬和可能涉案的琪莉。

「你認為不只有一個。」他頓了下。「你怎麼稱呼她們？」

「爵士樂吸血鬼。」我說。「但我認為她們不是靠音樂為食，我想那只是一種副作用，就像發電機啟動時會發出聲音一樣。」

「*tactus disvitae*（與生命相反的氣息），」納丁格爾說，「另一種吸血鬼——沃夫會很高興的。」

牛排腰子派已經涼得可以吃了。跟席夢厮混了一下午讓我飢腸轆轆，根據納丁格爾的說法，茉莉是以牛肝入菜，這是正統的傳統食譜。

「茉莉為什麼不出門買東西？」我問。

「為什麼這麼問？」

「因為她與眾不同。」我說。「就像爵士樂吸血鬼和白小姐。不過，跟她們不同的是，我們有機會知道她是靠什麼運作的。」

納丁格爾吃完嘴裡的食物，用餐巾擦了擦嘴。

「白小姐？」

「艾許是這麼叫她的。」我說。

「有趣的名字。」納丁格爾說。「至於這些食物，就我所知，她所有東西都是寄送到府的。」

「她在網路上購物？」

「老天，不是的。」納丁格爾說。「現在還有一些公司是以老派的方式在做生意，他們的員工還有能力閱讀手寫的字條。」

「如果她想的話，她可以離開嗎？」我問。

「她不是囚犯，」納丁格爾說，「或是奴隸，假如你想說的是這個。」

「所以她可以明天就走出大門？」

「如果她想這麼做的話。」納丁格爾說。

「是什麼阻止她離開？」

「恐懼。」納丁格爾說。「我相信她是害怕外面的世界。」

「外面的世界有什麼好怕的？」我問。

「我不確定。」納丁格爾說。「她沒說過。」

「你一定是有根據才這麼說的。」我說。

納丁格爾聳聳肩，「像茉莉這樣的其他生物。」他說。

「生物？」

「人們，假使你偏好這個說法。」納丁格爾說。「像茉莉這樣的人們，跟你、我，甚至**地域守護神**都不一樣。他們被魔法改造過，或是他們出生在被魔法改造過的家族裡。就我所知，這使得他們——不完整。」

儘管就年紀來說，納丁格爾算是舊時代的遺跡，但他已經學會調整和我溝通的用語，因為當我查閱文獻時，最常見的詞彙都是「非」開頭的——非合宜、非適合、非令人滿意——僅次於此的詞彙是「次」開頭的。然而，在即時的翻譯輔佐下，顯然像茉莉這樣「不完整」的人們很容易被更具力量的超自然同道、以及毫無道德原則的術士虐待與剝削。根據納丁格爾的說法，是那種最黑暗的魔法師。

「抱歉，是道德匱乏的魔法術士。」納丁格爾說。「一九一一年，在萊姆豪斯，我的第一任『長官』穆勒瓦督察長曾負責過一件眾所皆知的案子。此案涉及一位知名的舞臺魔術師，叫做『偉大的滿族人』，他收集了一些非常奇特的『人們』，並利用他們進行非常惡毒的計畫。」

「他的非常惡毒的計畫到底是什麼？」我問。

就如同推翻大英帝國般的惡毒計畫。表面上，當穆勒瓦督察長發起討伐時，他已經有足夠的證據指出，偉大的滿族人就在萊姆豪斯堤道上開設鴉片菸館。在那裡，黃種人惡魔宛如一隻肥蜘蛛，盤據在陰謀之網的中心，白奴只是事情的開端而已。

「白奴是什麼意思？是養在家裡的嗎？」我問。

關於這點，納丁格爾得思索一下，顯然在他年輕時，白奴通常是指被人口販子賣作妓女的白人女子與兒童。這種買賣百合般白皙婦女肉體的卑劣勾當，神祕的中國人應該是幕後黑手。我懷疑這種惡行有一部分是出於良心不安。而我也這麼說了。

「這些是已經確定的案例，彼得。」納丁格爾嚴厲地說。「女人和小孩在野蠻的環境裡被買賣，承受真實的苦難。我不認為他們會把這種歷史上的諷刺當成一種寬慰。」

穆勒瓦督察長堅信，這樁案件會造成嚴重威脅，於是組織了一場突襲，他網羅倫敦半數能招攬的巫師，並向警察廳總監借調了一大群警員。經過暗示，許多門被砰地擊倒，警察大喊「不准動，你這東方惡魔」，接著是一陣飽受驚嚇的寂靜。

「這個偉大的滿族人，」納丁格爾說，「其實是個加拿大人，叫做亨利・史貝茲，不過他跟一個中國女人結婚，生了五個女兒，而所有擔任他表演時的美麗助手，無論什麼時候都被稱為『李萍』。」

警察在那間屋子裡一無所獲，只找到一名奇怪的年輕歐洲女孩，她住在那個家庭裡當女僕。在警察的警告下，史貝茲告訴穆勒瓦督察長，家裡沒有人想過要替那個女孩取名字，有一次他結束在哈克尼帝國劇場的日場表演後，發現她瑟縮在他其中一個消失的櫃子裡。

我用籃子裡最後一點麵包把洋蔥肉汁抹乾淨。納丁格爾還剩下一半的牛排腰子派沒動過。「你打算吃完它嗎？」我問。

「你請便。」納丁格爾說，我一邊聽他講完這個故事，一邊清空他的盤子。

有些事永遠不會改變，一位高階警官不會在組織了一場代價高昂的臨檢後承認失敗或是違反大憲章，直到他竭盡全力裁定某人有罪為止。要是史貝茲真的是中國人，對他來說事情可能會變得非常棘手。到最後，史貝茲被以擾亂治安之名起訴，給予警察告誡後釋放。

「那女孩被保護性拘留起來。」納丁格爾說。「就連老穆勒瓦都察覺得出她身上不太對勁。」他迅速看了門口一眼。「你吃完了嗎？」他問。

我說吃完了，納丁格爾把清空的盤子放回自己桌前，恰巧趕在茉莉推著甜點推車飄進晚餐餐廳之前。在收拾盤子的時候，她以明顯可疑的眼神看向納丁格爾。不過她並沒有證據。

她面露不悅地看著我們，我們微笑以對。

「非常好吃。」我說。

茉莉放下一個卡士達派，最後又狐疑地看了我一眼，無聲離開了晚餐餐廳。

「那女孩怎麼了？」我問，同時切分卡士達派。

「她被帶來這裡檢查。」納丁格爾說。「發現她實在太不尋常了，無法被人收養……」

「或是送到濟貧工廠去。」我說。在厚厚一層肉豆蔻之下，卡士達醬嚐起來和瓦萊麗法式糕點店的甜點一樣美味。我考慮著可不可能偷渡一些給席夢。或者，更好的選項是，將她偷渡進來吃晚餐。

「我們跟柯藍育幼院有協議，知道這一點也許可以讓你覺得安心一些。」納丁格爾說。「她應該要被安置在那裡的，不過很可惜的是，她一進入浮麗樓後就不願意離開了。」

從托比在桌子底下發出的聲音，我能確定牠正在期待最後一點吃剩的食物。

「我們在談的人是茉莉。」我說。

「於是她睡在清洗間裡，由其他員工撫養。」他說。

我替自己又拿了一塊派。

「波斯特馬丁是對的。」納丁格爾說。「我讓自己過得太安逸了。當我在這裡和茱莉一起生活的時候，這世界沒有我也繼續運轉著。」

我吃得很撐，但我還是強迫自己去馬車屋做一些資料輸入的工作。一進入馬車屋，我就被沙發還有兵工廠出戰熱刺的足球賽給吸引。我的手機響起時，熱刺的戰況很不妙，聽筒傳來奇怪的聲音說：「你好，彼得。」

我確認了一下來電者是誰。「萊斯莉，是妳嗎？」

我聽見粗糙的呼吸聲。「不，」萊斯莉說，「我是黑武士達斯．維達。」

我笑了。我不是故意的，可就是忍不住。

「比史蒂芬．霍金[1]好。」她說。聲音聽起來像是她試著說話時嘴裡有個塑膠瓶，我強烈地覺得這樣說話肯定很痛。

「妳來倫敦開刀。」我說。「妳可以告訴我的。」

「他們不知道手術會不會成功。」她說。

「成功了嗎？」

「我在說話了，不是嗎？」萊斯莉說。「不過痛死了。」

1 Stephen Hawking，英國著名物理學家，患有漸凍症，現已全身癱瘓必須藉語音合成器與他人交談。

「要改用簡訊嗎？」

「不用。」她說。「我厭倦打字了。你檢查過你在**福爾摩斯**上的檔案了嗎？」

「還沒，」我說，「我一直在挨家挨戶訪查。」

「我查過你寄給我的紀錄資料，傑弗瑞．惠特卡夫特教授甚至沒有正式教過傑森．登祿普，可是登祿普確實將他的第一本小說寫上『給傑弗瑞導師，他指導了我真正的教育』這段獻詞。你們巫師學生也是這樣稱呼指導者的吧？」

不會是登祿普這個學徒。不過「導師」對牛津大學的白人男孩來說，不等於同樣的意義。從我們在登祿普住處找到的書籍看來，除非這些是一連串詭異的巧合，否則傑弗瑞．惠特卡夫特確實教導了登祿普正式的牛頓魔法。

我對萊斯莉說了我的想法。

「我也這麼想。」她說。「問題是，他是唯一的學生嗎？如果他不是唯一的學生，我們該怎麼找到其他人？」

「我們必須查一查凶案調查小組的檔案，看看有沒有可以追溯至他還在莫德林學院時的已知關係人與鎖定對象。」

「我喜歡你講話粗魯的時候，」她說，「這讓你聽起來像個真正的警察。」

「妳覺得妳做得到嗎？」我問。

「為什麼做不到？」她說。「我又沒有其他事好做。你什麼時候要來看我？」

「一有機會我就去。」我說謊了。

「我得掛電話了。」她說。「我不應該講這麼多話的。」

「妳要保重。」我說。

「你也是。」她說，然後切斷了電話。

一個導師可以教導幾個學徒？你需要一位受過訓練的巫師做為納丁格爾所說的「示範者」，展示如何施展形式。但我看不出來一次只能展示給一個學徒看的道理。一切都取決於學生們是否積極認真。在納丁格爾就讀的那種老式學校，老師面對的是天賦與熱忱參差不齊的學生們。然而若要說大學學生是為了好玩才學習魔法？納丁格爾說，要成為一名合格的巫師需要花上十年時間，而我在頭三個月的訓練裡就造成了不少破壞——我不認為傑森·登祿普或是其他學徒會和我不一樣。

我打開**福爾摩斯**的終端機，開始尋找在他之前就與牛津大學有關的人士。我找到了二十幾個名字，大部分是畢業的學生，這些人的生活都與傑森·登祿普在職業上——或者就凶案調查小組所能判斷的——以及社交上有所關聯。

重案調查中，警方認為需要留意的人，就會在**福爾摩斯**上列為**鎖定對象**。任何調查員警認為需要執行的任務則稱為**行動**。各項行動會排出優先順序製成清單，員警則被指派執行這些行動。行動會引導出更多鎖定對象和更多行動，整個調查過程很快就會變成一個似乎沒有出路的資訊迴旋漩渦。你可以在**福爾摩斯**上進行字詞搜索和比對測試，但是有半數的時間只會導向更多的行動、更多的鎖定對象，以及更多的情報資料。只要跟**福爾摩斯**打過交道，你就會開始懷念那些美好的舊時光，那時你只要找到一個看似可疑的嫌犯，然後用電話簿屈打成招就行了。

調查牛津大學相關人士的背景是低優先順序的行動，因此我先查找全國警察系統，看看他們之中是否有人曾留下犯罪紀錄，接著查查他們的駕照。這個過程得花些時間，至少這表示當史蒂芬諾柏斯在凌晨一點打給我的時候，我還醒著並且穿著得宜。

「帶上你的過夜包，」她說，「我十分鐘後去接你。」

我沒有過夜包，所以我拿了我的健身房袋子，希望不會有人在我出勤時邀請我出席正式的晚宴。我把備用筆電及備用空波塞進袋子裡，以防萬一。為了節省時間，我從側門出去，走貝德福大道到羅素廣場。天空下著毛毛細雨，溼氣使得街燈浮現一圈黃暈。

史蒂芬諾柏斯在非勤務時間打給我，唯一的可能是又發生了凶殺案，而過夜包則說明了地點不在倫敦。

在看見車子前我先聽見了聲響，那是一輛黑色的捷豹ＸＪ，二十吋輪胎，從引擎聲判斷，絕對是增壓Ｖ８引擎。從停車的方式來看，顯然這位駕駛不僅開過所有我不曾開過的路線，還獲得授權得以瘋狂的高速飆車。

後座車門打開，我坐了進去，在新皮革座椅的氣味裡看見史蒂芬諾柏斯正在等我。車門一關車子隨即開動，我在後座掙扎著直到繫好安全帶才坐穩。

「我們要去哪裡？」我問。

「諾里治。」史蒂芬諾柏斯說。「我們的朋友又咬人了。」

「死了？」

「噢，是的。」坐在副駕駛座上的人說。「死透了。」史蒂芬諾柏斯向我介紹他是偵緝督察長札卡里・湯普森。

「大家都叫我札卡。」他說，一邊和我握手。

而我應該叫你督察長，這句我倒是沒有說出口。湯普森的個子很高，有張窄臉、巨大的鷹勾鼻。擁有一個這樣的鼻子，他得比他聽起來的感覺還要堅強才能度過人生。

「札卡他，」史蒂芬諾柏斯說，「是這個案子的高階刑偵長。」

「我是她的幌子。」他愉快地說。

現在，我並不屬於倫敦警察廳知名的英國低階警察憤世嫉俗文化。我並不會哀悼當警察仍是真正的警察的美好舊時光，不僅是因為這讓我得以脫離可說是永無止盡的種族主義暴力。不過，當高階警員要我直呼他們名字時，我還是會感到緊張——這種事通常沒有好下場。

「這起案子有什麼特殊的地方嗎？」我問。「我的意思是，比平常的不尋常還要更不尋常的地方？」

「被害人是前警官，」史蒂芬諾柏斯說，「偵緝督察長杰立・強森。一九七九年從倫敦警察廳退休。」

「跟傑森・登祿普有關係嗎？」

「登祿普在三月的日記裡寫了一句話，」偵緝督察長湯普森說，「『見J. J.，諾里治』。他的信用卡消費紀錄顯示，他在那天買了從利物浦街到諾里治的來回車票。我們認為強森可能是登祿普正在寫的小說的資料來源。」

「如果是同一個J. J.的話。」我說。

「這件事留給我們擔心就好。」史蒂芬諾柏斯說。「你是來確認黑魔法的痕跡的。」

我很訝異地發現，我們是跟在兩名機車騎警後頭，在開上M11公路時，我們的時速超過一百二十英哩。

9 溫室

我父親說，身為倫敦人與你在哪裡出生無關。他說有人會在倫敦希斯洛機場下機後，手持任何一種護照通關，跳上地鐵，等列車進入皮卡迪利圓環站的時候，他們就已經成為倫敦人了。他說還有其他人是出生在聽得見聖瑪莉里波教堂鐘聲的地區[1]，他們窮極一生都在夢想逃離。當他們真的離開時，幾乎總是往諾福克走，那裡有廣闊的藍天、平坦的大地，人口統計資料充滿了奶白色的良善。我父親說，現在南非都已經是多元文化了，而諾福克就只是窮人的澳洲替代品。

杰立．強森是後者那種非倫敦人，承蒙上帝保佑，他在一九四〇年出生於芬奇利，死於諾里治郊區的一間平房，而他的陰莖被咬掉了。最後那則情報說明了為什麼我會和倫敦警察廳最令人膽顫心驚的警官、她的幌子以及兩名機車騎警，正以穩定的一百英哩時速行駛在M11公路上。我們開下公路時是凌晨兩點，轉進主要幹道時幾乎沒有減速。我們在九十分鐘內抵達犯罪現場，真令人驚喜，但發現諾福克警隊已經將屍體帶走，這點就不令人驚喜了。史蒂芬諾柏斯和偵緝督察長湯普森大步走去，從當地警隊的手中搶

1 意指倫敦的工人階級。

回工作，留下我獨自悄悄地溜進犯罪現場。

「沒有強行突破的跡象。」崔羅普探員說。

與我父親的偏見相反，當地警隊既不笨、也不像是近親婚姻的產物。如果諾里治的親戚們彼此結婚，那麼至少他們的後代沒有加入警隊。大衛．崔羅普探員是那種頭腦清楚、身材結實的年輕人，能夠溫暖這塊土地上任何坐冷板凳的內政大臣的心。

「你認為是他讓凶手進來的嗎？」我問。

「看起來是這樣。」他說。「你認為呢？」就像婚禮上的非洲已婚婦女一樣，警察們會敏銳地意識到彼此間各種微妙且無形的身分。我們位階相同、年紀相仿，不過由於我身處他的轄區而位居劣勢，卻又因為我搭乘向外交保護組借調來的V8引擎捷豹XJ抵達這裡而兩相平衡。我們妥協出一種不自在的歡樂氣氛，就像非洲已婚婦女那樣，只要沒人朝大酒碗裡偷倒烈酒，我們或許就能安然度過這次會面，不會發生任何尷尬事。

「他有裝設警報系統嗎？」我問。

「有，」崔羅普說，「很高檔的那種。」

這棟平房是間可怕的紅磚建築，要我猜的話，應該是一九八〇年代早期某個迂腐的建築師一直想做出裝飾藝術，結果搞出了翠西．艾敏[2]風格。室內裝潢和建築物外觀一樣沒什麼個性：皮革世界的沙發、沒有商標的組合家具、建商配備的廚房。這棟房子裡有三間臥室，這點倒是令我驚訝。

「他有其他家人嗎？」我問。

崔羅普查看了他的筆記本。「前妻、女兒、孫子們——全都住在澳洲墨爾本。」一兩間備用臥室看起來像從一九八〇年代裝潢好就維持到現在，十分整潔乾淨，沒有人住過。崔羅普說，強森有個波蘭女人每週兩次會過來「幫忙」。「就是她發現屍體的。」他說。

主臥室還是禁止進入的狀態，必須穿上傻瓜裝才可以進去。我站在門口，盡我所能查看那張床。鑑識人員已經移走床單和枕頭，不過床墊還在原位，床尾往床頭三分之一處有一塊紅褐色汙漬。自從屍體移開後，太多的血液浸溼床單來不及乾透，所以當我離開去確認其他房間時，仍然聞得到血腥味。我帶了自己的手套來，但我還是詢問崔羅普是否有多的手套可以借我，好讓他有些優越感。

如果強森是死在自己的臥室，那麼他大部分的時間都是在客廳度過的。液晶寬螢幕電視、DVD和遙控器都還擺在咖啡桌上，旁邊是一本《廣電節目周刊》。這裡還有一張下翻式古董書桌，崔羅普說尚未採集過指紋，因此我們不去動它。有一些裝有玻璃門的書櫥擺滿了平裝書，一九六〇和七〇年代的企鵝出版社、柯基出版社、黑豹出版社——連恩·戴頓、伊恩·佛萊明以及克萊夫·卡斯勒。這看起來就像是慈善機構商店的小說區。書櫥是那種分成兩部分式的，底下的部分作為基座，也稍微深一些，裝設了不

---

2 Tracy Emin，英國大眾藝術家，因坎坷的成長過程而產生嚴重行為偏差，爾後藉由藝術的形式來抒發並自我療癒，作品大膽且備受爭議。

透光的門。這些書櫥也還沒採集過指紋，我小心翼翼地打開書櫥下半部，發現除了一些碎紙外，空無一物——我把這些也留給鑑識人員。

牆上掛了幾張異常精美的狩獵畫，還有一幅裱框的亨頓畢業照。我認不出哪一個耀眼的制服青年是他。旁邊是他在接受高階警官頒發獎狀的照片，我後來才知道那人是約翰·沃卓爵士，正是任職於一九六八至一九七二年間的倫敦警察廳總監。壁爐架上還有一些家族照片、令人不忍卒睹的鬢角鬍和喇叭褲的結婚照、一雙兒女在不同時期拍的照片，從嬰兒、幼稚園到國外某處青綠海洋的淺黃色沙灘上。還有幾張是在這棟平房外面拍的，孩子們看起來年約九或十歲——沒有之後的照片了。我迅速在腦中計算了一下，估計最後一張照片的拍攝時間應該是在一九八〇年代早期。已經是三十多年前的事了。

「住在澳洲的家人還活著，對吧？」我問。「他們沒有全都悲劇性地死於車禍或是之類的事件？」

「我得查一查。」崔羅普說。「怎麼了？」

「三十年來都沒有任何新照片，這是段很長的時間。」我說。

最後幾張照片在第二排，被妻子和孩子們的照片遮去了一半。更多男子打著彩色寬領帶、蓄著鬢角鬍、穿著令人尷尬的大翻領，坐在酒吧裡拍照。我覺得那個地方看起來很眼熟，忽然發現那是蘇活區的法國屋。我也意識到，我正盯著年輕的亞歷山大·史密斯，夜總會的老闆，即使是在那時候，他看起來也像個花花公子，身穿壓紋天鵝絨吸菸裝和寬袖文藝風格襯衫。

「你不會剛好有他警察生涯的相關資料吧？」我問。

崔羅普又翻看了一下他的筆記本，而我甚至在他開口說話前，就知道這位強森偵緝督察長大部分的警察生涯都在蘇活區一帶度過。

「他任職於西區中央警局的刑事偵緝科，在那之前，待在某個叫ＯＰＳ的小組。」他說。我問他任職年分，他說是一九六七到一九七五年。

ＯＰＳ指的是淫穢出版物掃蕩小組，是倫敦警察廳裡最腐敗的部門中最腐敗的專門小組。強森任職期間，則是從倫敦抓賊人不再以業績定薪水之後最腐敗的時期。

難怪亞歷山大·史密斯也在照片裡。淫穢出版物掃蕩小組向色情商店及脫衣舞俱樂部收取保護費。你每天付給他們高額現金，他們就保證不會來臨檢。或者你付了錢，他們確保你會在臨檢前收到警告，這樣就可以有個輕鬆又優雅的中場休息時間，移走所有不該出現的東西。還有一項附加好處，你可以請這些警察「喝酒」，他們就會去臨檢你的競爭對手，然後把競爭對手被沒收的存貨從霍爾本警局的證物室後門賣給你。這也解釋了為什麼強森可以早早退休，或者可能是他不得不這麼做的理由。

這讓我低頭看著隨意擺在咖啡桌上的三個遙控器。

我在電視櫃旁蹲下。這是很典型的灰色薄板便宜貨，很難清掃乾淨，後方的電線亂成一團。

「可以幫我個忙嗎？」我問崔羅普，並解釋我希望他做的事。我們小心翼翼、不去破壞任何鑑識證據，各自抬起ＤＶＤ播放器的一端。底下是個很清楚的淺灰色長方形，那裡有個東西長年保護著薄板櫃面不受灰塵所擾，腳墊比ＤＶＤ播放器的還小。我點點頭，謹慎地將播放器放回去。

「如何？」崔羅普問。

「他有臺ＶＨＳ錄放影機。」我說，一邊指向咖啡桌上的遙控器，一個是電視遙控器，一個是ＤＶＤ播放器遙控器，然後……

「該死。」崔羅普說。

「你得告訴現場其他人，有人把這房子裡的ＶＨＳ錄影帶都搬走了。」我說。

「他為什麼還有ＶＨＳ？」崔羅普問。「你認識現在還有ＶＨＳ的人嗎？」

「一定是有什麼東西，他不敢冒險儲存成數位化。」我說。

「你說在這個時代？」崔羅普說。「肯定是非常噁心或違法的東西。兒童色情片或殺人電影，還是，我不知道，小貓被勒死之類的。」

「得約談他妻子，」我說，「或許她知道些什麼。」

「也許這就是她離開的原因。」崔羅普說。「你覺得我們會需要出差去澳洲嗎？」

「不會是我們去。」我說。「他們從來不會派探員出國，永遠是『經驗豐富的警官』才能享受免費旅遊。」我們分享了這一刻令人沮喪的團結。「如果你手上有一堆拚命想藏起來的東西，」我說。「你會藏在哪裡？」

「院子的雜物倉庫。」崔羅普說。

「真的嗎？」

「我爸在那裡種大麻。」崔羅普說。

「真的?」

「在這些地區,自己種是個老傳統了。」

「你曾想過要以持有大麻的罪名逮捕他嗎?」

「只有在聖誕節的時候。」他說。

理想的狀態是,我們走到院子裡自行檢查雜物倉庫,不過在一個現代的犯罪現場,你不能沒先跟鑑識人員商量就這麼做。他們說,在他們檢查過草地的腳印之前,我們不可以過去,而且他們得到早上才能進行作業。好極了。於是我們去向史蒂芬諾柏斯報告,她對我們相當滿意,還慷慨地給了我們三明治和咖啡。我們得拿到路上去吃,才不會讓麵包屑掉在犯罪現場。天氣冷得出人意料,幸好諾福克警隊有幾輛福特 Transit 箱型車停在外面,我們便躲進其中一輛。即使距離諾里治這麼近,天空卻寬廣得驚人,充滿了繁星點點。史蒂芬諾柏斯注意到我發現的事。「城市男孩。」她說。

我建議應該要在澳洲約談強森的前妻,她同意了,雖然她認為澳洲警察可以辦好這件事,不需要派英國的警官過去,無論是高階警官或其他警員。崔羅普哼了聲。

「有什麼好笑的嗎,警員?」史蒂芬諾柏斯問。

「沒有,長官。」他說。

三明治是那種加油站附屬的二十四小時商店裡的存貨,很詭異地既潮溼又不新鮮。我想我的應該是火腿沙拉,可是我幾乎吃不出來。史蒂芬諾柏斯只咬了一口就放下了。

「我們必須知道強森跟登祿普說了什麼。」她說。

「我猜與淫穢出版物掃蕩小組有關。」我說。「否則他還有什麼好說的？」

「人們除了工作以外，還有很多可以說的。」史蒂芬諾柏斯說。

「不會是這個人。」我說。「如果他有什麼特殊興趣的話，一定都在那些被偷的影帶裡。我想他應該是被殺害的，有部分原因是為了拿回這些影帶。」

「我懂了。」史蒂芬諾柏斯說。「淫穢出版物掃蕩小組加上錄影帶，加上對記者說的故事，某些一九六〇年代很有料的醜聞？也許有人想殺他滅口。假設我們能找出那是什麼故事，就能知道誰有動機。」

我告訴她，亞歷山大．史密斯出現在壁爐架上的某張照片裡。

「他在國內的時候從事什麼工作？」她問。

「夜總會經理。」我說。「那是六〇年代的事了，接著在七〇和八〇年代，他到西班牙的陽光海岸度過一個長長的假期。」

「他是黑道嗎？」崔羅普問。

「他很狡猾，他就是這樣的人。」我說。

「你怎麼會注意到這個人？」史蒂芬諾柏斯問。

「在調查另一起案子的時候注意到的。」我說，瞄了崔羅普一眼。我不確定在倫敦警察廳以外的人面前，史蒂芬諾柏斯可以接受我說到何種程度。

「你認為這兩起案子有關聯嗎？」她問。

「我不知道，」我說，「但肯定是個可以切入的點。」

史蒂芬諾柏斯點點頭，指著我，「你去找個地方睡一下。我要你明天早上精神抖擻。」她說完，接著看向崔羅普，「你——你的上司把你交給我負責，我需要你去替我跑跑腿——行嗎？」

「好的，長官。」崔羅普說。

「我們明天要做什麼？」我問。

「我們要跟這個亞歷山大．史密斯好好促膝長談。」她說。

我發現在箱型車的後座橫躺著睡覺出乎意料地容易，不過在冷冽的早晨醒來，看見崔羅普探員開著一輛便衣 Mondeo 來接我和史蒂芬諾柏斯去火車站時，我真的很高興。我和崔羅普交換了手機號碼，培養人脈永遠不會吃虧，然後我們走進車站找咖啡。諾里治車站是標準的維多利亞晚期磚砌建築，加上鍛鐵和玻璃屋，以各式速食連鎖店的明亮塑膠店面進行翻新。我滿懷感激地踉蹌走向上等麵包連鎖店，想要求他們能否讓我直接探頭對著咖啡機喝，後來我還是勉強接受了兩杯雙倍義式濃縮咖啡，以及一份印度咖哩雞長棍麵包。史蒂芬諾柏斯並不認同我的選擇。

「雞肉被塗了防腐劑，脫水後壓得很扁，還灑上其他化學原料。」她說。

「我太餓了，顧不了這麼多。」我說。

我們搭上特快車前往利物浦街，史蒂芬諾柏斯利用警察證件替我們升等到頭等車廂，在這麼短的路線，頭等車廂只意味著座位會稍微大一點、老百姓會稍微少一點而已。這正合史蒂芬諾柏斯的心意，因為火車還沒離站她就睡著了。

火車上沒有無線網路，於是我打開了筆電裡《人人都會的拉丁語》PDF檔，花了一個半小時理解形容詞的第三變格法。我們距離利物浦街還有二十分鐘車程，當崔羅普打給我的時候，郊區景色是一片撫慰人心的迷濛雨景。

「他們讓我進了那個雜物倉庫，」他說，「我是對的。門被強行打開過了。」大家都很疑惑門是怎麼開的，因為鎖和周圍的一小圈木頭都彈了出去。「沒有人弄懂那是如何辦到的。」他說。

我知道。這是一個咒語。事實上在佩里時，我曾經看過納丁格爾使用在院子的木柵門上，那時候我們去處理吸血鬼巢穴。我們這位黑魔法師要不是粗心大意，不曉得有人可以追捕到他，就是根本不在意我們可能會注意到他的存在。

根據崔羅普所言，這個雜物倉庫只是個尋常的凌亂空間，放置了園藝工具、花盆、水管和腳踏車零件。

「我想我們可能不會去查這裡有沒有東西被偷。」他說。鑑識人員會照常採集指紋。案件的細節，還有那個鎖、以及草地裡發現的兩個可能足跡，都附加在**福爾摩斯**上相關鎖定對象的資料裡了。我向崔羅普道謝，並答應他如果發生了什麼刺激的事，我會告訴他的。

火車進站的時候，史蒂芬諾柏斯剛好哼了一聲醒來，在她意識到身在何處之前，露出了短暫的迷茫表情。我告訴她那個雜物倉庫門鎖的事，她點點頭。

「我們應該把你的上司找來嗎？」她問。

瓦立醫生對於這件事態度很強硬。「還不用，」我說，「先看看我能不能從亞歷山大・史密斯那裡套出證據，再決定要不要把他從床上叫起來。」

「噢，對，史密斯。」火車停止時，史蒂芬諾柏斯說。「老派的壞蛋。這應該會是個威脅。」

史蒂芬諾柏斯決定借用西區中央警局作為約談場所。西區中央警局建於一九三〇年代，位於薩佛街，是個方形的辦公街區，以昂貴的波特蘭石打造而成，希望能掩飾它沉悶單調的本質。從蘇活區過了攝政街後，就是掃黃組的行動基地，史蒂芬諾柏斯說服了在那裡工作的一名老朋友，替我們把亞歷山大・史密斯帶過來。我們這麼做的目的，是要讓他認為自己只是一個被巨大的研磨機器捕捉到的小人物。我們的訴求是營造一種介於卡夫卡與歐威爾之間的氛圍，讓你知道當你面對的警官比你博學時有多麼危險。我們把他晾在偵訊室裡一個多小時，同時我和史蒂芬諾柏斯坐在自助餐廳裡喝著難喝透頂的咖啡，為接下來的訊問規畫策略。好吧，事實上是史蒂芬諾柏斯在規畫，我只是坐在那裡將最佳流程記錄下來。

亞歷山大・史密斯在一九七〇和八〇年代的確都待在國外——住在西班牙南部的馬貝拉附近、惡名昭彰的罪犯海岸[3]，那裡有一大堆說話像是演員雷・溫斯頓的中年硬漢，視道德規範如溼掉的衛生紙。他是個老派的壞蛋，不過是個聰明人，從沒被抓過或被起訴。他經營一家俱樂部，主要收入來自替墮落的警察與蘇活區的色情業大老們居中斡旋。他確實知道那些屍體都埋在哪裡，也預期到我們會聚焦在這一點上。

「可是他很害怕。」史蒂芬諾柏斯說。「他沒有要求找律師甚至是打電話——他真的**想要**被關。」

「為什麼不直接尋求保護？」

「像這樣的壞蛋是不會尋求保護的。」史蒂芬諾柏斯說。「他們根本不跟警方交談，除非是想收買你。他似乎在害怕些什麼，而我們必須找出來。當我們找到關鍵，就把刀子插進去，稍微一扭，他就會像海螺一樣打開了。」

「不是像牡蠣嗎？」我問。

「你要跟上我的思路。」史蒂芬諾柏斯說。

「如果我們要開始進入我的專業領域呢？」我問。

史蒂芬諾柏斯哼了聲，「要是我們進入那個小小的異界領域，你就負責問你該問的問題。」她說。「不過你得做得謹慎巧妙，我可不喜歡在桌子底下踢人——這樣不專業。」

我們把糟糕的咖啡喝完，簡單討論了一下該帶多大疊的資料進去。對警察來說，拿個幾百張假文件塞進檔案夾帶到偵訊室並不是什麼新鮮事，這樣才能更有效傳達出我們警方已經掌握一切的形象，因此你最好還是節省時間，把**你**知道的事全盤托出。但史蒂芬諾柏斯認為，像史密斯這樣的老滑頭才不會上這種當。況且，我們想營造一種我們不是非常在意的氣氛。

「他對我們有所求。」史蒂芬諾柏斯說。「他想要被說服，然後放棄。他越是覺得我們不在乎，就越會急於開口。」

史密斯穿回了他的藍色獵裝，可是細心搭配的扣領襯衫卻沒有扣上。他的臉色灰暗，沒刮鬍子。我們大費周章地把錄音帶放進錄音機裡，介紹我們自己，接著宣讀他的權利。

「你明白你現在並非遭到逮捕，而且可以隨時中止這次的約談嗎？」

「不明白。真的嗎？」史密斯問。

「你也有權找律師，或是任何由你指定的代理人。」

「對、對，」史密斯說，「我們可以開始了嗎？」

「所以你不需要律師？」我問。

「不用，我才不需要什麼見鬼的律師。」史密斯說。

「你好像很急。要趕著去哪裡嗎？」史蒂芬諾柏斯問。「也許，有人在等你？」

「你們想怎麼樣？」史密斯問。

「事情是這樣的，我們想釐清你是否涉及幾起犯罪案件。」史蒂芬諾柏斯說。

「什麼犯罪案件？」史密斯問。「我以前是個正派的生意人，我開了一家俱樂部，

3　即陽光海岸。七〇及八〇年代有許多英國罪犯會逃到這裡，故英國媒體又稱之為罪犯海岸。

就這樣。」

「以前？」我問。

「很久以前的事了。」史密斯說。「你們不就是要問這個嗎？我是個正派的生意人。」

「不過，老史啊，」史蒂芬諾柏斯說，「我不相信有正派的生意人。我當警察可不是五分鐘前的事，這位警員也不認為你是正派人士，由於他恰好是工人革命黨的正式黨員，因此認為所有形式的資產都是對無產階級所犯的罪。」

她的這番話讓我措手不及，我只好盡己所能地回了句：「權力歸於人民。」

史密斯瞪著我們，彷彿我們兩個都瘋了。

「所以，老史，」我說，「你從以前就涉及許多犯罪案件？」

「我不是天使，」他說，「我承認我得面對生活中一些不那麼健康的部分。這也是我移居國外的原因之一，逃離這一切。」

「你為什麼回來？」我問。

「我想念親愛的故土了。」他說。

「是嗎？」我說。「你對我說過，英國這個地方太差勁了。」我說。

「這個嘛，至少是個說英文的差勁地方。」史密斯說。

「他沒錢了。」史蒂芬諾柏斯說。「是嗎，老史？」

「拜託，」他說，「我可以收買妳跟這間警局裡的所有高階警官，還有足夠剩餘的錢能在梅費爾買間公寓。」

「出個價吧。」史蒂芬諾柏斯說。「我可以蓋個新的養雞場，而且我老婆一直想要擴建溫室。」

史密斯不想說出任何會被誤會、或是經過數位剪輯後能成為承認罪行的話，便對我們露出恰到好處的諷刺微笑。

「如果不是因為錢，」我說，「你為什麼要回來？」

「我會去馬貝拉是因為我已經賺夠了。」他說。「我退休了，給自己買了棟很棒的別墅，娶了老婆，我可沒有騙你，日子過得很幸福，遠離雨天跟所有的鳥事。一切都很美好，直到該死的八〇年代，俄國人開始出現了。只要他們的豬鼻子湊進了飼料槽，就開始有槍聲、膝蓋被打穿，連待在自己家裡都不安全。我心想，要是我得忍受這些混蛋，那麼我回倫敦也一樣。」

「馬貝拉的損失是倫敦的收穫。」史蒂芬諾柏斯說。「是這樣說的吧，葛蘭特警員？」

「絕對是的。」我說。「你為冷門的倫敦歷史領域帶來了十分欠缺的民俗文化色彩。」

我們從史蒂芬諾柏斯和重案及組織犯罪調查局吵架得來的報告知道，將史密斯帶回倫敦的真正原因是一連串失敗的非法藥物買賣。他的貨品經常被扣押在西班牙和阿姆斯特丹，當他終於搭上前往倫敦蓋威克機場的飛機時，他唯一留下的只有債務和妻子，而他妻子後來和一名巴西牙醫搬進新居了。這一定傷他很深。

「你來自哪裡?」他問我。

「你認為呢?」我說。警察訊問時必須遵守的基本原則就是:不可以洩漏情報——尤其是關於你自己的。

「我不知道。」他說。「不過我好像什麼狗屁都不曉得了。」

「你認識杰立．強森?」史蒂芬諾柏斯問。

「這他媽的是誰啊?」他問,可是他退縮了,而他知道我們都看到了。

「強森偵緝督察長。」我說,並且把在強森家裡找到的照片往史密斯面前一推。他看起來很驚訝。

「這跟滑頭強森有關?」史密斯問。「那蠢貨?」

「你的確認識他?」我問。

「他以前常伸著手在蘇活區晃來晃去。」史密斯說。「就像其他條子一樣。事實上,就像他們現在做的事一樣。老滑頭怎麼了?我聽說他被踢出警局。」

我有一張杰立．強森的犯罪現場照片,他赤裸躺在床上,少了命根子,我隨時可以把照片推到史密斯面前讓他看,但史蒂芬諾柏斯的手指在桌上敲了一下,意思是叫我**忍住**。我仔細觀察史密斯,發現他的腿開始顫抖,跟我在他辦公室裡看過的情形一樣。我們想要他害怕,但不希望他怕到閉口不言或是試圖逃跑。

「他昨天遇害了,」史蒂芬諾柏斯說,「在他位於諾福克的家裡。」

史密斯的肩膀鬆懈了下來。是覺得安心、挫敗，還是感到絕望？我無法分辨。

「你已經知道這件事了。」我說。「對吧？」

「我不知道你在說什麼。」

「昨天，」我說，「我去找你的時候——那就是你叫無脖男守門的原因，也是你當時冒冷汗的原因。」我說。

「我聽到一些傳言。」史密斯說。

「什麼樣的傳言？」史蒂芬諾柏斯問。

「某個我以為他已經死掉的人可能還沒死。」他說。

「那個死掉的人叫什麼？」史蒂芬諾柏斯問。

「強森跟這個奇怪的傢伙交情很好——他像是個魔法師。」史密斯說。

「變些紙牌戲法的那種嗎？」史蒂芬諾柏斯問。

「不是那種魔法師。」史密斯說。「而是真正的巫毒魔法，不過他是個白人男子。」

「你說像巫毒魔法？」我問。「他會召喚神靈附身嗎？有沒有執行儀式跟獻祭？」

「我不知道。」史密斯說。「我一直跟他保持距離。」

「只是你認為他會真正的魔法？」我問。

「不是認為，」他說，「我是親眼看到的。」

「看到什麼？」

「至少，我認為我看到了。」史密斯說。他看起來彷彿縮進了襯衫領子裡。「你不會相信我的。」

「我不會相信你，」史蒂芬諾柏斯說，「但葛蘭特警員可是受雇來相信這些東西的。他還得相信仙女、巫師還有小妖精。」

「還有哈比人。」我說。

史密斯怒了。「你們覺得這很好笑。賴瑞・皮爾錫翰，他們都叫他雲雀賴瑞，因為他喜歡早點表演。記得他嗎？」

「我的年紀不像我外表那麼大。」史蒂芬諾柏斯說，我把這個名字記下來。

「我不清楚細節，可是賴瑞惹毛了魔法師……」

「他有名字嗎？」史蒂芬諾柏斯問。

「誰？」

「那個魔法師，他叫什麼名字？」

「我不知道，」史密斯說，「我們提到他的時候都叫他魔法師，平心而論，我們根本不會談論他。」

「雲雀賴瑞怎麼了？」我問。

「賴瑞跟一群來自蘇莫斯鎮的強悍烏合之眾混在一起，銀行搶匪與圍事之類的，那種以前靠犯罪賺錢維生的人。你不會想對他們無禮的人——你懂吧？」史密斯問。

我們會對他們無禮。蘇莫斯鎮從前是個集結各種罪惡的地區，位於尤斯頓火車站和聖潘克拉斯火車站之間。在人們飼養羅威納犬之前，住在這裡的人得在前門放一把槍管削短型獵槍——以免有不速之客或是社工上門。

當賴瑞不搶劫運鈔車的時候，就是幫各種淫穢出版商或皮條客之類的當保鑣。有一天他突然不見了。他的妻子稍微問了下是否有人看到他，不過沒人回應。

「沒有人很認真地在找他。」史密斯說。

一個月後，在弗里思街上的衛城餐廳舉行了盛大的餐會，所有蘇莫斯鎮的幫派分子都齊聚一堂，還有一些蘇活區黑社會的重要人物也受邀為嘉賓。

「這場聚會的目的是什麼？」史蒂芬諾柏斯問。

「我他媽的不記得了。」史密斯說。「我想所有出席的人都不記得原本的目的是什麼了。」

那是間希臘塞浦路斯菜餐廳，有很多烤肉、魚和橄欖。

「很不錯的希臘餐點，」史密斯說，「不是那種庫德族料理。」

「如果這是真正的壞人聚會，」史蒂芬諾柏斯說，「你去那裡做什麼？」

「我在他們的事業有一些股份。」史密斯說。「但我會去那裡主要是因為他們邀請我去，像那樣的人開口邀請你的時候，你會去的。」

史密斯沒有注意到任何不尋常的地方，直到大約兩個小時後，大部分的食物都吃完了，有兩個服務生端著一個蓋著的大盤子進來，他們清出了一塊空間，用力地把盤子放在桌子中央。

「這又是什麼？」米寇爾．「米克」．邁卡洛問。他要不是這群暴徒一致認可的老大，至少是目前不會死亡或受傷的人。「今天不是我的生日。」

有人說可能是脫衣舞孃。

「這個脫衣舞孃是個侏儒吧。」邁卡洛說，伸手掀開蓋子。盤子裡是雲雀賴瑞的頭，鮮活得宛如剛被割下，上頭還裝飾著冬青和槲寄生。我記下這一點，以免有什麼重要性。

這些蘇莫斯鎮暴徒，顧名思義，都是些硬漢，也不反對見一點血這種事。他們知道怎麼恐嚇別人，不會讓自己看到盤子上司空見慣的頭顱就驚慌失措。

「這個，」邁卡洛說，「是我見過最醜的脫衣舞孃了。」

這句話讓暴徒們都笑了，就在此時，那顆頭開口說話了。

「幫幫我。」他說。

根據亞歷山大．史密斯說，那個聲音聽起來有點像雲雀賴瑞，不過帶點哨聲的感覺，好像他被迫透過管子在呼吸似的。總之，這的確嚇到蘇莫斯鎮的暴徒們了，他們翻倒椅子逃離桌邊，除了米寇爾．邁卡洛之外，他不是個迷信的人。

「這是戲法，你們這些蠢蛋。」他大聲說道，接著伸手把盤子翻過來。

「我想他應該是想在桌子上找到洞。」史密斯說。「說真的，我也是，看是否能發現雲雀賴瑞縮在桌子底下耍我們——正在哈哈大笑。可是桌子上沒有洞，也沒有賴瑞。至少沒看到賴瑞的身體。」

頭顱在桌子上彈跳著掉到地上，所有的硬漢、所有的搶匪和打手全都像小女孩一樣驚聲尖叫，跌跌撞撞地四處逃開。只有邁卡洛沒有，他就是不知恐懼為何物的人。他繞著桌子大步走，揪住那顆頭的頭髮把它拿起來，朝其他賓客晃了晃。

「這是個該死的戲法。」他大喊。「我不相信——你們真是一群娘娘腔。」

「米奇，」雲雀賴瑞的頭說，「拜託，幫幫我。」

「邁卡洛怎麼說？」史蒂芬諾柏斯問。

史密斯的鞋跟在偵訊室的瓷磚地板上答答敲著。

「我不知道。」他說。「我跟其他人一樣，他媽的逃離了那裡。之後，沒有人談論那天晚上的事，沒有人談論雲雀賴瑞，那家餐廳也關門了。我保持低調，賺我的錢，然後離開那個國家。」

「那個魔法師想從強森偵緝督察長那裡得到什麼？」史蒂芬諾柏斯問。

「就是很一般的要求，」史密斯說，「他想要獲得保護，不受執法人員的任何過度干擾。」

我問是什麼需要保護。

「一家俱樂部，」他說，「在釀酒人街。」

「釀酒人街上沒有俱樂部。」我說。

「那裡的會員制很嚴格，知道的人不多。」史密斯說。

「強森可以從魔法師那裡得到什麼好處？」史蒂芬諾柏斯問。

「滑頭強森有他的需要。」史密斯說。「他是個很有需要的人，特殊的需要。」

「像是什麼？」史蒂芬諾柏斯問。「毒品、賭博、酒精、女人——是什麼？」

「性愛。」史密斯說。

「什麼樣的性愛？」我問。「男孩、女孩、短襪、綿羊[4]？」

「最後那個。」史密斯說。

「綿羊。」史蒂芬諾柏斯說。「你在跟我開玩笑吧。」

「我不知道是否真的需要綿羊，」史密斯說，「不過絕對跟動物有關。你們知道什麼是貓女嗎？」

「從漫畫來的。」我說。「是指有著貓耳朵跟尾巴的女孩。我想她們被叫做 Neko-chan（小貓）。」

「感謝上帝創造了日本人，嗯？」史密斯說。「不然我們就不知道怎麼稱呼她們了。滑頭強森就是喜歡這個，貓女。」

「你的意思是，打扮成貓的女孩。」史蒂芬諾柏斯說。

「聽著，」史密斯說，「我不清楚這些事，我也刻意不想去搞懂，但是妳說打扮成貓？我聽到的可不是這樣。我聽說的是自然界的怪胎。」

「他還在嗎？」史蒂芬諾柏斯問。

「誰？」史密斯問。

「那個魔法師。」史蒂芬諾柏斯說。「當你犯了思鄉病返鄉，他還在這裡嗎？」

「不，他不在了。」史密斯說。「我特別打聽過了——要是他還在這裡，我就會去曼徹斯特了。」

「曼徹斯特，」我說，「真的嗎？」

「或是黑潭，如果曼徹斯特還不夠遠的話。」

「但他離開了？」我問。

「銷聲匿跡。」他說。

史蒂芬諾柏斯緊接著問：「所以，是誰殺了杰立·強森？」

「我不知道。」他說。他的腿變本加厲地抖了起來。

「是魔法師嗎？」她問。

「我不知道。」

「是那個該死的魔法師嗎？」

史密斯的頭左右抽搐著。「妳不知道自己在問什麼。」他說。

「我們可以保護你。」她說。

「妳以為妳懂什麼，嗯？」史密斯問。「妳什麼都不知道。」

「展示給他看，葛蘭特警員。」史蒂芬諾柏斯說。

我攤開掌心，喚出擬光。我加強了它的紅色調，增加搖曳朦朧的效果，好讓它看起

4 各種異常性癖好的暗喻，男孩、女孩暗指戀童癖，襪子暗指戀物癖，綿羊則暗指戀獸癖。

來更有魄力。

史密斯露出令人滿意的傻愣表情盯著擬光看。

「我們知道自己在說什麼。」我說。我一直在練習這種低能量的展示版本，希望可以盡量不要炸掉任何周遭的電子產品。即便如此，我還是擔心地看了錄音機一眼，迅速關掉以策安全。

史密斯瞪著我，「這是什麼？」他問。「我們現在有魔法警察了？從什麼時候開始的？」

「從有弓街捕快開始。」我說。

「是嗎，」史密斯說，「那雲雀賴瑞死的時候，你們在哪裡？」

這是個好問題，我打算有空的時候來問問納丁格爾。

「那是七〇年代的事了。」我說。「現在是現在。」

「或者你可以永遠回到馬貝拉待著。」史蒂芬諾柏斯補充了有用的建議。

「或是曼徹斯特。」我說。

「或是黑潭。」史蒂芬諾柏斯說。

「燈光之中的豔舞。」我說。

「還有另一個傢伙。」史密斯突然說道。「另一個該死的魔法師，我不知道他是從哪裡來的。前一秒他還不在這裡，下一秒就出現了。」

「他什麼時候出現的？」我問。

「夏天的時候，」史密斯說。「在柯芬園大火的幾個星期之後。」

「你見過他嗎？」我問。

史密斯搖搖頭。「我什麼也沒看到，」他說，「也沒人提過任何事。」

「那你怎麼知道他在這裡？」史蒂芬諾柏斯問。

「你們這些現代警察以為自己無所不知。」史密斯說。「這裡可是蘇活區，是我的領地、我的地盤。我就像隻老虎一樣，地盤上有任何變化我都會知道。他媽的，連有人開了家新的外帶中餐館我也知道，對，因此當邪惡的勢力爬進來時——我感覺到了。」他對我們露出憐憫的表情。「老派的警察也能感覺得到，甚至是強森這種變態也會知道出事了。」

「然後就走來走去等人塞錢。」史蒂芬諾柏斯說。

史密斯聳了聳肩。「這不就是他們的工作嗎？」他問。

「那你為什麼沒開溜？」我問。

「現在我不會插手管任何不應該管的事，況且我還得滿足一大堆各式各樣的客人——我是個守法的生意人。」他說。「所以為什麼要擔心？另外，我獲得的一切都投資在生意上了。」

「你所說的變化是什麼？」我問。

「我想是你吧。」他說。「第一次的時候，你差不多快走出門外了，那時他輕快地走進店裡，坐在同樣的位子上。」

「誰？」史蒂芬諾柏斯問。

「就是他。」史密斯說。「我不知道。我記得他的聲音跟他說過的話，但我不記得他的臉。」

「你怎麼可能不記得他的臉？」

「你們就不會忘記自己把該死的鑰匙放在哪裡了嗎？」史密斯問。「就像那種感覺，我知道他在那裡，我知道他坐在我對面，可是他媽的，我就是記不得他長什麼樣子。」

「那你怎麼知道他是新的魔法師？」史蒂芬諾柏斯問。

「妳聾了嗎？」史密斯問。「妳以為我瘋了嗎？以為我得了狂牛症？我不記得那個男人的臉——妳覺得這件事聽起來是個正常現象嗎？」

史蒂芬諾柏斯看了我一眼，而我只能聳聳肩——就魔法來說，這個已經遠超過我的薪資等級所能負荷。對於手頭上的兩件案子就要合併成一件，我也逐漸覺得胃裡發寒。

「那個被忘男想要什麼？」我問。

「他想找的目標跟你一樣。」他說。

「佩姬？」我說。

他點點頭。「問我知道她多少事，問我知道你多少事，還問我是不是曾經見證雲雀賴瑞首次登臺的人之一？他是這麼說的——首次登臺。」

史蒂芬諾柏斯緊張了起來。她想知道誰是佩姬，不過警察訊問時必須遵守的第二條基本原則就是：警方必須無時無刻維持統一陣線，絕對不可以在嫌犯面前問彼此問題。嚴格來說，這麼做確實違反了第一條原則：不可以洩漏情報。但我們是警察，我們喜歡讓事情變得簡單一些。

「你確定這個人跟之前的魔法師不是同一個人？」史蒂芬諾柏斯問。

「我能說什麼呢？」史密斯說。「他很年輕、很優雅——我只知道這麼多了。」

「那個老魔法師的俱樂部在哪裡？」我問。

「你不會真的想知道的。」史密斯說。

「是啊，老史，」我說，「真剛好，我的確想知道。」

除非事態已經非常嚴重，否則你不會在某個地方晃了一圈，然後決定踹門而入。別的事情不說，要把門踹開可不是件容易的事，上次我這麼做的時候還踢斷了一根腳趾。商業場所通常比私人住宅還要難以進入，所以我們先確定有一組攻堅小隊是可調動的，並預定了他們這天下午稍晚的行程。這讓我們還有足夠的時間，拿著從亞歷山大·史密斯的筆錄精心挑選出的重點，依照一九八四年刑事證據法的第八項來申請搜索令。我之所以說「我們」，是因為跟一整個凶案調查小組合作的好處之一，就是史蒂芬諾柏斯有很多替她處理文書工作的屬下。在這段時間，我和她則撤退到柏林頓軍隊酒吧去喝杯烈酒——我們認為這是我們應得的。

在冷漠的舊時代，一家普通的條子酒吧通常會有油氈地板、尼古丁汙漬的木頭嵌板，以及只因為懶得更換而成為古董的黃銅家具。不過時代變了，現在你在警局樓上的餐廳就能吃到還過得去的洋蔥醬坎伯蘭臘腸和厚切薯條，搭配傑克蘋果烈酒，十分對味，這正是一場辛苦的早晨訊問後需要的東西。史蒂芬諾柏斯點了韭蔥湯，副餐是芝麻菜沙拉加單一麥芽威士忌。我注意到角落裡有一臺卡拉ＯＫ機，我問是否常有人在這裡唱歌。

「你應該要在歌唱大賽晚會的時候來。」史蒂芬諾柏斯說。「掃黃組跟藝術古董組的比賽可激烈了——自從有一次起爭執後，他們還得禁唱〈我會活下去〉才行。說說你的調查進度吧。」

我告訴她關於那些死掉的爵士樂手，以及我多麼努力在追查可能以這些樂手為食的不知名人士。

「爵士樂吸血鬼。」史蒂芬諾柏斯說。

「真希望我一開始沒有這樣叫他們。」我說。

「你認為魔法師想從他們身上得到什麼？」她問。

「我不知道。」我說。「要想研究這種奴役行為，我們還得知道更多。」

一個看起來有些愁眉苦臉的探員走了進來，手裡拿著搜索令交給他的上司。史蒂芬諾柏斯很謹慎地等到他離開後，才問我覺得我們該如何進行臨檢。

除非你打算敲門，然後好聲好氣地詢問，基本上執行搜索令只有兩種方式。第一種是傳統的橫衝直撞，破門而入並大喊「警察」和「沒有異狀」，迅速踢那些沒有聽話趴下的人一腳。第二種方式也沒有正式的名稱，不過得穿著便服側身悄悄來到前門，敲門進入後，像一群堅持不懈的掃街推銷員般前進。我建議採用後者，因為不曉得我們將會碰見什麼。

「找些人隨時支援，」我說。「以防萬一。」

「你說得可輕鬆，」她說，「加班費又不是你出。」她喝完她的威士忌。「誰先進去？」

「我。」我說。

「這是不可能的事。」

最後，我們彼此妥協，決定一起進去。

在一九五〇和六〇年代，在蘇活區置產很便宜，畢竟，有誰想要住在煙霧瀰漫的老舊倫敦中心？中產階級全都把目標放在綠意盎然的郊區，工人階級則被打發到艾塞克斯和哈特福郡的荒涼新建市鎮去。這些地方被稱為「新鎮」，只因為當時還沒發明出「黑人家園」這個詞彙。倖存下來的大部分建築都是攝政時期的排屋，已經被切割為較小的單位成為公寓和店面，地下室則擴建成俱樂部和酒吧。隨著房地產價格開始上揚，開發商占據轟炸遺址和廢棄建物，豎立起形狀各異的混凝土塊，使得一九七〇年代成為建築輝煌成就的閃耀燈塔。不幸的是，對未來主義的支持者而言，蘇活區並不是這麼容易被征服的。產權的糾紛、美好的老派固執與明目張膽的貪腐，使得開發計畫裹足不前，直到那股想將英國城市的歷史中心改建為巨大戶外廁所的怪異浪潮退去，才有了新的變化。然而，開發商都是老謀深算的一丘之貉，如果你負擔得起的話，有個騙局是將你的房產空置不顧，等到房子破敗老舊，你就得拆了它。

我們的目標建築就像這樣，夾在釀酒人街上一家食物城迷你超市和一家情趣用品店之間，與兩邊的鄰居相較，看起來是棟杳無人煙的棄置建物。窗戶骯髒、牆面汙黑，門框上的油漆剝落翹起。作為申請搜索令的程序之一，史蒂芬諾柏斯的一名屬下曾調查過這裡，發現此處的產權也有典型的公司騙局——我們沒時間等他們抽絲剝繭，直接申請了整棟建築的搜索令。

我們坐在一輛銀色的 Astra 便衣警車裡，為了保險起見，進去之前先觀察一個小時。沒有人進出這裡，確認所有人員都各就各位後，史蒂芬諾柏斯下令「行動」。

我們從車內蜂湧而出，側身靠牆走了約一百公尺來到側門，其中一名攻堅小組人員手拿一把二十公斤重的撞鎚，以訓練有素的一擊撞開了側門。他的夥伴首先入內，舉起長方形的塑膠盾，第三名攻堅小組成員手持獵槍跟在他後頭，隨時準備開槍。獵槍的用途是預防屋主有養狗，但我們不太願意談論這件事，因為這會讓人們失望。

我和史蒂芬諾柏斯跟在他們後面進入，先說明一下，只要你不是攻堅小組的成員，這樣就算是第一個進入了。我們在外套裡面穿了防刺背心，腰帶上繫著伸縮警棍。門內是一道沒有窗戶的走廊，左邊有扇關著的室內門，右邊是往下的左右分離樓梯。當我試著按開電燈開關，無燈罩的四十瓦燈泡散發出昏暗的亮光。古老的金色與紅色印花壁紙從牆壁與天花板的相接處脫落。

史蒂芬諾柏斯拍了拍一位攻堅專家的肩膀，指著那扇門。撞鎚再度一揮，盾牌與獵槍小組上樓，大約有六名左右的凶案調查小組加作戰支援組警力跟著。他們的任務是清除頂樓威脅，而我和史蒂芬諾柏斯則往樓下走。

我用手電筒探照幽暗的下樓階梯，上頭鋪著那種會在電影院和小學裡看到的耐磨短毛尼龍地毯。地毯是金色和紅色的，與印花壁紙相襯。我有一股強烈的不祥預感，可能是**感應殘跡**，或者只是對往下踏入令人毛骨悚然的黑暗樓梯的明顯抗拒。

我們聽得見小組夥伴往上移動的聲音，就像一群在建材行裡的大象寶寶。史蒂芬諾柏斯看著我，我點點頭，我們開始往下走。我們向作戰支援組借了兩把重量級手電筒，光線照亮了在第一層臺階上的一個售票處，在它旁邊有塊擺放了櫃臺的凹室，我希望凹室後方的黑暗深處只是單純的衣帽間。

我謹慎地往下走，緊貼牆壁前進，這樣才能最先看到角落附近——我真的不希望有任何東西突然冒出來。樓梯折了回來，往下深入更多的黑暗，在樓梯平臺的遠處有一扇門，寫著**僅限員工進入**。我聞到霉味和腐爛的地毯味，令人感到安心。我傾身越過衣帽間的櫃臺，用手電筒朝裡面照了照，看見一個淺淺的L型房間，擺放著空蕩的衣服掛桿及衣架。我翻過櫃臺檢查這個房間，裡頭沒有大衣或是被遺忘已久的包包，不過地板上有一些紙——我撿起一張，是票根。我走到員工休息室入口，打開門，發現史蒂芬諾柏斯從樓梯上警戒地看著我。

「有什麼發現嗎？」她問。我搖搖頭。

她彈了個響指，有幾位凶案調查小組的探員輕手輕腳地帶著手套和證物袋下樓。史蒂芬諾柏斯指向員工休息室的門，他們盡忠職守地魚貫經過我身邊，對衣帽間進行更徹底的搜查。其中一位探員是一名年輕的索馬利女子，身穿皮製騎士夾克，綁著一條昂貴的黑色絲質穆斯林頭巾。她注意到我在看她，露出了微笑。

「穆斯林忍者。」她低聲說。

警察在進入建築物的時候，通常喜歡製造出一大堆噪音，除非你現在要面對的是個瘋子，最好還是讓可能被逮捕的人在做出傻事之前，有機會仔細思考一下他們的選擇。這次我們很安靜——這不是自然發生的情況——必須這麼做，我們下樓的時候我才能察覺**感應殘跡**。我曾經試著向史蒂芬諾柏斯解釋什麼是**感應殘跡**，雖然她似乎十分願意讓我打頭陣，但我不認為她真的理解。

我先看到的是櫥櫃的底部，我的手電筒照出了桃花心木和黃銅，隨著我走下樓梯，我看見了更多細節，玻璃櫃的前後玻璃映出雙重倒影，我發現我看著的是一臺算命機，格格不入地擺在俱樂部的入口中央。我用手電筒四處照了照機臺後方的空間，瞥見了吧檯、堆疊在桌子上的椅子，以及更遠處的黑色長方形門口。

感應殘跡明顯了起來：耀眼的陽光閃爍、香菸煙霧、汽油和昂貴的古龍水、新皮椅，以及滾石合唱團演唱著〈無法滿足〉。我迅速往後退了幾步，用手電筒照著機臺。算命機裡的假人不是普通的那種半身造型，而是一顆頭直接擺在黃銅鑲邊的玻璃桿上。從被截短的脖子延伸出兩個囊袋，令人不愉快地聯想起肺部。那顆頭本身則包著啞劇演員應有的穆斯林頭巾，卻缺少了標準的落腮鬍與脣上一字鬍。皮膚像蠟一樣，整顆頭看起來真實得令人不安——它當然是顆真的人頭。

「我想應該是雲雀賴瑞。」我說。

史蒂芬諾柏斯走到我身邊。「噢，天啊。」她說。她從口袋裡拿出一張特寫照，是歷史資料，我猜那來自雲雀賴瑞的犯罪檔案。她拿高照片做對照。

「他生前比較好看。」我說。

就在事情發生前我感覺到了。詭異的是，這很像當納丁格爾示範**形式**或咒語時我會有的感知，同樣會試圖抓住我腦中的某個角落。不過這個不一樣，它呼呼作響，如同發條裝置般發出噹啷聲。

接著，真正的發條裝置啟動了，帶著滿是灰塵的氣喘聲，賴瑞脖子下方的囊袋充氣膨脹，他張開了嘴巴，露出令人困窘的潔白牙齒。我看見他喉嚨處的肌肉產生起伏，然後他說話了。

「歡迎各位，」他說，「來到超自然的愉悅庭園。疲憊的朝聖者可以拋開嚴格的道德限制外衣，解開中產階級的道德馬甲，大快朵頤生命的所有盛宴。」

他的嘴巴保持張開，隱藏式的機械裝置則繼續轉動，再次將囊袋充氣。

「拜託，看在老天的份上，請殺了我。」賴瑞說。「請殺了我。」

10 享樂地

史蒂芬諾柏斯將手放在我的肩膀上，把我拉回樓梯底部。

「打給你的上司。」她說。

賴瑞的囊袋充氣了第三次，但無論他是想請求死亡或提醒我們美食攤位有美味的點心，我們都無從得知了——只要我們距離他超過一公尺以上，他就會閉上嘴巴，囊袋則會消氣，發出令人不舒服的哨音。

「彼得，」史蒂芬諾柏斯說，「打給你的上司。」

我試了空波——驚人的是居然有訊號——接著呼叫浮麗樓。納丁格爾回應了，我向他描述眼前的這個東西。

「我馬上過去。」他說。「不要再往裡面走——不要讓任何東西出來。」

我告訴他我明白了，他結束通訊。

「你們在下面沒事吧，老大？」樓上傳來聲音說。是那個綁著頭巾的警員——索馬利忍者女孩。

「我去樓上處理一下。」史蒂芬諾柏斯說。「你待在這裡沒問題吧？」

「是的，」我說，「我會跟賴瑞一樣開心。」

「好傢伙。」她說，拍了拍我的肩膀後走上樓。

「想辦法弄些照明設備來。」我對著她的背影大聲說。

「我會盡快。」她大喊回來。

我拿著手電筒，稍微調整角度往下照，讓光線可以遠至賴瑞的機臺，令我自己安心。賴瑞的臉，感謝老天，已經隱沒在陰影之中。有一絲亮光從黑暗的遠處閃現，我以手電筒照了照，看見一排瓶子沿著吧檯後方排列。我覺得我聽到呼吸聲了，可是當我把手電筒轉回照向賴瑞時，他和他的囊袋依舊維持靜止。

納丁格爾說過，不要讓任何東西跑出來。我真心希望他沒說過這句話，或者好歹該說清楚他認為裡面可能有什麼東西。

我思考著魔法可以讓死亡的肉體維持多久不腐壞。或是賴瑞的頭像個狩獵的戰利品一樣被醃漬填充過？裡頭有大腦嗎？如果有的話，要怎麼補充營養？瓦立醫生曾經取過納丁格爾的細胞和血液樣本，不過它們在培養皿裡仍會繼續生長，正好就像一名四十歲男子的細胞般長大。我問他有沒有從其他河神那裡取得培養樣本，他笑了，說我隨時可以試著去取。但我們都沒有考慮過要請茉莉提供。瓦立醫生的理論是，不論其運作的原理為何，都是以整個身體做為運作範圍，當細胞離開身體之後，就不再擁有保持年輕的那種特質了。

「或是減少ＤＮＡ複製過程錯誤，」瓦立醫生曾這麼說，「或是反轉能量耗損機制，我知道的只有這樣了。真令人感到挫折。」

艾許進入泰晤士河裡的時候幾乎快死了，現在我接到可靠的消息說他在切爾西附近打轉，對中上階層人士造成了不少麻煩。有東西修復了他胸腔的嚴重傷口，如果他的身上可以發生這種現象，為什麼萊斯莉的臉不可以？或許她說得對——只要是魔法造成的，魔法就能復原。

我聽見有聲響從賴瑞機臺後方的黑暗傳來——過於規律的扒抓聲，不像是老鼠。我拿手電筒往那個方向一照，但只能看到桌腳之間零碎交錯的陰影而已。賴瑞的眼睛晶亮地望著我——它們看起來不像玻璃。

我又聽到那個扒抓聲。

我試了試空波，詢問史蒂芬諾柏斯是否知道納丁格爾的預計抵達時間，或者有沒有行動照明設備。空波採用數位系統，不會有類比對講機那種詭異的電磁波干擾聲，可是有時會聽不見對方的聲音。我想史蒂芬諾柏斯是告訴我「某個東西」會在十分鐘後送達，我得待在原本的地方。

更多的扒抓聲。

我拆下空波的電池，關掉手機，製造了一個很不錯的擬光，讓它飄向賴瑞機臺後方的大廳。只要掌握了**驅動**的技巧，你就懂得如何移動各種東西，不過這並不容易，有點像是用腳趾頭操控遙控飛機一樣。擬光繞過那個機臺時，我發現賴瑞的視線確實隨光線移動。我試著讓擬光繞圈，好能確認這一點，但我只能讓它慢下速度，擬光也因此搖晃起來。我必須閉上雙眼集中精神，才能讓它保持穩定。當我睜開眼睛的時候，我第一次好好看了看這個大廳。

更多無所不在的紅金色印花壁紙，通往俱樂部深處的拱廊垂掛著厚實的紅色天鵝絨布幔。右邊是有著低調光澤的著色松木門，門上掛著寫有**紳士**和**淑女**的黃銅牌子。吧檯後方是一面鏡牆，這代表我可以從鏡像反射看到吧檯後方並未潛伏什麼東西。

我父親曾經在像這樣的俱樂部演出。我曾經在像這樣的俱樂部喝酒聊天——這讓我意識到，此處的布幔沒有破爛是件很可疑的事——除了霉味以外。接著我看到懸吊的燈具，上頭是常見的燈管彎折的小型省電燈泡——這絕對不是一九七〇年代可以買到的商品。有人最近來過這裡，而且來的頻率高到足以讓他認為應該在這裡裝一些新的燈泡。

這一次，當扒抓聲出現時，我在大廳遠處看見移動的身影，那裡的布幔將拱廊遮住了一半。布幔裡出現了奇怪的踢腳動作。我控制住上下跳躍的擬光，讓它朝大致正確的方向前進，我看見了兩條人類的腿，可能是女性，從布幔下方伸出來。那雙腿穿著褲襪——和壁紙一樣濃重的紅色。其中一隻腳上還穿著相襯的深紅色尖頭細高跟鞋。我的擬光晃動著靠近，兩條腿也開始踢了起來，那種抽筋般的動作令我想起以前拿青蛙做實驗的可怕生物課。除了鞋跟敲擊地毯的聲音之外，沒有其他人類發出的聲響了。布幔遮住了大腿以上的部分——假設在大腿上方還有東西的話。

這個人可能身陷緊急情況，我有義務去確認狀況——只要我能讓我的腳往前邁進一步。那兩條腿踢得更猛烈了，我注意到我的擬光逐漸黯淡下來，呈現紅色調。由於我已經把擬光練得很好了，如果我沒有改變**形式**的話，擬光是不會變色的。現在這種情況我曾經見過一次，那是當我「餵食」迪維爾上校的鬼魂時，我的最佳解釋是：當魔法流失時，短波長高能量的光會先消失。雖然以這種方式描述，完全無法表達在真實生活中看見這種現象時有多詭異不祥。

那兩條腿踢動得更快了，還在腳上的那隻鞋鬆脫之後滾進陰影裡。擬光越來越暗了，我還是無法逼自己前進分毫。

「彼得，熄掉。」納丁格爾在我身後說。我熄掉擬光，那兩條腿立刻停止踢動。他帶領一群一臉嚴肅、穿著傻瓜裝的鑑識人員出現，手上提著他們的證物蒐集工具包。後方還有幾名凶案調查小組成員，包括索馬利忍者女孩，他們正使勁將移動式探照燈搬下最後一級階梯。納丁格爾也穿著傻瓜裝，儘管這是我看過他身上最具現代感的打扮了，看起來還是像一九五〇年代經典黑白科幻電影裡的主角。他的右手拿著他其中一根銀頂手杖，肩上掛著一捆尼龍繩。

「不要餵食這些動物。」他說。

「你認為裡面可能有活物？」我問。

「我們得自己去揭曉答案。」他說。

鑑識人員忙著架設探照燈，納丁格爾套上攀岩安全帶，繫上繩子的一端，然後將整捆繩子交給我。他示意我靠近一點，低聲交代我，以免其他人聽見。

「裡面很可能會有詭雷，」他說，「如果繩子鬆了，你就把我拉出來。不過你絕對不可以跟著我進去。連我都無法應付的東西肯定會徹底消滅你——清楚了嗎？」

「明白了。」我說。

「還有另一個比較小的可能性是，除了我以外，有別的東西想逃出來。」他說。「它也許會看起來像我，甚至駕馭了我的身體，但我指望你可以辨別出差異。懂了嗎？」

「要是這件事發生了呢？」

「我相信你能擋下那東西，拖延夠長的時間，讓其他人——」他朝鑑識人員和其他警員的方向點點頭。「——可以逃走。用各種你會的方式攻擊，不過你最有希望成功的辦法，可能是讓天花板掉下來壓住對方。」

「你的意思是，壓住你。」

「那不會是我，」納丁格爾說，「所以你不用擔心會傷到我。」

「這真是令人安心。」我說。「假設我的拚死一搏成功了，然後呢？」

納丁格爾朝我露出一個愉悅的笑容。「記得佩里的吸血鬼巢穴嗎？」

我們朝地下室丟了幾顆白磷彈，那裡是吸血鬼們生活的地方，或是他們沒死著的地方，或者任何其他說法。「我怎麼會忘記？」

「類似的程序。」納丁格爾說。「只是規模要大一點。」

「再之後呢？」

「那就不是我的問題了。」他輕快地說。「只是你得盡快去找波斯特馬丁。」

「你確定你可以處理？」我問。「如果你舊疾復發，瓦立醫生會殺了我。」

就在這時，移動式探照燈大放光明，整個大廳充滿刺眼的白光。雲雀賴瑞的臉色慘白如骨，那女性雙腿上的紅色褲襪則變成了血色。納丁格爾深吸一口氣。

我轉身面向站在探照燈旁等待的人們。「女士先生們，我強烈建議各位關閉所有的筆電、平板電腦、手機、空波——任何內含晶片的物品。關機，然後把電池拆下來。」鑑識人員面無表情地看著我。有人問我為什麼。這是個好問題，但我真的沒時間回答。「我們認為裡面有一臺實驗性的電磁脈衝裝置，」我說，「為了保險起見……」

他們並沒有真心相信，然而可能是關於納丁格爾的奇怪傳聞實在不少，他們全都乖乖照做了。

「電磁脈衝是什麼？」納丁格爾問。

「長官，這很複雜。」我說。

「之後告訴我。」他說。「大家都準備好了嗎？」

每個人都準備好了。或者至少，他們說他們準備好了。

「記住，」納丁格爾說，「要是你們被抓住我的那東西抓住了，你們就很難將我安全拉出來。」他轉身，提起右手的手杖往前走。繩子在我手中向前延伸，他與賴瑞的機臺保持了一定距離，走進布幔遮蔽的拱廊。

索馬利忍者女孩悄悄靠過來。「怎麼回事？」她問。

「想幫忙嗎？」我問。

「是啊。」她說。

「妳可以寫筆記。」我說。

她做了個鬼臉。

「我是認真的。」我說。

「噢。」她說，接著拿出筆記本和筆。

在布幔與布幔間的空隙，我看到納丁格爾停下腳步，跪在那女性的雙腿旁。「這裡有一具女性屍首。」他朝身後大喊，索馬利忍者女孩開始記錄。「裸體，二十五歲上下，白人，沒有明顯外傷或受虐痕跡。有一根看起來像是銀色釘子的東西，插進她右邊太陽穴，周遭的皮膚已經復原，我猜可能是裝飾性的穿洞或是奇蹟學裝置。」

索馬利忍者女孩停筆看向我。

「就寫魔法，」我低聲說，「魔法裝置。」

納丁格爾起身往前走。從我手中不斷往前的繩子來判斷，他又走了三公尺才停下。

「這個區域近期才剛大規模整修過。」納丁格爾說，聲音清晰得令人意外。「金屬籠子設置在我只能推測應該是內嵌座位的地方，左邊四個，右邊四個。左邊第一個籠子是空的，第二個裡面有一具屍首……像是猴子或猩猩，也可能是一名成年男性。第三個籠子裡看起來像是一隻大貓的遺骸，黑色毛皮，可能是黑豹或花豹。左邊最後一個籠子是空的。現在我要檢查右邊的籠子。」

我改變位置來到左邊，當納丁格爾走向右邊的時候，讓繩子可以維持拉直的狀態。

「右邊第一個籠子有一具白人女性屍首，看起來有某個程度的異種雜交或是經過外科手術調整。身穿虎紋緊身裝，衣服經過修改可以讓尾巴露出來——我無法判斷尾巴是義肢還是天生就有。」

貓女，我反胃地想著。真正的貓女。

「第二個跟第三個籠子是空的，」納丁格爾說，「感謝上帝。」

他繼續往前走，繩子從我手中又溜走了幾公尺。

「我找到一枚詭雷。」為了讓我們聽得見，這次納丁格爾提高了音量。「看起來像是個即興發揮的惡魔雷。」

我看了索馬利忍者女孩一眼，她在寫下「惡魔雷」之前頓住了。

「是德國式的，」納丁格爾大喊，「不過從素材來看，是最近才製造出來的。我要嘗試解除它，彼得，我要你準備就位，以防萬一。」

我大喊說我已經準備好了。

感應殘跡在衝擊前襲來，那種感覺就像是登上雲霄飛車的最高處，在急速俯衝前的恐懼與興奮交織的瞬間。然後是一陣混雜迷亂的感官知覺，臉頰上有天鵝絨的觸感、甲醛的臭味，以及突如其來的急促性慾波濤。

實體的衝擊朝我們襲來，那是一堵滾動的巨大壓力牆，彷彿有人從我背後搧我耳光，這讓我和所有人都踉蹌著退後。我聽到索馬利忍者女孩說了一些科普特語短句，身後的某個人則想知道這他媽的是怎麼一回事。

「惡魔雷。」我說，試著讓自己聽起來很有見識。就在這時，所有的探照燈都同時炸壞了。黑暗中，雲雀賴瑞的機臺突然亮起了明亮閃爍的彩色小燈泡，囊袋灌滿空氣，他開口大叫：「終於！」伴隨著激動得說不出話的咯咯聲，囊袋裡的空氣最後一次散盡。接著是一片寂靜，賴瑞的下巴掉下來，撞上機臺底部發出咚的一聲。

我在漆黑中摸索著我的手電筒，打開後迅速照向大廳。黑暗中也射出了其他光束。其他人跟我一樣，急於確認從大廳回來的確實是我們認識的人。

繩子在我手上鬆了。

「督察長，」我大喊，「你沒事吧？」

繩子突然繃緊，我得用力撐住自己才不被拖過去。

「我很好，」納丁格爾說，「謝謝你的關心。」

他走回來的時候我收起繩子。在手電筒的燈光下，他的臉色顯得很蒼白。我又問了一次他是否沒事，但他只是回我一個怪異的笑，彷彿記起了某種劇痛。接著他解開繩子，去找鑑識人員的組長說話。無論他說了什麼，總之那個人並不高興。納丁格爾說完後，那人叫了兩個年輕組員過去，低聲交代他們事情。

其中一名組員是個年輕男生，戴著托洛茨基式的圓框眼鏡、留著不對稱瀏海，他提出抗議，可是他的組長叫他閉嘴，派他跟另一名組員去清理樓梯。

納丁格爾走過來，叫索馬利忍者女孩跑上樓告訴史蒂芬諾柏斯，這棟建築物已經安全了，不過我們沒有找到任何嫌疑犯。

「惡魔雷是？」我問。

「只是個暱稱而已。」納丁格爾說。「就是詭雷；我想你可以稱之為魔法地雷。自從一九四六年以來，我就沒再看過了。」

「我不必知道這些事嗎？」我說。

「彼得，你必須知道的事物清單已經長得出奇了。」納丁格爾說。「我相信你最終還是會全部學起來。但在你學習基本的賦靈之前，沒有必要學習惡魔雷。」他舉起他的手杖，銀頂處已經變黑，有些部分也融化了。賦靈，我從讀過的資料知道，那是一種將魔法特質賦予無生命物品的過程。

納丁格爾惋惜地檢視手杖，「接下來的幾個月，我可能會展示如何施展賦靈，」他說，「這樣的話，我們可能也得提供你一支練習用的手杖。」

「那個惡魔雷，」我說，「你能認出施術者的標記嗎？」

「**標記**？」他問。「我雖然不曉得施術的人是誰，不過我想我知道是誰教出這個邪惡的傢伙。」

「是傑弗瑞．惠特卡夫特嗎？」我問。

「正是。」

「他有可能就是原本那位老魔法師嗎？」

「這就是我們要調查的地方了。」納丁格爾說。

「他必須帶著一堆東西，在這裡與牛津大學之間來回。」我說。「如果他真的這麼做，那他一定有個助手。」

「可能是他的學生之一？」

「也許就是後來變成新魔法師的人。」我說。

「這些都只是推測而已。」他說。「我們必須找出這名助手。」

「我們應該從接觸過傑弗瑞・惠特卡夫特或傑森・登祿普的人開始，一一找出來詢問。」

其中一具探照燈重新亮起時，傳來一陣具諷刺意味的歡呼聲。

「那會是一份野心勃勃的冗長名單。」納丁格爾說。

「那麼，就從同時認識他們兩個的人開始。」我說。「我們可以用調查傑森・登祿普的謀殺案當作藉口。」

「首先，」納丁格爾說，「我要你去守著史密斯的辦公室。」

「你不需要我待在這裡嗎？」我問。

「我不希望你看到裡面的東西。」納丁格爾說。

有那麼一瞬間，我以為自己聽錯了。「裡面有什麼？」我問。

「一些非常野蠻的東西。」納丁格爾說。「瓦立醫生已經派了一些曾經處理過類似狀況的人過來。」

「是什麼樣的狀況？」我說。「來的是什麼樣的人？」

「法醫病理學家。」他說。「他們曾經在波士尼亞、盧安達工作過——是類似的狀況。」

「我們現在是在講萬人坑嗎？」

「不只如此。」他說。

「我難道不應該——」

「不，」納丁格爾說，「那裡面沒什麼看了會對你有好處的東西。彼得，相信我說的，作為一個學徒的導師，作為一個曾宣誓會保護並教育你的人，我不希望你進去裡面。」

我同時也思考著，我真的想進去裡面嗎？

「我抵達亞歷山大．史密斯的辦公室後，會想辦法查探無脖湯尼是不是知道什麼內情。」我說。

納丁格爾看起來鬆了口氣。「這是個好主意。」

史蒂芬諾柏斯調派了索馬利忍者女孩來幫我，她的名字是薩菈．古歷，是從福音橡來的，就在我長大的地方附近——不過我們讀的學校不同。當兩個異國民族的警察第一次碰面時，第一個問題可能是關於任何事，但第二個問題一定會是：「你為什麼要當警察？」

「你在開玩笑嗎？」古歷說。「可以合法打人啊。」

答案幾乎永遠都是謊言——只消看一眼我就知道對方是不是理想主義者。儘管下著毛毛細雨，週六晚上的康普頓老街還是擠滿人潮，我們得費神閃躲為數不少的醉鬼。我看見我的老夥伴普迪警員正把一名一臉茫然的中年男子抬進警車後座。那名男子身穿粉紅色芭蕾舞短裙，我確定我認得這個人。普迪也看到我了，他坐進警車前座時朝我歡快地揮了揮手——接下來的幾個小時，他都不必在雨裡忙碌了。

由於先前稍微說服過亞歷山大．史密斯，所以他允許我們搜索他的辦公室，我手上就有這裡的鑰匙。可是當我們抵達希臘街時，大樓的門是開著的，我看向古歷，她立刻甩出伸縮警棍，示意我領頭進去。

「女士優先。」我說。

「長者優先。」她說。

「我以為妳喜歡打人？」

「這可是你的案子。」她說。

我也拉開我的伸縮警棍，率先上樓。古歷等了一會兒，輕手輕腳地跟在我身後幾公尺處。當你的團隊只有兩個人時，保持適當間距永遠是明智之舉。這樣一來，要是走在前頭的警察出事了，跟在後方的警察就有時間做出冷靜且理性的反應。或者，更可能發生的情況是，轉身跑開尋求支援。在我走到第一層階梯時，我發現史密斯辦公室的門是開著的，鎖頭附近的廉價木頭夾板破裂。我等古歷跟上我，輕輕地以左手將門推開。

辦公室被仔細搜索過了。每個抽屜都被拉出來，每個檔案夾都被清空。牆上的裱框海報被扯下來劃破了背面。現場看起來一團混亂，不過手法非常徹底且有條理。這裡是蘇活區，可能要發出很大的噪音後才會有人打電話報警。然而我還是納悶，在辦公室被搞得天翻地覆的時候，那個無脖男在哪裡。當我踩到他的腿，我就明白了。踩到某個可憐的混蛋是最糟糕的發現屍體方式。我向後退。

一大堆文件和時尚雜誌將無脖男蓋住了一半，我只能看見我踩到的那隻腳，還有足夠讓我認出他的部分臉部。

「噢，天啊。」古歷說，她看見了屍體。「他死了嗎？」

我小心翼翼地動作，避免破壞犯罪現場，蹲下來在正常身材的人應該是脖子的位置探查脈搏——沒有反應了。在古歷打電話給史蒂芬諾柏斯的時候，我戴上自己的手套，檢查看看是否有明顯的死因。的確有。他的胸膛上有兩個射入彈孔，很難發現傷口的原因是他穿黑色的T恤，子彈剛好射穿了「齊柏林飛船」（Zeppelin）的Z和第二個p之間。彈孔周圍疑似有火藥殘跡，顯示可能是近距離射擊。不過，既然他是我第一個可能的槍擊受害者，我怎麼會知道是不是呢？

依古歷的意見，我們應該要做的第一件事是離開這間辦公室，停止汙染犯罪現場。由於她是凶案調查小組的正規成員，我照她的話做了。

「我們得檢查一下樓上，」她說，「以防有任何嫌犯還待在這棟大樓裡。」

「就憑我們兩個？」我問。

古歷咬著下脣。「好問題。」她說。「我們待在原地好了，避免任何人想離開或是進入犯罪現場。」

「要是這後面有逃生梯呢？」

「你就是非有意見不可，是嗎？」她手中的警棍輕敲大腿，朝我露出嫌惡的表情。

「好吧，」她說，「你去守著逃生梯，我待在這裡守著現場。」

「就我一個人去？」我問。「要是逃生梯不只一處呢？」

「你在耍我，對吧？」

「對，」我說，「我是在耍妳。」

她的空波發出嘎吱聲，是史蒂芬諾柏斯。「長官請說。」古歷說。

「我快到希臘街了，」史蒂芬諾柏斯說，「那裡只有一具屍體，是嗎？」

「目前是這樣。」我說。

「目前是這樣。」古歷對著空波說。

「告訴葛蘭特，我要禁止他在西敏市出沒，」史蒂芬諾柏斯說，「我真的不需要這些加班時數。你們在大樓的哪裡？」

「在二樓的階梯上。」

「為什麼沒人去守逃生梯？」史蒂芬諾柏斯問。「要是有逃生梯的話。」

我跟古歷陷入用手指互指對方的無聲爭論中，就是那種不想被電話另一端的人發現異樣時會出現的場景。我才剛以嘴型對古歷強調說**我去**，我們就聽到大樓前門被推開的聲音。

「不用忙了，」史蒂芬諾柏斯說，「我已經到了。」

她踩著重重的腳步上樓，推開我們，從門口朝內環視了一番。

「他叫什麼名字？」史蒂芬諾柏斯問。

我只好承認我僅知道他叫湯尼，是亞歷山人．史密斯的保鑣，而且他沒有脖子。從史蒂芬諾柏斯動作中的一些細微跡象顯示，她對於我身為警察的做事方法很不欣賞。

「彼得，你這個蠢蛋。」她說。「你怎麼可以沒有拿到他的名字？任何情報，彼得，你必須掌握所有情報。」

我沒有聽到古歷在我身後竊笑的聲音——史蒂芬諾柏斯也沒有。

「我要你，」史蒂芬諾柏斯伸出手指用力戳我，「回去西區中央警局再次訊問史密斯，說出這傢伙是誰、還有關於這傢伙他所知道的一切。」

「我該告訴史密斯說他死了嗎？」

「拜託你行行好。」史蒂芬諾柏斯疲憊地說。「他只要一知道這件事，立刻就會他媽的閉上嘴一個字也不說，而我們還不能指責他。」

「是的，老大。」我說。

古歷問史蒂芬諾柏斯是否要她跟我一起去。

「老天，不用，」她說，「我不希望妳再學到他的任何壞習慣了。」她再次看向我。「你怎麼還在這裡？」

這是一件眾所周知的事：當你在一棟戒備森嚴的建築裡，像是警察局，只要通過安全圍欄後，態度堅定地邁開大步，手上再拿個寫字夾板，你就可以不被懷疑地到處走動。但我不建議大家去試著這麼做，原因有二：第一，警察局裡沒有任何值得你如此冒險去偷的東西，你可以從其他管道輕鬆取得，通常是透過賄賂警察達成；第二，警察局裡到處都是警察，他們時常疑神疑鬼到近乎妄想症的程度，即使是備受推崇的「制服者」暨全方面的浪費空間者菲利浦・普迪也一樣。這天傍晚，他做了一件讓他可以名留殉職警官紀念冊的壯舉。事後重建的案件全貌是這樣的：普迪成功地將他那個身穿芭蕾舞裙的犯人帶進拘留所，接著他前往自助餐廳，打算去做「書面工作」，此時他發現一名白人女性正走上通往刑事偵緝科偵訊室的樓梯。在樓梯間的監視錄影畫面裡可以明顯看出他在叫她，當她沒有回應時，他跟著上了樓梯。

就在那個時候，至少根據大廳監視錄影畫面上的時間來看，我本人正晃了晃手上的警察證件，被放行進入警局。我一手拿咖世家的雙份瑪奇朵，另一手拿肉桂麵包，朝著中央樓梯走去，走向同一間偵訊室——此時，我就在該間偵訊室的樓下。

偵訊室通常是普通的辦公室，擺放一張桌子和幾把椅子，具備良好的隔音功能，還保留了一個當你使用完電話簿後可以放置的地方。最近，現代化的偵訊室會設置兩臺攝影機、一部錄音機、一面單向鏡，以及另一個獨立的記錄室，積極進取的高階刑偵長可以在這間記錄室裡同時監視好幾個偵訊室的狀況，或是稍微小睡一下。由於西區中央警局是一九三〇年代所設計、大小適中的無隔牆辦公大樓，這些房間全都得硬擠在有限的空間裡，也就意味著偵訊室外的走廊會有那麼一點狹窄。我走上階梯的時候，監視那條走廊的唯一一臺監視器開始故障，所有偵訊室裡的錄影設備也都沒有打開。這對我來說是件好事，代表當我繞過轉角、發現自己跟白小姐面對面的時候，我驚嚇得遲疑不決的那三十秒就不會被錄下來供後代流傳。

除了剪成參差不齊的內捲短髮外，她看起來就跟證人描述的一模一樣：蒼白的臉龐、大大的眼睛、令人害怕的嘴巴。她身穿灰色束口運動褲及橘粉色帽T。一開始她並沒有看到我，因為她正忙著把普迪從腿上甩開。他四肢大張地趴在地上——後來我才知道他的左手臂有兩處骨折——一邊拖著左手，一邊用右手緊緊扣住白小姐細得令人吃驚的腳踝。他的一隻眼睛已經腫得睜不開，鼻子也一直在流血。

我不曉得自己是過於震驚，還是我剛好滿口的肉桂麵包，或者只是因為我度過了鳥事不斷的一天而有些神智恍惚，但我就是無法讓自己移動半步。

可是普迪看見我了。「救我。」他聲音沙啞地說。

白小姐看向我，頭歪向一邊。

「救我。」普迪又說了一次。

我想叫他放手快跑，可是這些話被大量的肉桂麵包塊給掩蓋了。

白小姐仍然盯著我不放，她優雅地抬起一隻手，然後狠狠地拍向普迪的手腕。我聽見骨頭斷裂的聲音，普迪哀號著放手了。她笑起來，露出了過多的牙齒——我以前看過這種笑容。我知道接下來會發生什麼事。她繃緊身體，我也是，接著她以駭人的爆發力朝我衝過來，將頭往前伸，大張著嘴，露出白牙。她朝我跳過來的時候，我把咖啡往她臉上潑去。剛剛才買的，非常燙。

她發出尖叫，我連忙閃到一旁。不過走廊很狹窄，她的肩膀因此撞上我的肩，衝擊力道讓我翻了一圈跌在地板上，就像被快速通過的自行車手撞到一樣。我滾到旁邊，避免還有後續衝擊，搖搖晃晃地站起來，卻發現白小姐早就消失無蹤。每間偵訊室在門旁都有個警報按鈕，我越過普迪，用手掌大力按下其中一個，然後撞進我們藏匿亞歷山大．史密斯的那間偵訊室。

他頹然靠坐在椅子上，頭向後仰，嘴巴大張，胸膛上有個像是彈孔的痕跡，襯衫布料周圍的火藥殘留就像我先前在無脖男身上看到的一樣。

一名身著制服的員警謹慎地從門口探出頭，手拿一把電擊槍指著我。「你是誰？」她問。

「我是葛蘭特警員。」我說。「嫌犯是一名白人女性，灰色運動褲、粉色帽T。」如果我只講到這裡，有些笨蛋就會很不悅地去追捕她。「她是精神病患，非常危險，可能有武器。應該還在這棟大樓裡。」

那名警察目瞪口呆地看著我。「是的，好。」她說。

「妳上過急救課程了嗎？」我問。

「上個月上過。」她說。

「好，把電擊槍給我，妳去看看普迪的狀況。」我說。

她把電擊槍交給我，槍很重，是塑膠質感的，看起來像是《超時空博士》裡會有的東西。即使在這麼令人震驚的狀況下，她還是有辦法告訴我史密斯過世了，於是她轉身跑去拿急救箱來替普迪處理傷勢。

我走回去確認普迪是否還活著。「幫手等一下就到了。」我告訴他。「你在這裡搞什麼鬼？」

他的臉色蒼白，滿頭大汗又面露痛苦，不過他笑了——算是笑了。「還是自助餐廳比較好。」他說。

我要他放輕鬆，然後我走下樓。

所謂警察維持秩序這種事，是發生在街上而非在警局裡。在一個平凡無奇的上班日，文職人員的數量會比真正的執勤警員多很多，比例是三比一。這也意味著當地警局發生危機的時候，所有人都得跑回來處理，而這需要點時間。白小姐或許像頭猛獸，但我認為她可不笨，也就是說，她會在所有警察趕回來之前，以最短路徑逃離這裡。

自從一九七〇年代愛爾蘭共和軍轟炸計畫開始以來，倫敦的警察局就建立起清楚劃分內部與外部的概念，並在這兩者之間設置了大量的強化玻璃。西區中央警局也不例外。但是入口處還有一座顯眼的大理石聯外樓梯，當初建造的時候肯定沒有考慮到輪椅使用者的需求，所以那裡還有第二扇門，與人行道等高，就在大門的左邊，鑲嵌在建物正面——就位在樓梯間的下方，方便直接推輪椅進電梯。由此可知這些設計師還不算笨。這扇門非常厚實，還設有監視器，如此一來，在接待處值勤的警官就能先確認是誰要離開才按開門鎖放行。這會是個非常嚴格控管的方式，假設某位年輕的探員沒有拿滿手的外帶中國菜回到局裡，並認為走這扇門是返回刑事偵緝科的便利捷徑。

白小姐在他通過門口時撞上他。我下樓時，剛好看見他倒在撒落一地的糖醋醬裡。

「報警。」我一邊大叫一邊跳過他，往傾盆大雨裡直奔。

我看到她右轉薩佛街，然後猛衝到路中央。一輛銀色的賓士 S1 500 急轉彎避開她，結果撞上停在一旁的保時捷卡雷拉側邊，整條街上的防盜警報器都響了起來。我跟在她身後跑，努力想縮短距離——就我所知，我是唯一看過這名嫌犯的警員。現在是西區的週六晚上，人們無視大雨依舊出門。如果我跟丟她，她就會消失得無影無蹤。

我把電擊槍塞進外套口袋，用手摸索著空波，試了好幾次都無法使用，才想起我忘記把電池裝回去了。白小姐跑到了薩佛街的盡頭，前方是左右橫貫的維戈街。她向左跑，通往攝政街跟蘇活區。我追著她跑過街角時，空波掉了，滾進一輛停在一旁的車子底下。

維戈街比一般小巷稍微繁榮些，一條狹窄的小路上林立著咖啡廳和三明治吧，從薩佛街一路綿延至攝政街。時間已經很晚，差不多是店家打烊的時候了，白小姐得在行人之間左閃右躲，應該是因為直接衝撞上他們的關係，拖慢了她的速度。我費了一番工夫，總算把手機從口袋裡拿出來。就跟所有四十歲以下的警察一樣，我在快捷鍵上設好了中央通訊指揮中心的直播號碼——這樣可以直接接通指揮中心專員，無須經過那些「您需要什麼服務？」之類的初步問題。

當你在滂沱大雨中的狹窄街道上全速追趕嫌犯時，根本不可能聽見手機另一頭的人對你說了些什麼，所以我等到適合插話的空檔，開始氣喘吁吁地說明自己的身分，以及我正在追捕的嫌犯。要同時說話又跟上逃跑的嫌犯是件困難的事，尤其是對方根本不等紅燈就穿越大街的時候。

攝政街宛如一條緩慢流動著溼漉漉金屬的河流，我以為她可能就這樣跑掉了，不過某輛白色貨車幫了我一把。她被那輛福特 Transit 的車頭撞飛，又從一輛雪鐵龍的車尾彈開，她發出細細的憤怒尖叫聲，搖搖晃晃地朝玻璃屋街的街口走去。

我很幸運，這條地面金屬河遇上了可能是保險理賠的礁石，於是車流停止移動，我趕緊跟上去。現在我只落後白小姐不到五公尺，我拿出電擊槍，試著回想它的有效範圍。我明白她想跑去哪裡——玻璃屋街前方二十公尺處左轉就是釀酒人街。她想回到俱樂部去。

接著，她加快速度消失了。我是個年輕男子，身材結實，在校期間也經常跑短跑，但她讓我看起來像是個運動會上的胖小子。我在釀酒人街和玻璃屋街交會的街角停下來，雙手放在雙膝上喘口氣。街角玻璃匠酒吧外的那些老菸槍給了我一陣諷刺的歡呼。

你們這些混蛋，我心想，我倒要看看**你們**追不追得上那女人。

遠方傳來警笛聲，我抬頭一看，發現她回頭朝我跑來。在她身後我看見至少兩輛警車的閃爍警燈。當她看見我正等著她自投羅網時，露出一種不是憎恨也不是恐懼的表情，而是某種疲憊的厭惡，彷彿我是一種揮之不去的異味。我覺得被侮辱了，因此拿電擊槍對準她的胸口開槍。

倫敦警察廳採用X 26型的電擊槍，由一家名稱極具創意的「電擊槍國際公司」生產製造。這把槍是用壓縮氮氣發射出兩根金屬探針刺入嫌犯身體，再以五萬伏特的電壓進行攻擊，使得神經肌肉喪失能力，讓嫌犯因此倒地。當我看見白小姐只是發出咕噥聲，眨眨眼睛後把胸口的探針拔掉，我有點失望。她怒瞪著我，我不由自主地向後退，然後她猛然轉身，開始在玻璃屋街上狂奔，沿路推開那些擋路的老菸槍。

我丟掉電擊槍，往前一晃準備起跑。雖然我的鞋子在潮溼的路面上滑了一下，但我把這想成是節省了一點起跑時間。要是我可以追上她並奮力一擊，我就能壓制她一段時間，足以讓半卡車的地區支援組趕來撲在她身上。

她帶著驚人的氣勢一路跑過玻璃屋街，我這才發現她是赤腳跑在路面上的。我追在她後頭，大汗淋漓、氣喘吁吁。不過奇怪的是，不是她減速了就是我已經暖身完畢，因為我開始追趕上她。只是她要去哪裡？玻璃屋街的盡頭是皮卡迪利圓環，車流量大，有一大堆迷路的觀光客，還有一座地鐵站。是地鐵站。就在玻璃屋街和皮卡迪利圓環交會的地方，那裡有通往皮卡迪利圓環站的向下階梯。

我想得沒錯。她跑到那棟醜陋的粉紅色甜甜圈店時，右轉往地鐵站入口跑去。我奮力追趕，但我沒有多餘的力氣可以將差距縮減到兩公尺內。接著她忽然又往左轉，開始繞那家大型的Boots跑向沙夫茨伯里大道。我不懂她在盤算些什麼，後來才看到有兩名社區服務警察在地鐵站的入口階梯前走來走去——白小姐肯定以為他們是要抓她的人。

她穿越馬路分隔島，從一輛斜背式汽車上彈開，直接躍過一輛福特Mondeo的引擎蓋，全速跑過雨林餐廳，沿途撞飛路人。我繞過車陣追趕她，耳邊是此起彼落的喇叭聲，當我看到她一個急轉彎跑進托卡德羅中心時，不由得唉叫出聲。這個地方的唯一入口是通往二樓的兩座手扶梯。在樓梯或手扶梯上追趕某個人永遠是一場夢魘，對方可能會躲在最上方的某個死角等著把你踢下樓。可是我不能追丟白小姐，於是我從下樓的手扶梯往上跑；我的假設是，如果她在等我跑上去，那麼她就會等錯邊。這個計畫很好，要是她真的在上面等我，我一定會被逗得很開心。

托卡德羅中心共有五層樓，是棟建於一八九六年的巴洛克風格私生子，這幾個世紀以來被廣泛使用，從音樂廳到餐廳到蠟像館，應有盡有。一九八〇年代中期，建物內部徹底毀損，所以用科幻電影《攔截時空禁區》的布景道具來重新裝潢——或者可能只是我這麼記得而已。但我印象很清楚，托卡德羅中心裡有一家電影院、以及好幾層樓的電子遊樂場，因為我母親以前負責清掃這裡。還有一個叔叔知道如何免費玩「快打旋風2」的小伎倆。

我跑到手扶梯頂端時，瞥見一抹橘粉的身影，我看見白小姐跳下通往夾層的短樓梯。一群穿著黑色帽T、身形圓潤的白人女孩，當她掉落在她們之間時立刻散開。我一邊追趕，一邊祈禱「拜託不要進電影院」，除了地雷區，讓人最不想追捕嫌犯的地方就是大型電影院。她在打蠟的地板上打滑，然後往左轉。

我對著那群圓潤的白人女孩大喊「警察！」，她們再次散開。

我跳下樓梯時，她們其中一人大聲說了句「王八蛋」，我在夾層裡追著跑，白小姐跑過一家咖啡廳，沿路擺放的鋁椅和餐桌擋住了一半的道路寬度。有個可憐的笨蛋在錯誤的時機站起來，白小姐的手臂揮向他的腦袋。他重重倒地，翻倒一張餐桌，一個托盤還飛越欄杆掉在三層樓底下的中庭。

我再次喊了一聲「警察」，看熱鬧的人們紛紛對我投以困惑的表情。我真的不懂為什麼我們就不能省點力氣，一定要大喊這句話。在這個節骨眼，我真的很需要多省這一口氣。

白小姐跑上另一座短階梯，進到一個漆黑吵鬧、充滿閃爍燈光的洞穴。入口處懸掛的藍色霓虹招牌寫著：**歡迎來到享樂地**。

享樂地裡擠滿了人，大部分是青少年還有年輕人，他們在這裡殺時間等酒吧開門，玩吃角子老虎機，還有老派的賽車遊戲，我記得這已經是十年前的東西了。如果白小姐混進了這些人之中，我可能會找不到她，她要不是有計畫這麼做，那就是她夠聰明，知道倫敦警察廳的怒火快要從天而降了。沒有人可以在警察局裡殺了嫌犯還能全身而退——有警察證件的人例外。

在這些遊戲機臺跟吃角子老虎機之間，有兩座向上通往另一層樓的手扶梯。我看到一名少年手指著某個方向，他的同伴拿出手機拍攝在我視野外的某個東西，我馬上知道白小姐就在那裡。我發現她了，要是我跳上彩虹糖販賣機，我就可以再往上跳，高得足以抓住手扶梯的扶手翻過去落在階梯上。我恰巧落在搭手扶梯往上的白小姐身後，她躺在階梯上避免被看到。白小姐咬牙切齒，朝我的臉出腳，幸好我及時閃開，聽見她的腳後跟在我耳邊踢出宛如絲綢裂開的聲音。我不甘示弱，想要往她的另一邊膝蓋踩，不過她連滾帶爬避開了，還想要踢我的小弟弟。我一個轉身，她的腳擦過我的大腿，力道大得足以讓我踉蹌。當我們快抵達手扶梯頂端時，她打算再踢我一腳。

她發出尖叫聲，我發現她現在雖然是短髮，還是被手扶梯頂端的金屬縫隙夾到了。她扭動著，稍微左右翻滾，急切地倒立想脫離箝制。我握著手中的警棍，伸長後盡我所能地用力攻擊。我不認為之後還有這種機會可以制服她。

警校曾訓練過我們如何使用警棍。我們可不是單純地拿著它，而是被指示**避免致任何人於死地**。輕輕敲打是用來警告，刻意慢慢地用力一甩是要讓嫌犯畏縮，而偷偷摸摸地往大腿上一拍，則不容易在新聞鏡頭上看到。但最基本的原則永遠是，你要能掌控適當的力道。這也是為什麼我要趁她倒立的時候撲過去，用盡全力擊打白小姐的屁股。在警棍的力道下出現某種碎裂聲，她的怒吼嘹亮得足以壓倒所有的音樂和效果聲。接著她踢了我的臉頰。

這不是她的全力一擊，力量卻也大到讓我的頭猛然後仰，所以看不見手扶梯已經到了盡頭而被絆倒，她趁此時往後一翻，扭動著想爬走。我可不能放她溜掉，於是我整個人撲到她背上，用力壓制她，想讓她無法呼吸。不過她的動作流暢得令人震驚，她弓起背將我甩向推硬幣機臺。我的手肘撞向機臺的玻璃，身體的感覺告訴我，現在是先麻後痛的狀態。我及時起身，看見她的拳頭朝我的臉打來。她一定是慢下來了，因為這次我安全地閃開，而她的手直接擊破玻璃。我一個旋身，使出全力用警棍攻擊她的手腕。我又聽見碎裂聲，玻璃割破了她的皮膚濺起鮮血。她發出溼潤的喘息聲，轉頭怒瞪著我。

「放棄吧。」我說。

她臉上呈現出痛苦與憤怒，還有那種在受挫的惡棍臉上會看到的自哀自憐。她發出自我防衛的咆哮，露出利齒，將手從推硬幣機臺猛力抽回，一陣血花飛濺到我臉上。我低頭向前衝，用肩膀去撞她的胸口，當我將她一路推到陽臺欄杆時，她仍不斷地用力搥打我的肩膀。她強壯到違反常理的程度，不過我還是比她高大，體重也比她重。如果我可以一直待在她的近身範圍內，或許可以壓制她直到後援抵達。

後援應該要很快就到才對。

她的背抵著欄杆，我們彼此顫抖著僵持不下。我想伸手抓她的膝蓋，看看能不能絆倒她，但她朝我的頭部側面猛力一擊，然後將我往外甩開足足有三公尺遠。我搖搖頭想恢復清醒，抬頭看見白小姐往我衝過來，她的衣服上沾滿血跡，眼裡也寫滿殺意。她大可嘗試逃跑——我不會追上去的。只是我認為她知道自己逃不掉了，所以打算找人陪葬。那個人就是我。

我沒有時間大聲發出警告，只能在腦海裡做出正確的形狀並大喊，聲音響亮得超乎我的預期。「**驅動**。」

這個咒語將她抬了起來，讓她的背狠狠撞上欄杆，然而令人震驚的是，她往後一倒，消失了蹤影。

11 那些傻事

托卡德羅中心的中庭挑高達四層樓，地下室也是開放空間，所以又增加了一層樓的高度。這個中庭是十字型的，隨意穿插著手扶梯，大概是因為建築師認為迷失方向及找不到廁所的感覺是購物經驗的必備元素。很久之後我才知道，白小姐墜樓時還撞到了其中一座手扶梯，也許她曾試著調整角度讓自己安全落地，卻無法掌握好距離。墜樓的衝擊力道造成她的頸部有兩處骨折，不過當她以頭部落地、撞上地下室的地板時，她還是活著的。

立刻就死了，瓦立醫生說。

以每秒九點八公尺的加速度墜落三十公尺——我估計大概有兩秒半的時間可以看著地面朝自己接近。我不會說這叫做立刻就死了。

後援在不到一分鐘後抵達。他們看見她墜樓了。他們會封鎖現場樓層，收集目擊者證詞。在納丁格爾堅持我們得去急診室之前，我向史蒂芬諾柏斯簡短說明事情經過。我所知道的下一件事，就是我們去了倫敦大學學院醫院的急診室，瓦立醫生在後面走來走去，使得幫我治療的實習醫生非常緊張。瓦立醫生注意到納丁格爾的臉色有一點蒼白而且稍微站不穩，於是強迫他在我隔壁的病床上躺下休息。那名實習醫生明顯放鬆了下來，一邊檢查我身上的各處擦傷與瘀青，一邊跟我閒聊，但我不記得他跟我說了些什麼。接下來他忙著替我安排照X光，留下我和一位紅髮的澳洲護士。我在調查潘奇尼拉的案子時見過她。她替我清掉臉上的血跡，對我眨眨眼，處理了我臉頰上連自己都沒發現的傷口。

「願河流的祝福降臨在你身上。」那名護士在院方推我去照X光時說。我穿著一件透氣良好的病人服，讓他們把我移動了好幾次，再將我推回原本的拉簾隔間，就這樣消磨了一個多小時左右。時間可能還要更長些，因為我發覺自己睡著了。現在是週六晚上，這裡有很多醉鬼在大呼小叫和呻吟抱怨，還有我的警察同事們正在叫人「冷靜下來」或詢問他們案件經過的聲音。瓦立醫生探頭進來說，他要讓納丁格爾住院一晚。我請他幫我拿點水，他摸了摸我的額頭溫度後就突然不見了。

幾個拉簾隔間之外的某位病人操著利物浦口音說他想回家。醫生告訴他，得先把他的腿接好才行。利物浦老兄堅持他自己很好，醫生則解釋必須等到酒精消退後才能替他麻醉。

「我要回家。」利物浦老兄說。

「只要治療好了，你就可以回家。」醫生說。

「不是**這裡的**家，」利物浦老兄哀傷地說，「我想要回利物浦。」

我想關掉這些日光燈，它們害我頭痛。

瓦立醫生拿著水還有幾顆布洛芬消炎藥回來。由於還有一具全新的屍體等著他去驗屍，因此他不能留在這裡。過了一會兒，那名實習醫生回來了。

「你可以回家了。」他說。「沒有任何地方骨折。」

我想我是走路回浮麗樓的——距離並不是很遠。

隔天早上起床後，我發現沒有人準備早餐。當我走到樓下的廚房去看看是怎麼回事時，發現茉莉坐在桌子上背對著門口。托比坐在她身邊，但至少我走進廚房時牠還抬頭看了我。

「怎麼了嗎？」我問。

她沒有反應。托比發出哀鳴。

「我會出去吃早餐，」我說，「在公園裡。」

茉莉似乎覺得沒關係。

托比跳起來跟著我走。

「你真是有夠勢利眼。」我對牠說。

牠叫了一聲。我從托比的觀點來猜測，只要有臘腸吃就好了。

浮麗樓坐落在羅素廣場南邊，廣場的中央是一座公園，有礫石小徑、我不曉得品種的大樹、一座特別設計來弄溼小孩和小型犬的噴水池，以及位在北側的一家咖啡廳，那裡的雙份臘腸、培根、布丁、炒蛋跟薯條都很不錯。天氣其實很晴朗，我坐在咖啡廳外的露臺，機械性地把食物鏟進嘴巴裡。說真的，我吃不出什麼味道來，最後我把盤子放在地板上讓托比幫我吃完。

我走回浮麗樓，經過大門時看到一堆垃圾信件，我把它們撿了起來，大部分是當地披薩連鎖店和烤肉串店家的傳單，還有一份設計得很粗糙的文宣，來自一位迦納的算命師，他認為只有他才能以洞見未來的智慧幫助我們。我把這疊宣傳品留在中庭的雜誌架上，那是茉莉特別擺在那裡用來回收這些東西的。

我覺得有一點反胃，於是去了廁所把早餐都吐出來，然後爬回床上睡覺。

我再次醒來時，已經接近傍晚了，渾身黏膩，還有那種當你沒頭沒腦就睡過一整天的洩氣感。我穿過走廊，在用來代替正常淋浴空間的爪形足搪瓷怪物裡泡澡。我把水溫盡可能調到最燙，當熱水淹過我大腿上的瘀青時，我痛得叫出聲，但我仍泡在裡頭，直到肌肉放鬆，並厭倦了模仿路易斯．阿姆斯壯演唱〈不是沒規矩〉。臉上有傷口的關係，我沒辦法刮鬍子，只好讓充滿男子氣概的鬍碴留在我的下巴，再去找一些乾淨的衣服換上。

在我的成長過程中，唯一一個阻止我母親進我房間的方法就是加裝鐵門，可能連這樣做也沒什麼幫助。這代表我從來不會太在意人們進出我的房間，特別是如果他們只想來打掃環境和洗衣服。我穿上卡其褲、高級的扣領襯衫，還有一雙好鞋。我看著鏡中的自己——邁爾斯．戴維斯會為我感到自豪的——我現在只需要一把小號。當你看起來帥氣逼人時，只有一件事好做，於是我拿起手機打給席夢。

手機壞了——我對白小姐使用魔法時把晶片炸壞了。

我從書桌抽屜裡拿出備用手機，那是一支很遜的、用了兩年的諾基亞搭配預付卡。我的常用聯絡號碼已經都存進去，新增了席夢的門號打給她。

「嗨，寶貝。」我說。「想不想出去玩？」

她的笑聲停止之後，她說她很樂意出門。

只有學生還有巴爾西登的人才會在星期天去酒吧，所以我們去雷諾瓦電影院看《手扶梯精神》，是一部關於法國政治家多明尼克．博迪的電影，如果不管字幕的話，還算是部浪漫喜劇片。雷諾瓦電影院是一間藝術戲院，位於布倫斯威克中心樓下，這是一棟奶油色的購物中心和住宅發展區，讓我聯想起內外翻轉的阿茲提克金字塔。這間電影院距離浮麗樓步行不到兩分鐘，非常方便，這裡仍保有老式座椅，既可以跟女朋友依偎在一起又不會被置杯架弄傷。她問我臉頰上的傷是怎麼回事，我告訴她我跟人打了一架。

之後我們在「唷！壽司」吃晚餐，雖然在她家前門外頭就有一家分店，不過席夢從來沒吃過這家餐廳。

「我對瓦萊麗法式糕點店忠誠得不得了。」她解釋說。

她喜歡在輸送帶上移動的彩色小碗，很快就在她的盤子旁邊堆起如頭骨塚般的空碗丘。她真是個很優雅的美食家，但進食的速度很穩定也很堅決。我在一碗辣味鮭魚飯裡撥來撥去。我的胃還是不怎麼舒服，可是看著她十分享受每一道餐點就令人感到愉悅。幸好在她吃爆我的信用卡額度之前，「唷！壽司」就要打烊了，我們跌跌撞撞地走出布倫斯威克中心，沿著博納德街往回走向羅素廣場地鐵站。我們在電影院裡的時候，外頭下了雨，街道溼滑，空氣清新。席夢停下腳步，拉低我的頭親吻我。她嚐起來有醬油的味道。

「我不想回家。」她說。

「去我家如何？」我說。

「你家？」

「算是。」我說。

馬車屋不是個理想的棲身處，但我絕對不能讓席夢在茉莉心情不好的時候見到她。席夢像陣風般迅速經過我那些價值兩千英鎊的消費性電子產品，直接走到天窗下方的工作室。

「這是誰？」她問。她看見了那幅畫像，斜倚著的裸體茉莉正在吃櫻桃。

「很多年前在這裡工作的人。」我說。

她露出淘氣的表情。「轉過去，」她說，「閉上眼睛。」

我答應並照辦。我聽見身後傳來鬼鬼祟祟的衣物窸窣聲，一句壓低音量的咒罵，然後是拉鍊拉開的聲音，她的靴子落在地板上的聲響，絲綢滑落她肌膚所發出的細碎聲。接下來安靜了好長一段時間，我才聽見她調整姿勢時古董家具的吱嘎聲。

她讓我又等了一小會兒。

「現在你可以轉過來了。」她說。

她斜倚在躺椅上，渾身赤裸，優雅美麗。她沒有一碗櫻桃，所以用手指捻著棕色的捲髮。她是如此秀色可餐，我不曉得該從哪裡下手。

然而我看見了，她的嘴角有一塊像是波特酒色胎記的痕跡。我以為是她吃了什麼東西不小心抹到的，就在我盯著瞧的時候，它裂開了。伴隨著可怕的破裂聲，她的下巴碎裂，臉上有塊粗糙的三角型皮膚掀了起來。我看見肌肉、肌腱，還有骨頭在延伸然後爆裂，她的下巴彷彿傀儡娃娃般鬆垮垮地垂掛著。

「怎麼了？」席夢問。

什麼事也沒有。她的臉又回到本來的樣子，美麗的寬臉，當我踉蹌著後退時，她揚起的微笑逐漸消失。

「彼得？」

「對不起。」我說。「我不知道是怎麼回事。」我跪在躺椅旁，用手圈住她的臉頰——她皮膚下方的骨頭依然完整，令人安心。我親吻她，一會兒之後她推開我的臉。

「發生什麼事了嗎？」

「我被牽扯進一樁意外裡，」我說，「有人死了。」

「噢。」她說，雙手環住我。「怎麼了？」

「我其實不應該說的。」我說，一手悄悄滑到她的屁股上，想藉此轉移她的注意。

「不過，如果你可以說的話，」她說，「你會告訴我？」

「當然。」我說。其實我說謊了。

「可憐的傢伙。」她說，然後親吻我。

我發現如果我緊緊抱住她，我就不會做惡夢了。在接下來的過程中，躺椅驚人地晃動了，我還聽見木頭破裂的聲音。我們迅速分開，我立刻在地板上放了幾個靠墊再覆上一條毯子。她將我推倒躺下，跨坐在我身上，一切都熱烈得非常美妙，汗溼淋漓，直到她像是沒有骨頭般軟倒在我身上，滑溜得像條魚。

「好奇怪喔。」她穩住呼吸之後說。「我以前很喜歡往外跑，可是跟你在一起之後，我就只想整天待在室內。」

她翻身躺在我旁邊，一手滑到我的腹部下方圈住我的睪丸。「你知道我現在想要什麼嗎？」她問。

「冰箱裡有蛋糕。」我說。

我又硬了，拉著她的手往上握住。

「你真是個糟糕的男人。」她說。她迅速握了一下，彷彿在測試我是否準備就緒，接著在頭部稍作停留，吻了它一口，才起身走向冰箱。「那些日本菜都非常好吃，」她說，「不過我不認為他們懂得做美味的糕點。」

後來，我雖然筋疲力盡卻毫無睡意，和她一起躺在天窗下方，看著雨水在窗玻璃上形成波紋。席夢再次把頭靠在我的肩膀上睡著了，一條腿充滿占有欲地橫跨在我的大腿上，她的雙臂垂在我的腰間——像是要確保我不會在半夜溜走似的。

我不是個花花公子，但是從來沒有一任女朋友交往超過三個月。萊斯莉說我的前任女友們都知道，只要過了某個時間點我就會失去興趣，那就是她們先甩了我的原因。我記憶中的經過並不是這樣，不過萊斯莉發誓她可以用我的每段戀情排出一本曆書。一本具有循環周期的曆書，她說，就像馬雅曆——倒數災難的到來。萊斯莉有時候也是博學得驚人。

另一方面，當席夢蜷縮在我懷裡時我思考著，就算是最糟的情況下，我們至少還有兩個月能在一起。當然，在我腦袋的角落裡，依然有個警察想知道我是否能確認席夢沒有涉及爵士樂手死亡案。畢竟，她曾經跟賽勒斯·威爾金森一起生活。然而亨利·貝爾拉旭死亡時還是跟自己的妻子一起住。說得更直接點，如果席夢真的是那種夜間生物，會去誘惑爵士音樂家然後吸光他們的性命，那她為什麼要跟我上床——我顯然沒能繼承父親的天分，或甚至是他對音樂的品味？她的臉也沒有出現在任何一張一九四一年的照片裡。

其實在受訓的時候，確實有上過這麼一堂課，我承認我們大多數人都會打瞌睡，因為這堂課與任何考試或論文寫作都沒有關聯。我還記得講師警告說，警察的直覺很可能會迅速轉變為毫無根據的妄想。生活的混亂程度是令人難以置信的，講師如此說道，而巧合隨時都在發生。我告訴自己，如果到了早上你還是心存懷疑，你可以確認去年那些可疑死亡事件發生時她的不在場證明。只有在早餐餐桌上進行逼問，才能建立起健全的交往關係。

我在逐漸失去意識前想著這件事，醒來之後，我發現席夢已經趁我睡著、在天剛亮時溜走了，希望這不是個壞預兆。

早上的時候我被召去亨頓的約翰皮爾藝文中心，「聽取」專業標準理事會的幾位官員做的簡報。簡報在一間會議室裡舉行，備有茶、咖啡、森寶利超市自有品牌消化餅，一切都非常文明有禮。在確定我有正當理由出現在西區中央警局之後，他們問我關於在托卡德羅中心追逐嫌犯的事，以及之後嫌犯從陽臺摔落身亡的情形。顯然監視器拍到的畫面非常清楚——當嫌犯越過欄杆墜落的時候，我根本不在她的附近，因此不可能是我將她推下去的，也不可能及時衝過去阻止她跌落。他們似乎都認同我應該回到工作崗位，雖然他們還是警告我說，這只是調查的開始而已。

「之後我們可能還有更多問題要問你。」他們說。

我很確定那時候他們應該會叫我去做心理諮商，不過他們沒有。真是太可惜了，我覺得我會喜歡這個主意。規矩都訂得很清楚，真是遺憾。身為一名熱血的警察公務人員，只有在被讀《衛報》那種社工型的官員強迫時才會進行心理諮商。你向這些同僚們抗議說我不需要，可是你曉得的，這些按部就班的溫情派就是這樣。接著你一口氣喝光啤酒，繼續向前邁進，尊嚴毫髮無傷。

除了向專業標準理事會做出聲明外，我還得自己寫報告書，在安全無虞的馬車屋裡進行這件事，寄給萊斯莉請她檢查後才交出去。她建議我刻意犯幾個錯誤，因為完美無瑕、前後一致的證詞無異在說「我隱瞞了一些事」，於是我想像自己是個會記錯某些細節的一般民眾。她也清楚表明，在沒有後援的情況下貿然闖進托卡德羅中心是愚蠢的行為，而且更糟糕的是，這是不專業的行為。她很遺憾地說，沒有她在身邊遏止我的壞習慣，顯然我惡化得很嚴重。我讓她繼續對我喋喋不休，至少她似乎很喜歡這麼做。

我承諾以後我會更小心。

瓦立醫生准許納丁格爾在下午出院，他回到浮麗樓待了一會兒，然後換衣服到那家俱樂部去監督鑑識人員工作。我問他是否需要我一起過去，但他說不用，並給了我一份閱讀清單，其中一本是巴多羅買以拉丁文寫的註釋。我想他是希望我用一整天的時間，一手拿這本書、另一手拿著字典，不過我只是把相關章節輸入線上的拉丁文翻譯器，再試著去解讀那些翻譯出來的胡言亂語。

我想巴多羅買的推測是，使用魔法或許可能**違反生命的偉大鏈結**，進而結合兩種生物的特質，亦即生物的高低階級關係，最底部的黏泥、最高處的天使，均由上帝所制定。有人在我手上的這本書裡寫了註解，以小小的大寫拉丁文寫在頁面的空白處，我的網路翻譯器翻譯後的意思是：**人類是創造出來的自然，反之亦然**。

真正的貓女，我心想。莫洛博士[1]的脫衣舞俱樂部。我想知道跟一個像老虎般有著光滑毛皮的女子睡在一起是什麼感覺。無論這家俱樂部的主人是誰，他肯定發財了。那個挑戰道德倫理的老魔法師有強森督察長罩著，可以低調營運，而那個新的魔法師，可

1 英國小說家赫伯特・喬治・威爾斯（Herbert George Wells）筆下的人物，莫洛博士為一名外科醫生，在一座小島上進行實驗，以外科手術改造動物，使其成為獸人。

能是他的學徒，也就是那個無臉男，他是如何保護這家俱樂部不曝光的呢？

隔天早上，納丁格爾帶我去莫洛博士的脫衣舞俱樂部。樓梯平臺還有衣帽間都重新整理過了，適合讓工作人員在這裡穿脫傻瓜裝。瓦立醫生正在等我們，他提醒我們要留意腳下。長長的電線沿著樓梯往下延伸，以強力防水膠帶整齊地固定在牆邊。

「我們想避免啟動這間俱樂部本身的任何電路。」瓦立醫生說。「以防萬一。」

他帶我走下樓梯來到大廳，我發現賴瑞機臺已經整個移走了，那雙踢個不停的腿也是。「我得在倫敦大學學院醫院騰出些空間才行，」瓦立醫生說。「我從來沒有得到過這麼多材料。」

大廳的布幔拆下來了，我們穿過拱廊來到另一個房間，正是這間俱樂部的主要空間，如果沒有拴在地板上的籠子，這裡應該會是舞池和舞臺。籠子看起來是全新的，很像實驗室裡用來關動物的那種。

「是完全一樣的。」當我提出這個想法時，瓦立醫生說。「博林鐵克動物飼育籠——我們在醫院裡就用這種。這裡的是今年才裝的，已經用了一段時間。」

「史蒂芬諾柏斯叫她的屬下去調查籠子序號了。」納丁格爾說。

這些籠子都是空的，可是我能聞到動物糞便的強烈氣味。我看到採集指紋的粉末出現在籠鎖、還有飼育者在照顧籠中生物時可能留下指紋的任何地方。

「這裡有多少生物？」我問。

「籠子裡有五個。」瓦立醫生說。「我還在做測試，不過似乎全都是嵌合體。」

昨天晚上我在翻譯巴多羅買的文章時查過這個詞彙，意思是一個生物的某些細胞中包含了一組DNA，而其他的細胞則包含了另外一組DNA。這種情況在哺乳類身上幾乎是絕跡般的稀少，通常發生在兩顆卵子與不同的精子結合受精，在長成胚胎之前融合。巴羅多買不知道人類嵌合體是什麼——當他在撰寫的時候，遺傳學之父克里克與華生甚至還沒出現在他們祖父的腦袋裡。巴羅多買將嵌合體描述為以最邪惡、最黑暗的魔法所創造不自然結合而產生的退化性產物。令我覺得害怕的是，我認為這兩種定義可能都是對的。

「有倖存的嗎？」我問。

瓦立醫生不自在地看向納丁格爾，納丁格爾搖搖頭。

「原本有一個還活著，」納丁格爾說，「但在我們移動牠之後就死了。」

「牠有說什麼話嗎？」我問。

「一直沒有恢復意識。」瓦立醫生說。

從籠子的簇新程度來看，我們都認為嵌合體是新魔法師而非老魔法師的作品。「老魔法師是傑弗瑞．惠特卡夫特嗎？」我問。

「我們沒有任何他跟這個地方有關聯的證據。」納丁格爾說。「另外，我認為他不太可能維持雙面生活，同時在學校教書又經營夜間俱樂部。」

「但肯定是他訓練這個新魔法師吧？」我問。「那個無臉男？」

「噢，毫無疑問是的。」納丁格爾說。「這一點我很確定。」

「我喜歡『無臉男』這個稱號。」瓦立醫生說。「是你想到的嗎？」

「他可能有共犯。」我說。「另一個術士，負責處理倫敦這邊的事務。這是有可能的，對吧？」

「很有可能。」納丁格爾說。「這思路很好。」

「或者不只一個夥伴，可能是——該怎麼稱呼一群術士？」我問。「幫派？集會？」

「論會。」瓦立醫生說。「一個巫師論會。」

我們兩個看向瓦立醫生，他聳了聳肩。

「你們需要廣泛閱讀。」他說。這句話可是出自這位替《歐洲腸胃病學與肝臟病學期刊》進行同儕評閱的學者。

「集團。」納丁格爾說。「稱為術士集團。」

「就在我們眼前，從六〇年代就開始活動了。」瓦立醫生說。

「你在落井下石。」納丁格爾說。

「我應該開始交叉比對從牛津大學拿來的名單，還有在蘇活區的已知相關人士。」我說。

「等我讓你看個東西再說。」他說。

他說出這句話的時候，我真的覺得渾身發冷——我很高興見到這裡的一切都被清理乾淨了，因為我並沒有很想看到其他東西。納丁格爾領我往俱樂部裡面走。在籠子後面，有另一扇員工專用門，門後是一小段走廊和一連串的房間，以前可能是辦公室或儲藏室。房間看起來大多是同個樣子，髒兮兮的地墊、散亂堆疊的紙箱裡裝著衣物、一臺DVD播放器，還有老式映像管電視、一些想要為牆壁增添光彩的可悲嘗試、一張小貓們的照片，以及一張賈斯汀的海報。任何曾經參與掃蕩人口販子藏身處的警員，都會覺得這裡熟悉得令人難過。

「有幾個？」我問。

「我們找到很多DNA證物。」瓦立醫生說。「血液、精液、毛囊。到目前為止，我們已經辨識出八個──都是嵌合體。」

「噢，天啊。」我說。

「他一定還有另一個窩。」納丁格爾說。「不過到處都有可能。」

事情也不全然都是壞消息。萊斯莉稍晚的時候打給我，告訴我一個全新方向，也算是挖了一個洞給我跳。她在篩選牛津大學的紀錄資料時，發現了一件事。雖然她並未找到惠特卡夫特和亞歷山大之間有任何明顯關聯，但是……

「你猜我看到誰的名字了？」她問。

「哈利王子？」

「別傻了，」萊斯莉說，「哈利讀的是桑德赫斯特皇家軍事學院。不是他，是另一個大學畢業生，叫賽希莉亞·泰本·泰晤士。」

「泰小姐認識惠特卡夫特？」我問。

「不是，你這笨蛋。」萊斯莉說，「不過——」咳嗽打斷了她接下來要說的話。她把手機拿離嘴邊，我還是聽得見她的咳嗽聲和咒罵聲。接著是短暫的停頓，她在喝水。

我問她還好嗎，她說沒事。年底預計會進行第二次手術，看看能否讓喉嚨恢復更多功能。

「重點是，」她說，「泰本在牛津就讀期間大致與傑森．登祿普相同，你曾經對我提過，她有一個妹妹聞得到你身上的魔法味道。」

「那是布蘭特，」我說，「她四歲。」

「表示這是天賦。」萊斯莉說。

我說就算泰本曾在牛津大學注意到任何魔法現象，她也不會告訴我的。

「你只是不想再見到泰本。」萊斯莉說。

說得對極了，我不想再見到泰本。我在她母親面前羞辱了她，這表示即使她在肯辛頓大街赤裸裸地被我鞭打，她可能都還不會那麼氣我。不過從以前到現在，我只和萊斯莉在兩件事上有過意見不合，而且全都與警察勤務沒關係。她的提議的確值得一試。

我知道泰本在漢普斯特有房子。上次造訪時，我炸掉了一個特別稀有的噴水池——雖然是出於自衛，因為當時她試著控制我的心智。漢普斯特是她的河流源頭。我聽說她其實住在梅費爾附近。超級富人和超級窮人之間有一個共通點：他們都會留下大量的資訊——富人的資訊在媒體上找得到，窮人的資訊則在龐大浩瀚的州市資料庫裡。假使富人想避免出名，他們有自己的方式可以保持低調——泰小姐的維基百科頁面看起來就像是由公關發言人所撰寫，她當然會雇請公關發言人確保這些資訊能維持她希望的樣子。或者，更可能的情況是，某位泰小姐的「子民」雇請了公關公司，該公關公司雇請了寫手，而該寫手在半小時內就匆匆寫完交差，好節省時間再回頭去寫小說。維基百科的頁面上確實載明了她已婚——先生是一名土木工程師，就這樣——他們有兩個出色的孩子，其中一個是男孩，十八歲，年紀大到可以開車了，不過也還算年輕，可以繼續住在家裡。

身為警察就要懂得作弊。你要在全國警察系統裡查資料，就算是最富有與最具影響力的人士，都必須提供正確的資料——現在，我要查的就是駕照考試。史提芬．喬治．麥艾里斯特—泰晤士在一月時取得駕照，駕照上的地址是梅費爾的切斯特菲爾德丘。

這是那種完美的攝政時期排屋，以粗面角邊石塊建造的正面、再加上裝飾性的鐵件，會讓理智的房地產仲介情緒失控，流下喜悅的眼淚。這棟房子位於托卡德羅中心西邊不到半公里的地方，如果街道的特色沒有在幾十年來被富人給剝奪，相信這裡的氣氛會更好。

來開門的是一位年輕高眺的混血男子，我看過他的駕照照片，所以認得出他。他遺傳了一雙倒楣的耳朵，以及來自他父親、我母親會說成是「比較好」的頭髮，但他也有著他外婆的貓眼。然而他遺傳到的還不只這些。

「媽。」他朝屋內深處喊。「有個巫師來找妳。」接著，為了怕我沒有搞清楚他是個青少年，他懶散地走回去，想繼續做被我無禮地打擾之前正在做的事。他的母親在走廊上跟他擦身而過，來到門口站著，雙臂環胸。她讓我焦急了足足有十秒鐘，才開口問我來這裡做什麼。

「我想，妳也許可以協助我調查案子。」我說。

她帶我走進以法國橡木以及清涼綠色瓷磚所打造的廚房。她說要倒茶給我，為了保險起見我拒絕了。她替自己倒了杯白酒。

「是什麼案子的調查？」她問。

我請她回想一下她還在牛津念大學時的情形。

「我在那裡取得雙科目優等。」她說。「我倒不是認為那是個成就，不比出生於聽得到聖瑪莉里波教堂鐘聲的地區來得重要。」她喝完杯裡的白酒，又倒了一杯。

「妳在牛津念書的時候，」我說，「有沒有注意到任何會使用魔法的人，也許是在暗中施行？」

「這跟托卡德羅中心的事件有關係嗎？」她問。

「對，有關係。」我說。「跟艾許被攻擊也有關。」

「我很好奇，」她說，「為什麼你認為我應該要告訴你？」

「妳察覺到有人在使用魔法。」我說。

「你為什麼會這麼想？」

「因為妳認為妳有話沒說。」我說。

「我得承認我是有那麼點不理性，但我還是想告訴你，好叫你快快滾蛋。」她說。

「我為什麼要幫你？」

「如果妳告訴我妳知道的事情，我保證我會離開。」我說。

「很吸引人。」她說。

「我們認為有個邪惡的魔法師正在倫敦橫行，我們推測他曾經在牛津念書——跟妳就讀的時期相同。」我看著她。「妳可能認識他。」

「不認識。我可能曾經聞到過他，」她說，「就像我現在可以聞到你。」

「那我聞起來是什麼味道？」

「野心、虛榮、傲慢。」她聳聳肩。「炸香蕉跟忍冬。不要問我理由。」

「那些人是誰？」我問。「那些在牛津的術士——我知道妳曉得的。」

她想阻止自己說出口，不過最後她說了一些如果講給別人聽、只會讓人一笑置之的情報。

「那時候有個晚餐會，妳知道是什麼嗎？」

就我所知，這是個學生聚在一起喝醉的藉口。會員資格可以有各種程度不一的排外性和花費標準。我懷疑泰本也加入了其中一個，要是我同樣讀牛津大學的話，我也不確定是不是只要想參加就有資格加入。

她告訴我那個晚餐會叫做小鱷魚會。只限男生參加，雖然沒有限制哪個學院的人才可以加入，但會員大部分來自莫德林學院。他們被認為是非常無聊的一群，對趨炎附勢的人來說他們不夠貴族氣派，對貴族們來說他們也不夠狂放不羈。

「我對他們沒興趣。」泰本說。「可是我記得曾經在某場派對上遇到幾個會員，嗅到了那個味道。」她的手在鼻子前面搧了搧。「就像我說的，野心、汗味，彷彿過度認真工作的人。」

「妳記得他們的名字嗎？」我問。

她記得，因為這本來就是她的天賦之一。她還記得另外六個可能是小鱷魚會成員的名字。

「妳確定這是個熱衷於練習魔法的晚餐會？」我問。

「我特別靠近地去聞了我能找到的每個會員。」她說。「我認為他們跟波斯特馬丁教授和你的上司有某些關聯，推測這是他們想要拓展浮麗樓影響力的手段。」

她搖了搖葡萄酒瓶，將所剩無幾的酒倒進杯子裡。

我判斷現在正是離開的好時機，於是我感謝她的協助，收起我的筆記本後起身。

「五十年來他們毫無動靜，之後你突然出現了。」她說。「為什麼會這樣？」

「泰，妳知道對我來說，妳聞起來是什麼味道嗎？」我說。「白蘭地、雪茄跟老繩子。」

「他們在泰本河吊死了知名的罪犯強納森．威爾德，他以為自己是大英帝國的抓賊人將軍。」她說。

我沒有回話，我認為完好無缺地走出前門才是更重要的事。

隔天早餐的時候，我告訴納丁格爾我查到的消息，他堅持我們應該去地下室的靶場打爛一些標靶。平心而論，我認為他一直在計畫要替我上一堂訓練課程——雖然他沒有承諾過。

在我的隨機火球攻擊之下，我們的二次世界大戰經典側影人形已經消耗殆盡，所以我在網路上買了一些一九六〇年代北大西洋公約組織的標準標靶。少了煤斗形狀的頭盔和橫衝直撞的德國兵，取而代之的是謹慎除去任何國家或民族特色的咆哮人形。這些標靶意味著，北大西洋公約組織已經準備好雇請來自任何地方的紙上士兵。

納丁格爾朝左邊的標靶中央施放了三團火球。

「你為什麼認為泰會告訴你？」納丁格爾問。

「她忍不住。」我說。「八卦守則第一條——如果沒有人知道你知道，那麼你知道的事就沒意義了。另外，我覺得她太看扁我們了，她覺得我們搞砸一切只是……時間問題而已，接下來她就可以像裝甲部隊般一舉殲滅我們。」

「從我們過去的紀錄來看，」納丁格爾說，「她的預測可不怎麼準。」

「魔法部，」我說，「她真正想要的是這個嗎？」

「深呼吸，」納丁格爾說，「然後**釋放**！」

要能有效施行火球，祕訣就在於讓這個**形式**深植在身上。你必須連想都不用想就能施展。我釋放了三個火球，你可以看出它們在移動，這並不是好事，但至少我打中標靶了——**某一個**標靶。我還忘記要立刻釋放它們，表示火球們待在原地稍微嘶嘶作響了一下才爆炸。

「你到底有沒有練習？」納丁格爾問。

「老大，我當然有練習。你看這個。」我說，並朝對面拋出一顆「纖細手榴彈」，不偏不倚地擊中標靶中央。

「你的準頭變好了。」納丁格爾說。「可惜就是釋放的時候……」

手榴彈爆炸，將標靶炸成兩半。

「那是什麼？」納丁格爾問。他並不是很贊同我違反他示範咒語時的嚴謹形式，他的格言是：現在養成的壞習慣，會招來日後的殺身之禍。

「纖細手榴彈。」我說。「就像使用**現光擲離**那樣使用**定離**，只是用炸彈取代光團出現在定點。」

「纖細手榴彈？」

「使用**定離**。」我說。納丁格爾搖搖頭。

「你怎麼控制時機？」他問。

「有點靠運氣。」我說。「我做了一些實驗，大約是在十秒到五分鐘之間。」

「所以你不知道它什麼時候會爆炸？」

「不是很確定。」我說。

「我該說什麼才可以阻止你不要再做這些未經許可的實驗？」他問。

「老實說，」我說，「可能沒辦法。」

「我必須問你，」他說，「在托卡德羅中心時，你為什麼要使用**驅動**——為什麼不用火球？」

「我不想殺她。」我說。「而且比起其他**形式**，我對**驅動**還是比較有信心。」

「你明白她只是個轉移注意力的幌子。」納丁格爾說。「亞歷山大・史密斯的胸口被射進了兩個小口徑的火球。」

「我以為是槍傷。」我說。

「那就是他使用小口徑火球的理由，掩飾傷口的真正成因。」

「利用鑑識結果擺我們一道。」我說。「這傢伙真他媽的太聰明了。」

「他可能趁你在前面追趕白小姐的時候，從後門走掉了。」

我又丟了一個火球，把標靶炸成兩半。

「這次好多了。」納丁格爾說。「速度必須再快一點。如果敵人可以看見火球飛過去，你不如帶把槍，朝他們開槍就好了。」

「我們為什麼不帶槍就好了？」我問。「我知道你有一整個房間的槍。」

「這個嘛，首先，」納丁格爾說，「申請許可的過程很繁瑣，再來是保養、維修，還要確保不會有人把槍不小心遺落在地鐵上。再說火球使用起來更靈活，比起我樂意攜帶的任何口徑槍枝，火球具備的威力更大。」

「真的嗎？」我問。「比點四四的麥格農槍火力更強？」

「無庸置疑。」他說。

「你用火球轟炸過最大的東西是什麼？」我問。

「應該是老虎。」納丁格爾說。

「那你可別告訴綠色和平組織。」我說。「老虎是瀕臨絕種的動物。」

「不是那種老虎。」納丁格爾說。「是虎式坦克。」

我瞪著他看。「你用火球炸毀了一輛虎式坦克？」

「其實是炸毀了兩輛。」納丁格爾說。「我必須承認第一輛我用了三發，一發破壞履帶、一發射進駕駛員視窗，最後一發是指揮官的位置——效果滿好的。」

「那第二輛坦克呢？」

「我當時沒有時間精心規畫，」納丁格爾說，「直接射向炮塔跟坦克車身相接的脆弱區塊。肯定是射中彈藥庫，爆炸的效果像是煙火工廠。炮塔被炸掉了。」

「這是在伊塔斯貝的時候嗎？」

「這是在伊塔斯貝的最後一擊。」他說。「我們正打算撤退時，有一排虎式坦克從樹林裡緩緩開出來。我們沒料到德軍除了後勤部隊以外還有戰力，我可以告訴你，這讓我們亂成一團。我負責殿後護衛，因此我必須面對他們。」

「你真幸運。」我說。不過我的腦中還在思索，納丁格爾可以在十公分厚的裝甲上打出洞來，而我有時候連紙製的標靶都沒辦法打穿。

「練習跟訓練，」納丁格爾說，「不是碰運氣。」

我們繼續練到中午，午餐之後就是刺激的文書作業時間，包括一份長得驚人的報告表格，我得說明我是如何弄丟一把昂貴的X26電擊槍，以及如何把空波的內部化成沙狀。要編出合理的解釋說明這兩件事，讓我忙到將近傍晚，這時席夢打了電話給我。

「我訂了一間飯店房間。」她說，並給了我一個在阿蓋爾廣場附近的地址。

「什麼時候碰頭？」我問。

「我已經在房間裡了。」她說。「一絲不掛，只點綴了鮮奶油。」

「真的嗎？」

「事實上，」她說，「我是剛剛吃了鮮奶油，但想像一下也無妨吧。」

阿蓋爾廣場距離浮麗樓大約十五分鐘步行路程，如果途中走進小超市去買兩罐鮮奶油泡的話就是二十分鐘——做好萬全準備永遠可以有所收穫。

那只是一間二星級的飯店，然而床單很乾淨、床鋪很堅固，房裡還有小型衛浴設備。牆壁有點薄，我們會發現這件事是因為隔壁房客怒敲牆壁叫我們安靜。我們在最後一次時用盡全力，我推測我們在這裡度過了好幾個小時，這會讓我們明天早上走路姿勢有點好笑。

於是我們躺在這張堅固卻仍然舒服的床上，在警車的警笛聲、鐵軌摩擦聲，以及貓打架所交織而成的倫敦搖籃曲中睡著了。

「彼得，」她說，「關於明天的事，你沒有改變主意吧？」

「明天怎麼了？」

「你父親的表演，」她說，「你說我可以去看的，你答應我了。」

「直接在會場見吧。」我說。

「好。」她說，然後在我的懷裡睡著了。

康登市場的最大特點就是它並非人為規畫。在被倫敦併吞之前，康登鎮是個分歧路口，以一間名為「母親紅帽」的馬車房旅館而聞名。在你繼續往北進入米德賽克斯的荒野之前，這裡是最後一個可以停下來喝酒、被海削一筆，以及得到淋病的地方。十九世紀前期，穿著禮服大衣、蓄著嚴肅雙鬢鬍的男人們建造了攝政運河向東的支流，就流經馬車房旅館的北邊。雖然我說是他們建造的，但真正進行這項工程的是數千名魁梧的愛爾蘭工人，由於所做的運河工事，他們被稱為「內陸航海家」或是粗工。

他們還有之後的其他粗工，繼續建造了形塑工業革命的三大基礎建設工程：運河、鐵路與公路。我會知道這些，是因為我在中學時製作了這個地區的模型，得到金星獎，接受表揚，並一直被操場惡霸兼可悲的輸家巴瑞．賽吉沃斯給記恨。橋克農場路旁邊有幾座很扎實的運河閘門，這裡的市場也因而得名——康登水閘。運河沿線蓋起了一大片倉庫，還有一間大型木材廠。

一九六〇年代，倫敦郡議會的都市發展計畫部門——該部門的非官方座右銘是**完成德國空軍的遺業**——決定倫敦真正需要的是一條串聯交通心臟地帶的環狀公路。這個規畫夭折了，原因是這些有利可圖的土地，原本應該發展成多層停車場或是擁擠的國宅，卻被租給三名穿著阿富汗外套的倫敦太保。這些大有可為的年輕人在以前的伐木場蓋起了手工藝作坊，週末時則舉辦市集來販售這些產品。到了一九八〇年代中期，這個市集已經沿橋克農場路拓展並延伸至電擊舞廳，康登市議會最後決定不再制止市集營業。康登市場目前是倫敦第二大觀光景點，也是拱門爵士樂俱樂部的發源地，我父親即將在這裡和非正規兵們一起舉行他的回歸演奏會。

非正規兵緊張得不得了，我父親倒是沉著得令人意外。

「我在更大的場合表演過，」他說，「我曾經跟牙買加爵士樂手喬伊・哈里爾特在凱特福德的地下室一起演出。自從跟他一起演奏之後，我再也不會怯場了。」

康登水閘的早期年代，拱門爵士樂俱樂部一直是個名聲不佳的低級酒館，位於高架鐵路的紅磚拱門倉庫中——這也是店名的由來。隨著市場開始興盛，這家俱樂部也搬遷到西邊，就在馬橋附近，所以當客人等待表演開場時，他們可以坐在戶外的咖啡座，一邊欣賞水閘流域風光一邊喝點東西。父親向我保證，現在運河裡幾乎看不到漂流的狗屍體了。

葛蘭特大人與非正規兵是第一組上場的，為主秀暖場。丹尼爾和麥克斯在舞臺上準備器材、試音。進來的客人還不多，大部分仍在外面吞雲吐霧或是偷喝點酒。我問詹姆士人在哪裡。

「在廁所裡吐。」丹尼爾說。「他緊張到不行。」

我看向我母親站的地方，她穿著她最體面的一套衣服，緊張地將重心從這一腳換到另一腳。她小動作地向我揮了揮手，我對她示意說要去外面等席夢。她點點頭，跟著我一起出去。

到了九月，晚上七點之前就會天黑了，不過雲層還未聚集，最後一絲陽光在水閘旁的紅磚屋上灑下金橘色的光暈。我看見席夢從橋克農場路走來，她開心地招招手，踩著一雙高跟露趾鞋，是那種我母親偶爾會買但從沒穿過的款式。今夜席夢顯然是回到了一九八〇年代，她把頭髮盤在寬邊帽底下，而她穿的那件透明上衣走在街上並沒有違法，因為她把外套都扣起來了。

我轉身面向我母親。「媽，她是席夢。」

她沒說話，這跟我預期的不一樣。接著她握起拳頭大步走過我身邊。

「滾開，妳這婊子。」她尖聲說道。

席夢急忙停下腳步，看著衝向她的我母親，然後又看向我。在我移動腳步之前，我母親就來到席夢跟前，猛力朝她摑了一巴掌，力道大得讓席夢搖搖晃晃地向後退。

「滾開。」我母親大喊。

席夢往後踩了幾步，臉上寫滿震驚和憤怒，一隻蒼白的手覆在剛才被打的臉頰上。我趕緊衝過去阻止母親，可是在我碰到她之前，她的左手揪住了席夢的頭髮，右手拉扯她的外套。席夢尖叫著，我母親用手撕扯她的薄紗上衣，她伸手揮打想要逃離。

你不能打自己的母親，就算她正在攻擊你的女朋友。你也不能衝過去將她撲倒在地，或是用手臂箝制她，對她使出各種學到的制服暴力嫌犯的招數。我只能抓住她的手腕，在她耳邊盡可能地大喊「住手」。

她放開席夢，席夢踉蹌著閃到一邊，猛然轉身面向我。

「你在幹什麼？」我母親怒罵我，甩開我抓住她手腕的手。接著她湊近甩了我一巴掌。「我說，你在幹什麼？」

「**我**在幹什麼？」我問。「**妳**才到底在幹什麼吧？」

這句話替我招來第二個巴掌，不過這巴掌比較敷衍了事，沒有讓我的耳朵轟隆作響。「你居然敢把那個女巫帶來這裡。」她說。

我環顧四周，但可想而知的是，此時席夢已經跑掉了。

「媽，」我大喊著，「媽，這是怎麼回事？」

她用克利沃語罵了些什麼，絕對都是我從來沒聽過的字眼。然後她停止咒罵，朝地上吐了口水。「離她遠一點。」她說。「她是個女巫。你爸以前是她的目標，現在她的目標是你。」

「妳這話是什麼意思，『爸以前是她的目標』？」我問。「什麼目標？」

我母親露出了每當我問一些答案很明顯的問題時會出現的表情。現在席夢已經離開，她似乎冷靜下來了。

「我遇到你爸的時候，她正在追他。」她說。

「在哪裡遇到他？」

「我遇到他，」她慢慢說，「在你還沒出生之前。」

「媽，」我說，「她的年紀跟我一樣大，怎麼可能出現在妳遇到爸的時候？」

「這就是我想要告訴你的。」她以就事論事的平淡語氣說。「她是個邪惡的女巫。」

12 毫無意義

我在肯德基旁的穿洞店外找到她，她坐在人行道上。她一定是看見我朝她走去，因為她站起來，遲疑了一會兒才轉身走開。她穿著高跟鞋，這讓我不難追上她。我叫她的名字。

「不要一直看著我。」她說。

「我無法控制我自己。」

她止住腳步，在她出言反駁之前，我伸出雙手環抱她。她也回抱住我，將頭埋在我的胸口。她啜泣了一聲，克制住自己，然後深呼吸。

「這到底是怎麼一回事？」她問。

「那是我媽，」我說，「她有一點興奮過度了。」

她往後一退，抬頭看向我。「不過她說的那些話……我不明白她怎麼會以為我是……她以為我在做什麼？」

「她在吃藥治療。」我說。

「我不懂。」席夢說。「那是什麼意思？」

「她的狀況不好。」我說。

「你是說她精神不正常嗎？」她問。

我露出恰到好處的受傷神情。「噢，」席夢說，「可憐的人，可憐的你。我想我們不能回去那裡了。」

我發現肯德基裡的客人正在看我們。或許他們以為我們是在進行街頭表演。

「我真的好期待聽你爸演奏。」她說。

「還會有其他演出的。」我說。「讓我提供妳一個在彼得宅度過的愉快夜晚。」

「不要又是那張躺椅了。」她說。「我的背還在痛。」

「我準備了一些蛋糕。」

「真可疑。」她說。「幾乎像是你預期演出結束後會有人跟你一起回家。你打算帶誰回家呀？」

我一手環住席夢的肩膀，帶著她走向康登鎮。「我不喜歡妳的語氣，年輕小姐。」我說。

「你在哪裡買的蛋糕？」她問。「特易購超市？」

「馬莎百貨。」我說。

她嘆了口氣，手臂圈緊我的腰。「你太懂我了。」她說。

我招了輛黑色計程車載我們回浮麗樓。這應該是最安全的方式了。

我們回到馬車屋的時候，她花了點時間拿我的隨身刮鬍鏡整理妝容。

「我看起來很醜嗎？」她問。「這面鏡子太小了，我沒辦法判斷。」

我說她看起來很美，她也的確如此。在計程車裡，我母親留下的掌痕仍顯得紅腫，現在已經逐漸消退，加上她還補擦了口紅。她穿著的透明上衣還剩下不少布料，令我想要撕碎它，我的慾望讓我感覺渾身發熱、坐立不安。我集中精神在 iPod 上排出正確的播放清單，並確定已經接上喇叭了。

「我說過要請妳吃蛋糕。」當她朝我移動時，我說。

席夢不會這麼容易就被轉移注意力。「蛋糕晚點再吃。」她說，雙手輕柔地環住我的腰，一手滑進我的襯衫底下。我伸手按下 iPod 上的播放鍵。

「這首是什麼？」音樂開始播放時她問。

「科爾曼．霍金斯的，」我說，「〈身體與靈魂〉。」第一首放錯了，應該是比莉．哈樂黛的版本才對。

「是嗎？」她問。「你看，錄音之後聽起來就不真實了。」

我的手滑進她的外套裡，將她拉近。她背部的肌膚在我掌心下發燙。「這樣好多了。」她說，接著靠在我身上，咬掉了我襯衫最上面的釦子。

「喂。」我說。

「這樣才公平。」她說。

「妳曾聽過他演奏嗎，」我問，「科爾曼？」

「噢，聽過。」她發出喘息。「人們每次都想聽這首歌——他老是因此生氣。」她弄掉了另一顆釦子，開始親吻我的胸口，我感覺她的舌尖沿著我的胸骨往下。

然後我聞到了。忍冬的香氣，在那味道後面是破裂的紅磚和斷裂的木頭。我怎麼會以為這是她身上的香水味呢？

「賽勒斯也演奏過〈身體與靈魂〉嗎？」我問。

「誰是賽勒斯？」她說，咬掉了第三顆鈕釦。我快要沒有釦子了。

「妳之前跟他交往過，」我說，「還住在他家。」

「我嗎？這似乎是很久以前的事了。」她邊說邊親吻我的胸口。「我以前很愛看他們表演。」

「他們是誰？」

「我所有迷人的爵士樂手們。」她說。「他們演奏的時候，就是我最開心的時候了。我喜歡做愛、喜歡有人陪我，可是他們演奏的時候，才是我真正最開心的時候。」

iPod播放的下一首歌居然是約翰．柯川的版本，我忍不住發出咕噥聲。難道我不小心選擇了隨機播放嗎？聽他的〈身體與靈魂〉版本根本不可能跳慢舞——首先，他從不會保留原本的曲調超過三個音符；在幾小節之後，他就會進入只有像我父親那樣的人才跟得上的狂野音樂境界。我引導著我們往冰箱前進，這樣我就可以偷偷按下iPod的「下一首」鍵。結果是妮娜．西蒙，感謝上帝，妮娜年輕的歌聲可以融化蘇格蘭銀行大會的冰雕。

「那麼，葛蘭特大人如何？」我必須問。

「逃走的那個。」她說。「他們說他會成為英國的克利福德．布朗，但是他一直離開舞臺。琪莉很生氣。你看，她都主動去挑逗他了。她有一次說她已經抓住他，不過後來還是溜掉了。」她隨著這段回憶露出微笑。「我覺得我比較像他喜歡的類型，況且誰知道未來的事呢，只是他有個可怕的太太。」

「怎樣可怕？」

「噢，嚇死人了。」她說。「但你一定知道。她是你的——」席夢在我的懷抱裡僵住了，抬頭皺著眉頭看我，我仍繼續帶著她跳舞。我可以看見那些回憶在她的眼裡逐漸消逝。

「妳一直很喜歡爵士樂嗎？」我問。

「一直很喜歡。」她說。

「還在念書的時候也是？」

「我們學校有最古怪的音樂老師。」席夢說。「她叫派特諾斯特老師。她會找她最愛的學生一起喝茶——在茶會上，她會帶領我們播放唱片，鼓勵我們與音樂『對話』。」

「妳是她最愛的學生之一嗎？」

「我當然是囉。」她說，手再次溜進我的襯衫裡。「我是每個人的最愛。我不也是你的最愛嗎？」

「絕對是。」我說。「琪莉跟佩姬也是她最愛的學生嗎？」

「對，她們也是。我們其實住在派特諾斯特的房間裡。」她說。

「妳跟妳的姊姊們讀同一所學校？」

「她們不是我的親姊姊。」她說。「她們就像我的姊姊一樣，像我從來沒有過的姊姊。我們是在學校認識的。」

「哪一所學校？」如果我知道校名，或許可以追蹤到她們三人的真實身分。

「柯斯果夫學院，」席夢說，「就在海斯廷斯外圍。」

「很不錯的學校？」

「我覺得滿好的。」席夢說。「老師們不會對我們太兇，學校還有自己的馬廄，而且派特諾斯特老師——我一定不會忘記她，她很迷伊莉莎白・韋爾奇。〈暴風雨〉是她最喜歡的歌。她會讓我們躺在地毯上——她有一塊很棒的東方地毯，我想是來自波斯——然後在我們的腦袋裡填滿畫面。」

我問她那時候都放些什麼唱片，席夢說幾乎都是爵士樂：弗萊徹・亨德森、艾靈頓公爵、胖子華勒，當然還有比莉・哈樂黛。派特諾斯特老師告訴她們，爵士樂是黑人為世界文化做出的重大貢獻，據她所知，只要他們繼續創造這麼美麗的音樂，他們就可以想吃掉多少傳教士就吃多少。派特諾斯特老師說，畢竟，許多社會每週都大量製造出數以百計的傳教士，但是路易斯・阿姆斯壯只有一個。

我從我父親的收藏裡得知，有些唱片在河的右岸是很難入手的。我問她那些唱片是從哪裡來的，席夢說來自薩迪，她是派特諾斯特老師的女性友人。

「知道她姓什麼嗎？」

席夢停下將我的襯衫從褲頭拉出來的動作。「你為什麼想知道這個？」她問。

「我是個警察，」我說，「警察天生就充滿好奇心。」

席夢說，就她和其他女孩所知道的，派特諾斯特老師的朋友薩迪，一直都被稱作「薩迪」。

「派特諾斯特老師都是這樣介紹她的。」她說。

薩迪從來沒有透露過她的工作是什麼，不過女孩們從對話中遺落的線索推敲出，她在好萊塢的電影業工作，跟派特諾斯特老師始終保持密切的書信往返，已經超過十五年。每個月除了幾乎天天寄到的信件之外，大概還會有一個用牛皮紙和粗麻繩包裹的郵包寄達，上面標示**請小心輕放**。裡頭是沃克利恩、奧稽、傑奈特等唱片公司發行的珍貴唱片。薩迪每年會來拜訪一次，總是恰巧在復活節假期前抵達，然後待在派特諾斯特老師的房間裡，不停播放爵士樂直到凌晨一、兩點。這是醜聞，十二年級的女孩們說，但席夢、佩姬還有琪莉都不在意。

「被壓碎的甲蟲。」席夢突然這麼說。

「甲蟲怎麼了？」我問。真希望沒有炸壞我的手機，現在這個時候尤其需要裡頭的錄音程式。

「我生日蛋糕上的糖霜。」席夢說。在柯斯果夫學院，壽星女孩可以享有特權，選擇蛋糕上的糖霜顏色。這攸關個人榮譽，壽星女孩會想出最令人意想不到的糖霜顏色，紫羅蘭色和橘色都很熱門，加上藍色圓點。廚房永遠能滿足她們對於顏色的要求，女孩們深信他們是磨碎甲蟲作為染料。

我想那應該是在食品添加物和食品技術學家出現之前的年代。恰好是我想去的年代。幸好 iPod 在此時選擇播放了清單上的最後一首歌——正是「老蛇臀」肯恩・強森版本的〈身體與靈魂〉。我才不管像我父親那樣的純粹主義者會怎麼想。如果你想跳舞，你就無法抗拒搖擺樂。席夢顯然也是這麼想的，她開始停止脫我衣服，改拉我在馬車屋裡繞起小圈圈。她在帶舞，可我不介意——這都是我計畫中的一部分。

「妳聽過他的現場演奏嗎？」我盡可能以不經意的口吻問。「肯恩・強森？」

「就只有一次。」席夢說。

一九四一年三月，當然了。

「那是我們最後一天的自由日子。」她說。「當我們年紀夠大之後，全都得立刻加入軍隊。」她告訴我琪莉加入女子陸軍，佩姬是皇家女子海軍，席夢選擇的是皇家女子空軍，因為有人說過她可能有機會開飛機。

「或者至少，遇到一個會帶我坐上他破舊飛機的帥氣機師。」她說。是佩姬的加拿大叔叔帶她們進去巴黎酒館的，琪莉說她們沒問題，金錢方面，只要她們不點任何料理或不喝超過一杯酒就好。

席夢的臉頰貼著我的胸口，我輕撫她的頭髮。

「或許我們可以坐到更好的地方。」席夢說。「這邊的桌子小得令人意外，位置也很不方便。」

「假如樂團是在六點鐘方向，我們則大約是一點半鐘方向。」她說。

巴黎酒館充滿了帥氣的加拿大軍官，其中一人送了一瓶香檳到她們那桌，激起一番興致高昂的討論，關於收下這瓶香檳到底恰不恰當，直到佩姬一口飲盡她那一杯才結束話題。這又帶起了另一番討論，她們能否從這些加拿大人手上獲得第二瓶香檳？琪莉則陰鬱地問：他們想獲得什麼作為回報？

佩姬說，在她看來，這些加拿大人應該想要什麼就有什麼。事實上，她認為讓這些聯邦的英勇士兵感到賓至如歸是她們的愛國義務，而她已經完全準備好要履行她的責任，為了英格蘭著想。

不過她們再也沒有獲得第二瓶香檳了，這些加拿大士兵也沒有獲得他們應得的甜點。因為那時候樂團開始演奏〈身體與靈魂〉，女孩們的眼睛再也離不開肯恩．強森。

「從來沒有人告訴過我，」席夢說，「黑人男子也可以這麼好看。還有他搖擺的動作——難怪人們要叫他蛇臀。」她皺起眉看我，「你好久沒吻我了。」

她噘起嘴，於是我親吻她。這是我做過最愚蠢的一件事，包括在摩天大樓即將拆除前的三十秒跑進去。

感應遺跡通常很難發現。那是你在墓地時會有的不自在感覺，遊樂場上孩童歡笑的隱約記憶，或是眼角餘光所見的一張熟悉的臉。我從這個吻得到的，是一段完整的、高解析度的實況重現，那是肯恩．強森和巴黎酒館其他四十多人的最後時刻。我無法享受更多當時的氣氛。笑聲、制服，搖擺樂團演奏到最激昂的段落，然後——寂靜。

文藝復興時期，藝術與文化盛開綻放，還有幾乎是連續不斷的血腥戰火，某些特別魯莽的工程師會衝向城堡，在城門裝上簡單的錐形炸藥，藉此突圍而出。當時的引信比較像是藝術品而非科學產物，有時炸藥會在倒楣的工程師逃開前就爆炸，人也會因此被炸到空中，或者說被「舉」到空中——經常是以碎片的形式。法國人以巧妙的靈敏機智而聞名，他們將這種炸彈暱稱為「爆竹」，或是放屁。人們現在還會用「被自己的爆竹給舉起來了」形容人因為自己的計畫受到傷害。這正是我現在的寫照：我將席夢導引回她的記憶裡，而她開始吸取我的大腦。

炸彈轟炸最可怕的經歷方式是在事後回憶它。就像一部剪接不佳的影片，或是唱片跳針。這一刻有著音樂、笑聲和浪漫戀情，以及——不是痛苦，那是之後的事——一種令人震驚的疑惑。煙塵混雜著破碎的木頭；白色與紅色的物體在飛舞，原來是一名男子的禮服襯衫；翻覆的桌子底下是缺了身軀的腿，還有無頭的軀幹；少了拉管的長號直立在桌上，彷彿是哪位樂手放在那裡的，兩名身穿卡其制服的男子茫然地盯著它看——他們已經死於轟炸的衝擊力了。

腦中接著傳來噪音、吼叫，以及席夢嘴裡的血味。是我的血，我意識到——我咬住自己的嘴脣了。

席夢推開我。

「我幾歲？」她問。

「我猜將近九十。」我說，我有時候就是管不住自己的嘴。

「你的母親說得對，」她說，「我是個女巫。」

我發現我在搖晃，我的手在發抖，我將顫抖的手舉高到面前。

「她說得對。」她說。「我不是人，我是一種生物，令人憎恨的東西。」

我想告訴她，她絕對是個人類，還有我的一些好朋友也具有長生不老的特質。我想說我們可以想辦法解決，但話一說出口，聽起來卻像是一連串的**哇哇哇**，彷彿查理・布朗的老師似的。

「我很抱歉，」她說，「我得走了，去跟我的姊姊們談一談。」她微微苦笑了一下。「還有，她們不是我的姊姊，對吧？我是露西，我們都是露西・衛斯坦納[1]。」

她轉身跑出馬車屋。我聽見她的高跟鞋在迴旋階梯上發出的足音。我想追上去，卻緩慢地面朝地板倒下。

「這不是你做過最聰明的一件事。」納丁格爾說。此時瓦立醫生正用筆燈的光束檢查我的眼睛，確認我的大腦是否完好無傷。我不知道自己倒在馬車屋的地板上已經有多久了，不過當我一恢復控制肌肉的力氣、可以使用電話時，我立刻打給瓦立醫生。他說

---

1 Lucy Westenra，吸血鬼小說《德古拉》中的人物，是個美麗天真的少女，遭德古拉吸血後變成了吸血鬼。

這叫**失張性癲癇發作**，即使他不知道發生的原因，取個很酷的名字依然是件重要的事。我一直希望能在納丁格爾抵達前想出一個合情合理的解釋，可是瓦立醫生才剛到，他就跟著進來了。

「我必須確認她是跟巴黎酒館案有關，而不是莫洛博士的脫衣舞俱樂部。」我說。「我的意思是，她不是嵌合體，跟白小姐不一樣。事實上，我認為她是個意外產物。」我說明了關於派特諾斯特老師跟她的音樂想像。

「你認為她們的『想像』，作用類似**形式**？」納丁格爾問。

「為什麼不可能？」我問。「當我還小的時候，我在睡前都會想像，還有聽音樂的時候。每個人都會做這件事，而且在數十億人口中，無論某件事有多麼不可能，假設你不斷重複去做，只要次數夠多就能產生結果——這就是魔法。否則，牛頓當初怎麼會發現運動定律？她們是一群犯了錯的女孩，在錯誤地點做出錯誤事情，況且……」

「況且什麼？」瓦立醫生問。

「我認為她們之所以在巴黎酒館大爆炸中倖存，是因為她們透過腦中的**形式**傳送了魔法，或者說是生命能量，或是任何類似的東西。我們知道在死亡的那一刻會釋放魔法——因此產生犧牲。」

「因此產生吸血鬼。」納丁格爾說。

「不是吸血鬼。」我說。我一直在研究沃夫的著作。「*tactus disvitae*，與生命相反的氣息，是吸血鬼的特色。她們比較像是酒精或毒品依賴，造成的傷害是預料之外的後果，就像肝硬化或痛風。」

「人類可不是一瓶瓶白蘭地。」納丁格爾說。「沃夫總是太急於將一切事物分門別類。就算玫瑰換了其他名字，也仍然是玫瑰。只是——她去哪裡了？」

「應該是回柏威克街上的公寓了。」我說。

「回巢穴去了。」納丁格爾說。我不喜歡他這種說法。

瓦立醫生給了我一些止痛藥，還有半瓶無糖的百事可樂，這一定是他在冰箱裡找到的。扭開瓶蓋時已經沒有氣泡聲了，我將它混著止痛藥一起吞下，味道非常淡——肯定在冰箱放了很長一段時間。

他在我旁邊的沙發上坐下，一手放在我的手臂上。「如果你的父親真的曾經在過去跟席夢密切接觸過，我們或許可以找到證據。因此，我要你明天早上十點帶你父親到倫敦大學學院醫院。」他說，然後指了指納丁格爾，「我還要你喝一杯熱牛奶、吃一顆安眠藥，接下來的半小時內都要躺在床上。」

「那麼——」納丁格爾說，但瓦立醫生不給他機會開口說話，更不可能讓他講完。

「如果你們不照我的吩咐做，我以我父親的性命起誓，我會讓你們兩個強制休病假。」他說。「你們兩個都理解了嗎？」我們順從地點頭。

「很好。」他說。「明天見。」

稍後，當我們在茉莉的廚房跟她要杯熱飲時，納丁格爾問我，是否相信瓦立醫生真的有權力執行他的那番威脅。「我想他有。」我說，「他是我們行動組明文規定的醫療顧問。如果我們有牢房的話，當我們的囚犯需要治療時，要找的人就是他。我們有牢房嗎？」

「現在沒有了。」納丁格爾說。「戰後都用磚塊堵起來了。」

「無論如何，」我說，「我認為我們不應該去探測他的權力底線。」

「他為什麼想見你父親？」納丁格爾問。

「我也在猜，不過我認為他大概是想知道，我爸在和席夢的姊姊密切接觸後，是否在身體上留下任何線索。」我說。

「噢，」納丁格爾說，「他真的很聰明。」茉莉畢恭畢敬地遞給納丁格爾一杯熱巧克力。「謝謝妳。」他說。

「我的呢？」我問。

茉莉拿起托比的牽繩朝我揮動。

「不要又叫我去。」

「我必須臥床休息，」納丁格爾說，「醫生的囑咐。」

我低頭看托比，牠蹲伏著半躲在茉莉的裙子後面，試探性地對我吠了一聲。

「你在這裡沒朋友了，你知道嗎。」我說。

瓦立醫生將我父親送進核磁共振成像掃描儀時，他讓我在一旁觀看。他說這臺的磁場強度是三特斯拉，算是很好，醫院真該再買一臺來滿足需求。

儀器內有麥克風，可以聽見患者狀況是否有異——我聽見我父親在哼歌。

「那是什麼聲音？」瓦立醫生問。

「是我爸，」我說，「他在哼〈不是沒規矩〉。」

瓦立醫生坐在控制臺前，面板的複雜程度足以發射一枚近地軌道衛星，或是混音出一首排行榜前二十名的熱門歌曲。掃描儀開始運轉，發出了那種會讓人想把車子開進最近一家修車廠的轟隆聲響。我父親似乎一點也不介意，繼續哼著歌，雖然我注意到他調整了節奏以配合儀器的聲音。

掃描過程花了很長一段時間，過了不久，麥克風傳來我父親輕柔的鼾聲。

瓦立醫生看向我，揚起一邊眉毛。

「如果我媽在講電話的時候你都能睡著，」我說，「那就沒什麼東西可以阻礙你的睡眠了。」

我父親的掃描完成後，瓦立醫生改叫我脫衣服躺進儀器裡。

「什麼？」

「席夢可能也吸食了你。」他說。

「可是我又不彈爵士樂。」我說。「我甚至沒那麼愛爵士樂。」

「這些只是假設，彼得。關於爵士樂的部分，很可能只是邊界效應。假設你那位女性朋友是尚未定義的食魔者種族，我們就不清楚他們的運作機制。我們需要更多資料，因此我需要你把頭伸進這臺核磁共振成像儀。」他把手放在我的肩膀上，「這是為了科學發展。」他說。

滑進核磁共振成像掃描儀是一種獨特的幽閉恐懼症體驗。工業等級的大型旋轉磁鐵，會產生高於地球六萬倍的磁場。醫護人員將你送進儀器時，只讓你穿一件有風會在私處穿梭的患者服。

至少，瓦立醫生沒有叫我在裡頭等待掃描結果出來。

「這是你父親的掃描結果。」他說，指向幾個深灰色的區塊。「這些看起來像是輕微的器官損害，可能是超奇術衰退。我會再精確分析影像，做一些比對以便進一步確認。這是你的大腦，不僅思想原始未受汙染，也沒有損害的跡象。」

「所以她沒有吸食我。那我為什麼會昏倒？」

「我猜她確實吸食你了。」他說。「只是還不到損害大腦的程度。」

「她趁我們做愛的時候進行的。」我說。「這是她自己親口說的。我們知道她到底吸食了什麼嗎？」

「我現在看到的損害跡象，與超奇術衰退的早期階段一致。」

「她是吸血鬼，」我說，「爵士樂吸血鬼。」

「爵士樂可能只是調味料，」瓦立醫生說，「真正被吸收的是魔法。」

「那到底是什麼？」

「我們不知道，而你也曉得這一點。」他說，然後示意我去換衣服。

「是腦瘤嗎？」我們換好衣服後，我父親問。

「不是，他們只是想為後代子孫記錄你那空空如也的腦袋。」我說。

「你在女孩子堆裡向來不太吃得開，是吧？」他說。看著年邁的父母半裸是件詭異的事。你會發現自己入迷地盯著他們鬆弛的皮膚、皺紋還有老人斑，心想：**有一天我也會變成這樣**。或者至少有可能變成這樣，如果你能避免被殺害，或者是避免與吸血鬼談戀愛。

「除了媽的事情之外，那天的演出如何？」

「還不差。」他說。「我們可以多練幾次，團練本來就是永遠不嫌多。」

雖然國民保健制度有提供無菌針頭，但我父親手臂上的血管還是萎陷了，我以為他都是注射在腿上，然而現在我卻看不到任何痕跡。

「你最後一次打藥是什麼時候？」我問。

「我暫時戒了。」他說。

「從什麼時候開始？」我問。

「夏天的時候。」他說。「我以為你媽告訴你了。」

「她說你戒菸了。」我說。

「其他的也戒了。」我父親套上他那件步槍綠的扣領襯衫，以倫敦佬公認的方式擺了擺手臂。「我一次下了兩匹馬。」他說。「老實說，不抽菸才是最困難的。」

我表示要送他回家，但他說他沒問題，而且想享受一下寧靜與和平。只不過太陽快下山了，於是我陪他在公車站等到公車進站後，我再走回羅素廣場。

我很習慣獨自享有浮麗樓，因此當我漫步走進中庭，發現有六個人正舒適地坐在扶手椅上時，我有點震驚。我認得他們其中之一，一個矮壯精實、有個歪鼻子的男人，他是法蘭克．柯福瑞，我們在倫敦市消防局的聯絡人，同時是傘兵團的後備軍人。他站起來跟我握手。

「這些是我的隊員。」他說。

我向他們點頭致意。他們全都是一頭短髮、身材結實的中年男子，即使穿著不一樣的便服，但他們的言行舉止就像穿制服似的。茉莉為他們準備了下午茶，不過他們把堅固的大型黑色尼龍袋丟在茶几下方，堆在椅子旁。這種袋子有強化的背帶與提把，可以安全且相對輕鬆地攜帶沉重的小型金屬物體。

我問他納丁格爾在哪裡。

「在跟總監講電話。」他說。「我們在等候命令。」

這個「命令」讓我發冷冒汗。我懷疑這個命令就是要請席夢和她的姊姊們去喝茶。我盡量不讓擔憂顯現在臉上，愉快地朝柯福瑞的夥伴們揮揮手，然後穿過後門，走過院子，踏出馬車屋的大門。我估計在納丁格爾發現我離開之前，至少有十分鐘的時間，要是不開車的話就有二十分鐘。他對我瞭若指掌，知道我下一步會做什麼。他大概以為這麼做是在保護我，這很諷刺，因為我認為是我在保護他。

二十分鐘後發現我不見了，再花十分鐘整裝跳上傘兵團開來的普通貨車，十分鐘可以抵達柏威克街。我最多有四十分鐘。

當我踏上人行道大喊「計程車」時，一輛黑色計程車轉過街角。我伸出手，可是那個混蛋假裝沒看見，直接從我面前開過去。我一邊咒罵一邊記下車牌號碼，如果之後有機會，就能小心眼地徹底報復一番。幸運的是，街角馬上來了另一輛計程車，司機在南安普敦大街上讓一些觀光客在飯店門口下車，我趁著司機發生任何夜視問題前，趕緊滑進車裡。他留著短髮，是那種出於自尊心過高而不願將剩下的頭髮梳過去遮住禿頭部分的樣式。為了讓他覺得高興一點，我亮出了警察證件。

「十分鐘之內載我到柏威克街，我可以讓你在今年接下來的日子暢行無阻，不被刁難。」我說。

「我老婆的車呢？」他問。

「一樣。」我說，給了他我的名片。

「成交。」他說，接著展現了倫敦黑色計程車的驚人迴轉技巧，他的一個違法迴轉將我甩到門邊，開始在貝德福大道上加速奔馳。如果他不是瘋了，就是他老婆真的很需要擺脫交通罰單，因為我們居然不到五分鐘就抵達。我甚至印象深刻到連車資也付了。

柏威克街的週五夜晚，客人們靜靜地進出與彼得街街角交會的情趣用品店。市場已經打烊，但酒吧和唱片行還開著，媒體工作者持續穿梭在觀光客之間踏上回家的路。我花了一點時間檢視席夢家的大樓正面——五樓以上的燈還亮著。

我不希望席夢和她的姊姊們就這樣消失在柯福瑞和他的屬下手中。我信奉法治，雖然這麼說很詭異，不過這是警察業務，我是個宣誓過的警員，現在要行使我的權力去阻止社會安寧被破壞。

或者，萊斯莉會這麼說，我他媽的瘋了。

我隨意按著大樓的對講機按鈕，直到有人回應。

「我是來抄電表的。」我說，對方按開了大門門鎖讓我進去。我在心裡記下建築物的門牌號碼，好在事後遭到嚴厲責備時，可以告訴西區中央警局的犯罪防範小組，接著才開始走上樓梯。

這些樓梯還真陡。難怪席夢和她的姊姊們得吸取人類的生命能量。

當我仍站在她們的家門口喘氣時，有人從身後抓住我，拿刀抵住我的喉嚨。

「是他。」她咬牙切齒地說。「開門。」

由於身高差距，她必須穿過我的腋下才能把刀伸向我的脖子，我想那是把老舊的廚房菜刀。其實她應該拿刀脅迫我的背部或腹部比較好。要是我急了，我大可用手臂攻擊她，迫使她的手離開我的脖子。一切得看她的速度有多快，以及她的殺意有多強。

門開了，席夢往門外看。

「席夢，妳好，」我說，「我們得談一談。」

她看到我出現顯得很痛苦。

拿刀脅持我的女人將我往門內推，我小心翼翼側身走進屋子。佩姬也在裡頭，仍然穿著吊帶褲，頭髮也還是抓成刺蝟頭，臉色蒼白且神情懼怕。這代表拿刀的人是琪莉。

席夢關上我們身後的門。

「拿他的手銬。」琪莉說。

佩姬摸索我的腰際。「沒東西。」

「你為什麼沒帶手銬？」席夢說。「我告訴她們說你有手銬。」

「我不是來這裡抓人的。」我說。

「我們知道，」琪莉壓低聲音說，「你是來這裡殺我們的。」

「什麼，就憑我一個人嗎？」我問，但我想起柯福瑞和他的隊員在浮麗樓喝茶的樣子。現在他們應該喝完茶並跳上貨車了，最有可能是一輛不起眼的福特 Transit，正在進行出發前的武器檢查及夜視裝備確認。

「我不是來這裡殺任何人的。」我說。

「騙子。」琪莉說。「他說你們要讓我們消失。」

「也許我們應該讓他們這麼做。」佩姬說。

「我們沒有做錯事。」琪莉說，她手中的刀不小心刺進我的脖子——感謝上帝，這把刀不是太鋒利。

「有，我們做錯事了。」席夢說。她的臉上有淚痕，當她發現我在看她時，她轉過身去。

「是誰說我們會殺妳們的？」我問。

「那個男人。」琪莉說。

「妳是在酒吧遇到他的嗎？」我問。「哪個男人？妳記得他的長相嗎？」

琪莉顯得遲疑，這時我明白了。

「我不記得。」她說。「他的長相不重要。他說你替政府工作，而政府很想殲滅不正常的人。」

我還能說什麼呢？我就是來這裡對她們說類似的話的。

「他的眼睛是什麼顏色？」我問。「他是白人、黑人，還是其他民族？」

「你為什麼要知道這些？」琪莉大吼。

「妳為什麼不記得？」我問。

「我不知道。」琪莉說，鬆開了對我的鉗制。

我沒有等她想起她應該抓住我這個人質，我抓住了她的手腕，將她拿刀的手往上一轉後拉開。與持刀之人對抗的原則，就是先讓刀鋒遠離自己，然後讓對方痛得拿不住刀。我感覺我手中有東西裂開了，琪莉尖叫著，刀子掉在地上。佩姬想要打我，但我已經閃開，結果她賞了琪莉一巴掌。

「住手。」席夢大叫。

我把琪莉推向她們，她踉蹌地倒向佩姬，兩個人都被床墊的邊緣絆倒在地。佩姬爬起來時，像隻貓一樣發出生氣的呼嚕聲。

「等一下。」我說。「我是想來幫妳們忙的。有個真正邪惡的男人，妳們不會想跟他交手的。」

「你當然知道，」佩姬不屑地說，「你替他工作。」

「這又不是我們的錯。」琪莉沮喪地說。席夢坐在她旁邊，一手環著她。

「我了解，」我說，「我真的了解。不管妳們怎麼想我的上司，這裡還有另一個十足邪惡的混蛋，而且——妳們到底為什麼還在這裡？誰都知道妳們住在哪。」

我想起我可能只剩下十分鐘了，接著納丁格爾和柯福瑞就會現身，展示軍隊版本的攻堅方式，我只能以獨家的近距離欣賞他們進行搜索與摧毀的過程。

「他說得對，」佩姬說，「我們不能待在這裡。」

「我們能去哪裡呢？」琪莉問。

「我替妳們找家旅館，」我說，「再來討論下一步。」我盯著席夢看，她以一種病態的渴望神情望著我。「席夢，我們沒有多少時間了。」

她點點頭，「他說得沒錯，」她說，「我認為我們應該立刻離開這裡，不要再回來了。」

「但我的東西怎麼辦？」琪莉哀號著。

「我們會幫妳弄到更多東西的。」佩姬說，拉著琪莉站起來。

「我去看看外面安不安全。」我說。我走到樓梯間，按下牆上的開關，打開那可憐兮兮的四十瓦燈泡。

樓下傳出碰撞聲，是厚重的門被猛然撞開、從牆邊彈回的兩聲獨特巨響。門從牆邊彈回的力道可不是開玩笑，很多第一個進門的笨蛋都會被打出門外，一屁股跌在地上。

太遲了。我不知道這是納丁格爾帶著柯福瑞的後援抵達，還是史蒂芬諾柏斯派來的武裝特警隊。不管是哪一種情況，我都得在他們抵達屋頂時解除警報。我要席夢和其他人待在房間裡。

「我是在現場的警察，」我大喊，「沒有武器，沒有人質。重複一次，沒有武器，沒有人質。」

我停下來聽是否有回應。我覺得我聽到樓下傳來竊笑聲，然後是一個低沉的、口齒不清的聲音說：「很好。」接著我絕對聽到了上樓的腳步聲。我將雙手高舉至胸前，掌心朝外，表示我身上沒有武器。這不是個簡單的動作——倫敦警察廳之所以訓練轄下的警員如何處理衝突場面，其中一個理由就是要我們先克服倫敦人天生想報復的衝動。

電燈開關又跳開了，四周突然一片黑暗。我發狂般用力拍打開關，將燈再次打開——燈亮的時候已經很難應付這些特警了，燈滅時棘手程度會變成兩倍。

腳步聲來到我下方的樓層，有個身影躍過轉角上樓。

這時候，我的大腦讓我失望了。不管別人怎麼說，眼見不一定為憑。你的大腦會先做出很多分析詮釋，之後才讓你的意識知道現在是什麼情況。如果我們忽然面臨了不熟悉的狀況，例如一張受創的人臉、一輛從空中飛向我們的汽車，或某個看起來幾乎是人、卻又不完全是人的東西，那麼大腦就會需要時間，有時甚至要好幾秒鐘來反應。而這幾秒鐘可以說是非常關鍵。

就比如，有一具嵌合體正奔上樓朝你撲來的時候。

他是男性，肌肉發達，上半身赤裸，露出了身上覆著的紅褐色短毛。他的頭髮是黑色的，長且蓬亂。他的鼻子完全不是人類的鼻子，像隻健康的貓既黑又有光澤。跳上樓梯朝我撲來時，他大張著的嘴巴露出尖銳的白牙和伸出的粉色舌頭。直到他幾乎要跳到我身上，我才看清楚他的樣子，所以我來不及做出任何反應，只能胡亂向後退，用腳攻擊他。

馬汀大夫鞋，防酸鹼專利鞋底，採用強化皮革，世界各地的警察和暴力人士都推薦使用——當你絕對需要將人踢下樓梯的時候。

如我所料，虎男像貓咪一樣跳到地上，扭轉脊椎屈身落在下層的樓梯平臺。

「上到屋頂去。」我朝門的方向大喊。

虎男花了一點點時間甩甩頭，朝我露出貓科動物的齜牙咧嘴。他的眼睛很漂亮，是琥珀色的，像貓般深邃，絕對很適合在夜間狩獵。

我聽見開門的聲音，佩姬和席夢把還在抱怨的琪莉拉出房間，走上通往屋頂的樓梯。我不敢將視線從虎男身上移開——他正在等我分神的那一瞬間。

「這傢伙是誰啊？」席夢問。

「你不會想知道的。」我說。

虎男發出嘶聲。我看見他甩動尾巴，發現自己好奇他是否在內褲後面開了個洞，好讓尾巴可以伸出來。

「小老鼠，」虎男口齒不清地說，「你怎麼不跳起來呢？跳起來會更好玩。」

牆上的電燈開關又跳開了，頓時一片漆黑，虎男朝我撲過來。

我在他面前亮起了擬光。

我一直都在練習，已經能製造出亮如鎂光燈的擬光了。我閉上眼睛，隔著眼皮我還是感覺得到它的光亮，虎男那雙適應低光源的眼睛肯定受到了傷害。

他嚎叫著，我跳起來，這次我成功用雙腳踢中他的身體。他大概比我重，不過牛頓是站在我這邊的，我們一起滾下樓，他撞上了每一級樓梯，而我是壓在他身上往下衝。至少理論上是這樣的。

我們撞上樓梯平臺的力道與速度都超出我的預期。我聽見我的腳發出啪嚓一聲，左膝傳來強烈刺痛。我大叫著，他嚎叫著。

「你說得對，」我說，「跳起來會更好玩。」

我沒有手銬或繩子可以綁住他，於是決定手腳並用地退回樓梯上方，過程中我只能無視膝蓋傳來的劇痛。虎男在我身後可憐兮兮地哭喊著，更重要的是，他一直待在原地。我穿過屋頂的門，閃過佩姬從下方笨拙的揮擊，砰地一聲將門關上。

「對不起，」佩姬說，「我以為是他。」

我看著這三個女人。她們緊抓著彼此尋求支持，臉上是人們在經歷轟炸事件或公路連環追撞後，會出現的那種茫然神情。

我指向北邊。「翻過欄杆，從那邊爬過屋頂，」我說，「去右邊那棟，那裡的防火梯通往達克巷。」那是一條小偷可能會走的路線，是我在和席夢共度激情的夜晚時注意到的。這至少證明了一件事，警察是從不下班的，即使在他沒有穿內褲的時候。

她們沒有動作。怪異的是，她們反應都很慢很遲緩，彷彿被麻醉了或是心神不寧。

「快點，」我說，「我們得離開這裡。」

「你可以安靜點嗎，」佩姬說，「我們在跟人家說話。」

我轉身，看見那個邪惡的魔法師一直站在我背後。

13 秋葉

他站在屋頂花園的遠端，滿不在乎地倚著欄杆。他穿著很好看的深色訂製西裝、淺色絲質領巾，手杖的把手是珍珠母材質。關於他的臉，證人們說的是對的。即使認真地想看清楚他的五官，我發現自己還是只注意到他金色鏈釦的光澤、口袋手帕露出來的深紅色三角形，都是他臉部以外的部分。這就是他──無臉男。

「喂，」我大喊，「你以為你在做什麼啊？」

「你不介意吧？」無臉男說。「我想跟這些小姐們說說話。」他的口音屬於上流社會，昂貴的公立學校，牛津劍橋大學──符合他的背景資料，與我的無產階級靈魂完全不合拍。

「那好，你可以先跟我說說話，」我說，「或者你可以去醫院。」

「從另一方面來說，」無臉男說，「你也可以從這片矮牆跳下去。」

他的語氣非常有說服力，我真的往欄杆走了三步才讓自己停下腳步。這是**誘力**，當然，也就是魅惑，要是我這一年來沒有經歷各種半神與精靈們試圖擾亂我心智的考驗，他的**誘力**可能已經在我身上發揮效果了。說起鍛鍊強悍的意志力，沒有比抵抗泰本小姐試著讓你變成她的家奴更有效的了。不過，我還是繼續往欄杆走去，因為我沒有理由放棄這個優勢，而且我很好奇他想對席夢她們做什麼。

「小姐們，」他說，「我了解妳們可能對自己的真實身分感到震驚，而且也有一點不知所措。」他說話很輕柔，但我卻聽得非常清楚，這並不正常。這也是**誘力**的一部分嗎？我納悶著——最近得找個時間好好和納丁格爾聊一下這件事。

我走到了屋頂邊緣，於是轉身把一隻腳放在欄杆上，作勢要側身翻越，準備跳下去迎接可怕的死亡，同時趁機觀察無臉男想做什麼。

他還在跟她們說話。「我知道妳們相信自己受到了詛咒，」他說，「不得不榨乾其他人的生命能量來滿足自己不正常的胃口。但我希望妳們可以跳脫這個想法。」

我還是看不到他的臉，然而自從亞歷山大．史密斯描述過他的臉，或是更準確地說，他沒辦法描述他的臉之後，我讀了一些相關資料。維克多．巴多羅買這個也許是史上最無聊的魔法師，將之命名為**藏臉**，連我都知道這是拉丁文，他寫了整整一個章節來討論如何反制，這是巴多羅買的特色，我可以濃縮成一句話：**繼續用力看，遲早能看穿**。這就是我現在在做的事。

「如果說，」無臉男說，「我現在要提出一個假設，要是以人類為食是正常的呢？如果餵養人類，原本就是用來開採的呢？而我們絕對是樂於開採人類的，對嗎？」

我瞥了席夢一眼。她和她的姊姊們不再緊緊抱住彼此，她們對無臉男抱持的禮貌態度，就像面對來訪的達官顯貴，我們會希望他快點把話說完、然後離開去忙他的事。

哈，我心想，換成是泰本，她就會讓她們屈膝下跪了。

「不管怎麼說，人人平等的概念是很愚笨的。」在他說話的時候，我眨了幾下眼睛，突然間，我看見他的臉了。或者說我看不到，他的臉被覆蓋在一張素面的米色面具之下，面具完全遮住他的頭。這讓他看起來像是個品味不凡的墨西哥摔跤選手。我想他可能察覺到我已經看穿他的偽裝，因為他轉頭看向我了。

「你怎麼還在這裡？」他問。

「我不確定我應該頭先下去還是腳先下去。」我說。

「你覺得這兩者有差別嗎？」

「就數據上來說，如果腳先下去的話比較有可能生還。」

「你為什麼不跳呢？」他說。「這樣我們就可以知道結果了。」

我又感覺到了，**誘力**，這次比較強烈，而且帶來一些氣味：烤豬肉、剛打理過的草地、沒有洗澡的身體臭味，還有一種金屬味道，像鐵一樣，在我的嘴巴裡。我轉向欄杆，頓了一會兒又轉身回來。

「你剛剛說你叫什麼名字？」我問。

「跳下去。」無臉男厲聲說。

他全神貫注在我身上，不過**誘力**似乎無法同時發揮在兩處，當他對我使用**誘力**的時候，他就無法控制席夢。

「快跑！」我大喊。

我看到席夢猛然清醒，拉住佩姬的手臂。她們倆一臉驚恐地看著我，然後感謝上帝，她們也抓住了琪莉，並開始翻過與隔壁相鄰的屋頂花園矮牆。我把視線移回無臉男身上，剛好看見他擺動肩膀，朝我伸出一隻手。我認出了這個手勢——過去六個月來，我一直都在練習這個，因此救了我的小命。當某個明亮熾熱的東西飛越我的肩膀時，我已經往左邊撲去，它在欄杆上熔出了一個半公尺寬的洞，如果我沒有閃開的話，大概就是我腹部的位置了。

即使正飛在空中，我還是快速地對他拋出兩顆纖細手榴彈，要是我沒有試著發出一個直行的火球，這一切會更令人讚嘆。當我落地打滑的時候，我身後的欄杆又熔了一塊，我看見我的一顆手榴彈在半空中人畜無害地爆炸了，另一顆則彈到無臉男的腳邊就不動了。他低頭一看，在幸運之神的眷顧下，這一刻它爆炸了。爆炸的威力使他往後踉蹌、轉身避開。我利用這段時間手腳並用地站起來面向他。

「我是武裝警察。」我大喊。「站著別動，雙手放頭上。」這次我知道該準備什麼咒語對付他了。

他轉身瞪著我。儘管他頭戴面具，我還是判斷得出來他一臉懷疑。

「你是警察？」他問。

「武裝警察。」我說。「轉過去，雙手放頭上。」

我冒險看了席夢和她的姊姊們一眼，確認她們是否已經離開屋頂。

「噢，別擔心她們。」他說。「我找到比她們更有意思的事情了。畢竟，我隨時可以製造出更多像她們那樣的人。」

「我是武裝警察。」我再次大吼。「轉過去，雙手放頭上。」亨頓的教官們說得非常清楚：如果你打算踢嫌犯，你就必須讓嫌犯聽見你已徹底表明自己的身分。

「如果你想攻擊我的話，」他說，「就動手吧。」

於是我朝他射出火球。光是能讓他明顯動怒就值得了，我很享受地看著，直到他抓住那個火紅的火球為止。他就這樣在半空中伸出手攔截它，並將它拿到自己面前，就像哈姆雷特手中的骷髏頭。

當火球一靠近他的時候，我就釋放了，可是它並沒有爆炸。他翻轉著火球，像個行家般仔細端詳，或許他就是個行家。我意識到他想要我再朝他丟一個火球，這樣他就可以接住它，或是使它轉向，或是漫不經心地做一些惹惱我的事。我沒有如他所願。只要他花越多時間奚落我，席夢就能逃得越遠。

「你知道嗎，」他說，「當我第一次看到你的時候，我以為你跟那些泰晤士河精是一夥的，或是一個新的精靈種類，或是極具異國風情的巫醫或美國人。」男人像弄破肥皂泡一樣弄破了火球，在鼻子下方摩擦著大拇指和食指。「是誰訓練你的？」他問。「肯定不是傑弗瑞。並不是說他技巧不好，而是你有靈性。是抓手嗎？他是那種會抱怨自己手邊工作的人。你注意過記者的這種特質嗎？他們真正想談的都是自己的事。」

抓手顯然是傑森．登祿普，輪胎品牌登祿普，抓地力，抓手——你可以由此看出我們的菁英教育機構是如何提升學生的活潑機智。抓手顯然不是唯一一個想發言的人。如果你無法讓人知道你比他們優秀的話，那麼低頭睥睨他們就沒意思了。

來吧，你這混蛋，我心想。再多爆料幾個名字吧。

「你說的話太少了，」他說，「我不信任你。」

突然間，四周大放光明，直升機帶來的大量下壓氣流，將灰塵和垃圾吹得在我們眼前飛舞。他朝我丟出火球，我朝他丟出煙囪——這是倫敦風格。

趁無臉男在絮絮叨叨時，我一直在用我稱為**驅顫**的咒語使煙囪鬆動，不過納丁格爾稱這招為**你能否停止亂來並多注意一點**。當直升機的探照燈打在他的臉上，我用了符合納丁格爾期望、最單純的**驅動**，直截了當地瞄準那個混蛋。我知道他會轟炸我，所以我撲向右邊，他的火球帶著燃燒的嘶嘶聲從我肩膀飛過。我希望他的目光可以反射性地追蹤移動中的我，不要發現四分之一噸重的紅磚與陶土正從另一個方向朝他飛去，但他的眼角餘光肯定瞥見了，他一個甩手，煙囪就在距離他掌心不到半公尺的地方解體。

由於我忙著縮短我和他之間的距離，因此我只有在那一瞬間看見破碎的磚塊、水泥灰與煙塵在他周遭爆發，就像沿著某個隱形的球體飛散。假使我們繼續以魔法交手，不用說，他一定可以把我炸得彈出屋頂，於是我跑向他，希望可以近身揍到他的臉。

我很接近了，距離他不到一公尺，可是這混蛋轉身向我伸出手掌，我便撞上了他用來對付煙囪的東西。無論那是什麼，感覺不像撞上玻璃牆，而是很滑溜的，像是當你試著把兩塊磁鐵湊在一起時，那種不穩定的滑動感。我被彈開後背部著地，他大步走向我。我並沒有等到判斷出他是想得意洋洋地嘲笑我還是要取我性命，我就使用**驅動**移動了無臉男身後的廉價花園塑膠桌，讓它從後方撞上他的腿。他往前一跌，而我的雙腳也趁機往上一踢。

「媽的！」他大叫，聲音大得足以劃破直升機的噪音。

我現在站起來了，在某個咆哮著的毛皮動物從右邊朝我極速撲來之前，我又狠狠地揍了無臉男的臉一拳。是虎男，他一定是撞開了通往頂樓的門來找我們。我們撞上欄杆，要不是我的右手緊緊抓住欄杆，早就摔下去沒命了。我順勢彈回安全的屋頂地面，抬頭看見虎男將一隻肌肉發達的手臂往後擺，準備發動攻擊。他的指尖有爪子——面對有爪子的對手，你該怎麼做？

由於直升機的噪音以及我自己的恐懼，我並沒有聽見槍聲。我看見虎男的頭往後一扭，他身後飛濺出的一片紅色，就這樣暴露在直升機的探照燈光線中。

裝甲部隊來了，雖然我無法判斷是柯福瑞和他的前任傘兵們，還是倫敦警察廳武裝特警隊的狙擊手。我用手比出手槍的形狀，朝無臉男的方向開了一槍。我希望這名狙擊手是柯福瑞的手下，因為武裝特警隊的人應該不會在沒有正式授權的情況下，就根據我的手勢動作朝一名顯然手無寸鐵的市民開槍。總之，十之八九不會如我所願。

無臉男可不笨，他察覺情勢有變，又拋出一個火球，我蹲低一閃——但火球不是瞄準我的，它往上一飛，探照燈瞬間滅了。我朝剛才看見的無臉男位置撲過去，只是他已經不在那裡，當我的眼睛重新適應昏暗的光線時，在屋頂上就找不到他的蹤影了。上方的直升機發出斷斷續續的金屬噪音。你不會想聽到直升機發出這種聲音的，尤其當它就在你頭上的時候。

我看著直升機往街道的方向傾斜，駕駛員奮力地想控制住它，它卻不停晃動。我應該要逃離屋頂，卻無法移開視線——蘇活區是人口最密集的都會區之一，如果直升機墜毀在這裡，死亡人數將是成百上千。我聽見引擎聲的音調改變，駕駛員推高節流閥，努力想拉抬高度。下方街道的人們看見失控的直升機，紛紛發出尖鳴、大吼大叫。今晚的新聞應該會出現很多用手機拍下的影片，來自那些知道媒體怎麼運作卻沒腦子的人們。

當直升機歪歪斜斜地朝我飛來，我才意識到我的臉已經和起落架等高，我確定自己也是無腦一族的成員。我彎身閃避，起落架掃過我的頭頂，強大的下壓氣流帶來燃油過熱的氣味。我看見機身下方的烤漆被飛散的碎石擊中後造成的痕跡，斗篷男孩在機首的感測器外蓋上炸出一個跟我拳頭差不多大小的洞。接著，在一陣機械的噹啷轟鳴聲中，直升機艱困地向上拉高飛遠，駕駛員正在尋找安全的地方降落。

除了逐漸逼近的警車警笛聲外，周遭突然變得安靜許多。我坐在那張仍將它想像成是我與席夢纏綿的床墊上，調整我的呼吸，等待更多麻煩事的到來。

首先穿過那扇屋頂門的，是「虎式坦克」湯瑪斯．納丁格爾。他看到我，以手勢比了比眼睛向我示意後，又望向樓梯後方的視線遮蔽區。我搖搖頭，指著虎男的屍體，然後用手指比出走路的動作。納丁格爾看起來很困惑。

「他逃走了。」我大喊。

納丁格爾從屋簷下方走出來，為了保險起見，他轉身環視了一圈。法蘭克．柯福瑞和另外幾個人跟著他出來。我原以為這些傘兵會穿著全副武裝的忍者突擊裝備，不過當然了，他們還是穿著普通的便服。要不是他們攜帶步槍，我不會多看他們一眼。

柯福瑞的兩名隊員脫隊去檢查虎男的狀況，其中一人踢他的肋骨時，虎男仍然僵直不動。

等納丁格爾確定屋頂安全無虞之後，他走過來，我也站起身——畢竟，沒有人喜歡坐著的時候被訓斥。

「是他嗎？」納丁格爾問。

「是那個無臉男，」我說，「雖然我注意到他是戴著面具。」

「那是咒語的一部分。」納丁格爾說。「你受傷了嗎？」

我看了一下自己。「只是瘀青而已，還有膝蓋扭傷。」

納丁格爾指著煙囪的殘骸。「那是你做的嗎？」

「是我。不過沒有發揮作用。他有一種類似防禦力場的東西。」

警車的警笛聲來到了樓下的街道，我們聽見警察同仁們重重甩上車門的聲音。

納丁格爾轉向柯福瑞，「法蘭克，你和你的手下最好先回車上。」他說。「我們處理完轄區警察後再跟你們會合。」

傘兵們邁開大步，從屋頂的防火梯往下走向達克巷。我希望席夢和她的姊姊們在逃離之後還知道要繼續跑得更遠。

「是防護罩。」納丁格爾回到我們不久前討論的話題。

「他還接住我的火球。」我說。「我提過這個了嗎？他直接從空中攔截它。」

「這個人是由導師訓練的。」納丁格爾說。「你明白想達到這種程度，需要苦練多少年嗎？需要全心付出多少、需要對自我要求多嚴格？你剛才遇到的，是世界上最危險的人物之一。」他拍拍我的肩膀。「而你還活著，令人刮目相看。」

有那麼一瞬間，我真怕他會擁抱我，幸好我們都及時想起我們是英國人。不過，剛才我的確是死裡逃生。

我們從屋內深處聽到警察跑上樓梯時特有的隆隆腳步聲。

我指著已經死掉的虎男。「我該怎麼跟他們說這個？」

「你不知道是誰開槍殺死他的。」納丁格爾說。「你認為應該是警方的狙擊手，對吧？」

我點點頭。講一半的真話永遠比講一半的假話來得好。這裡是倫敦，老大，我們沒有軍方組織的行刑隊。「在我們做其他事之前，」我說，「我們得談一談這個。」

「是的，」納丁格爾嚴肅地說，「我想我們確實得談一談。」

納丁格爾大步走向門口，對趕著上來的警察說，他是負責人，而屋頂是犯罪現場，除非他們是凶案調查小組，否則最好想清楚後果，離現場遠一點。

「我就是那該死的凶案調查小組。」史蒂芬諾柏斯從下方大喊著。爬五層樓的樓梯無益於改善她的心情，她從樓頂門口出現時，就像是來催討過期稅款的。她怒目瞪視納丁格爾，然後小心翼翼地走著，避免破壞現場，她走到了虎男四肢大張倒地的石板處。血液在他的頭部下方匯聚成一個小窪，在街燈的燈光下顯得光滑濃黑。

史蒂芬諾柏斯望向那具屍體，然後又移回我身上。「不要又來一個。」她厭倦地說。「小子，你得當心了。照你這個速度，專業標準理事會很快就會把你的手機號碼加入快速撥號鍵了。」她瞇起眼睛看著納丁格爾，「督察長，你認為呢？」她問。

納丁格爾用手杖指著那具屍體。「這顯然是被一名或兩名以上人員射擊致死的，巡佐。」他將手杖頭一轉，指向對街。「我認為是從那棟大樓的屋頂或是頂樓開的槍。」

史蒂芬諾柏斯連看都懶得看一眼。「知道他的身分嗎？」

「恐怕沒有線索。」納丁格爾說。「我想他可能也沒有任何朋友或家人。」

這句話的意思是，驗屍的時候不會有人大吵大鬧，也不會有人來認領這具屍體。也就是說，讓我來猜猜看，他最後很有可能是被送進瓦立醫生的冰櫃。

我花了一個小時才離開那個屋頂，而且我必須再次將身上穿的外層衣物交給鑑識人員，根據我的計算，他們擁有我鞋子的數量，已經超過我自己持有的了。他們在我和納丁格爾的雙手取樣，檢測射擊殘跡，接著下樓進入不同的車子裡做初步筆錄。在保證隨傳隨到後，史蒂芬諾柏斯釋放我們時已經是凌晨三點，就連蘇活區都有些疲倦不堪了。

柯福瑞和傘兵們躲在一條連接博威克街的小路上。我猜中了他們開來的Transit貨車，白色的，還有明目張膽的假車牌。「我們不喜歡付都市壅塞費。」我問的時候柯福瑞是這麼回答的。「這輛車沒問題，不過——是我姊夫的。」他們勉強找出一條黑色牛仔褲、一件胸口印有AGRO字樣的深灰色帽T，還有一雙網球鞋，讓我可以脫掉鑑識人員給我的傻瓜裝換上。牛仔褲的布料傳來一陣殘留的擦槍油味道。我強烈懷疑這條褲子和上衣都是放在槍袋裡包裹步槍，用來減少金屬撞擊聲的。

納丁格爾在小雨中耐心地等待我換衣服。在我與他會合之前，柯福瑞拉住我的手臂，「我們不想到天亮還待在這裡。」他說。

「別擔心，」我說，「不會花太多時間的。」

街燈下的納丁格爾看起來憔悴又毫無血色，眼睛下方有黑眼圈，我看見他想遮掩他不自覺的顫抖。他讓自己的表情保持和藹。

「長官，你要先走嗎？」我問。

他點點頭，但是他先盯著我冷淡地看了好一會兒，才終於嘆了口氣。「當我將你看成是我的學徒時，我以為我可以保護你，讓你不必做出某些『選擇』。現在我知道自己做錯了，所以我道歉。不過，你他媽的以為自己正在做什麼？」

「我想履行我對人權法宣誓成為警察的職責。」我說，「也就是第二條所說的生命的權利，該條明定任何武力的使用必須有其絕對必要性，而且我們所殺的任何混蛋都必須是接受合宜的制裁。」

「我想你是把人類的定義延伸至吸血鬼跟嵌合體上了。」納丁格爾說。

「那我們請法院判定吧，或者更好的方式是，請國會說明法條。」我說。「不過該做決定的人不是我們，長官——對嗎？我們只是警察而已。」

「彼得，如果她們的容貌醜陋，你還會像現在這麼關心嗎？」納丁格爾問。「還有一些可怕的東西會說話也有思考邏輯，我不曉得你是否仍會這麼急著替他們辯護。」

「也許不會，」我說，「不過即使如此，那也代表我只是膚淺，並不是做錯了。」

「據我估算，席夢和她的姊姊們從一九四一年至今，已經殺害或是導致傷殘的人數將近兩百二十人。」納丁格爾說。「這些人也有人權。」

「我的意思是，我們不能假裝人權法不存在。」我說。

「非常好。」納丁格爾說。「假設我們逮捕了她們，然後，上帝才知道該怎麼做，試著去判她們的罪……」

「嚴重疏忽導致的過失殺人，長官。」我說。「我想我們可以合理地預期，在二十年左右之後，她們發現自己完全沒有變老，而她們的男朋友則規律地翹辮子了。」

「她們會說不記得了。」納丁格爾說。

「長官，我相信她們。」我說。「這表示她們受到精神疾病所苦，如同精神健康法所定義的，既然她們對一般社會大眾來說是明顯的威脅，我們可以依據精神健康法第一百三十五條拘留她們，將她們移送到安全的地方，給予照護跟評估。」

「如果她們餓了呢？」他問。「你認為讓她們挨餓至死是比較人道的做法嗎？」

「我們不知道她們是否會死。」我說。「或許她們的新陳代謝機制會恢復，如果其他的做法都失敗了，我們可以餵養她們。她們所需的受害者一年不到一人——她們不需要那麼多人。」

「你想要這輩子剩下的時間都在做這件事嗎？」

「你不能因為這樣做比較方便就砍了誰的頭。」我說。「你所有的朋友都是為了什麼而死，所有那些刻在牆上的名字，如果不是為了這個理由，那麼他們是為了什麼而死？」

他退縮了。「我不知道他們為了什麼而死。那時候我不知道，到現在我還是不知道。」

「那好，我知道，」我說，「即使你已經忘了。他們之所以會死，是因為他們認為還有更好的解決方式，就算他們依然在爭論那個更好的解決方式是什麼。」

我在他的眼裡看見了——他迫切地想要相信。

「我們有能力處理一切。」我說。「難道你真的認為，你、我還有瓦立醫生三個人，我們沒辦法找到出路嗎？也許我可以找到用計算機和手機餵食她們的方法。假如我們能修正她們，那我們也能修正其他對象。這麼做難道不比朝她們身上丟顆白磷彈來得好嗎——是不是？而且，茉莉可能會喜歡有同伴。」

「你想讓她們待在浮麗樓？」

「只是一開始，」我說，「直到我們弄清楚能信任她們到什麼程度。等她們穩定下來之後，我們可以設立一間中途之家。最好是在一個沒有爵士樂的地方。」

「這太瘋狂了。」納丁格爾說。

「她們還可以帶托比去散步。」我說。

「噢，如果是這樣的話，我們何不對所有人敞開大門。」他說，我明白我已經說服他了。

「我不知道，長官。」我說。「先進行試驗性專案應該比較合理吧？」

「我們還不知道她們去了哪裡。」他說。

「我知道她們去了哪裡。」

我們開著Transit貨車來到大風車街，把車停在麥當勞旁邊，讓這群私人軍隊留在車上，我們去查看巴黎酒館的員工出入口。「為什麼不讓法蘭克回去就好了？」我問。

「要是那個混蛋黑魔法師又出現，我們可能會需要他。」他說。

「你是說你沒辦法對付他嗎？」

「好運會眷顧有備而來的人。」納丁格爾說。

員工出入口的門是開著的，這不僅代表席夢可能在裡面，也表示我們不需要根據刑事證據法第十七條取得搜索令後才能進入私人建物。廚房裡有破掉的玻璃，顯然她們幫自己弄了點消夜。香檳冷藏櫃的門沒有關，壓縮機的低鳴聲持續隨著我們來到員工專用走廊。

「她們一定在舞廳。」我說，納丁格爾點點頭。「給我五分鐘讓她們冷靜下來，然後你再進來。」

「小心點。」他說。

這條走廊轉了個大彎，終點有一扇門，打開門後是俯視舞廳的樓梯平臺。和我上次造訪時不同，桌子已經繞著舞池排成橢圓形，覆蓋著乾淨筆挺的白色桌布。

看到她們坐在自己的老位子上我就知道了，令人訝異地嬌小，就位於樂團的一點半鐘方向。桌上擺著三瓶酒——一人一瓶。我胸口一緊，開始耳鳴，但我還是強迫自己走下樓梯去看個仔細。她們都還穿著離開時的衣服，不過塗了口紅和睫毛膏，盡力讓自己看起來大方得體。瓦立醫生後來驗屍時指出，她們是喝了酒加上安眠藥，與佩姬手提包裡整齊堆放的藥片鋁箔包裝相符。

自殺鮮少看起來美觀，然而她們做到了不讓自己癱倒、或是躺靠，或是有嘔吐物滴下。我想她們會很滿意自己創造出的這幅動人場面——三名亮麗的年輕女性停格在她們未來的分歧點上。我太生氣了，不得不強迫自己停下來深呼吸才能繼續往前走。

席夢睜著眼睛。她的頭髮鬆散地垂在肩上，我得將她的頭髮往後梳，才可以將手指放在她的喉嚨上。她的肌膚只有些微冰涼，後來判定的死亡時間大約是在我抵達前的二十分鐘——就是當我和納丁格爾正在討論比較倫理觀的時候。我離她如此近，近得可以聞到忍冬和磚屑的味道。但只有音樂，我到現在才明白，那一直流轉著的樂音已經消失不見了。

我沒有吻她，或是對她做任何事。

我不想汙染犯罪現場。

14 早晨時醒來

隔天起床的時候是這個樣子的。你推開你的鴨絨毯，翻身，把腳放在地上然後站起來。接著上個廁所，洗澡，換衣服，下樓，吃早餐，和上司聊天，練習**形式**，吃午餐，猛打健身房的沙包，沖澡，換衣服，跳上福特Asbo進城讓人看見你露臉。你之所以這麼做，因為這是你的工作，因為這是必做不可的事，因為——如果你誠實的話——你樂在其中。每天重覆這些流程，直到你不再做惡夢或是你習慣了惡夢為止——看哪一種情況先出現。

驗屍報告判定她們是自殺的，這三名姊妹以集體自殺贏得了短暫的名聲。但媒體界沒有人有興趣再深入追查。納丁格爾向西敏警局刑事偵緝科借調了兩名探員，協助處理後續的調查，其中一人是我所喜愛的索馬利忍者女孩。我們不能告訴他們，這些死者是長生不老的爵士樂吸血鬼，因此將這個故事回溯到戰時的責任就落在我身上。

席夢・費茨威廉、琪莉・曼榭爾，還有瑪格麗特・「佩姬」・布朗，一九四一年時由父母通報為失蹤人口，雖然警方進行過調查，充其量也是草率為之——為什麼要認真查呢？當時這座城市正陷於大火之中。我考慮過要追查她們最親近的親戚，可是我該怎麼告訴他們？跟他們說，你們那些幾乎被遺忘的姨婆死於知名的巴黎酒館轟炸事件中，不過她們死後的人生倒是過得頗為享受？直到我最近出現，害得她們又死了一次？

我的確追查到她們的派特諾斯特老師，她在戰後橫越了大西洋，搬去和一位名叫薩迪·韋恩特勞伯的人住，她是華納兄弟娛樂公司的製片祕書，她們住在加州的格倫代爾，薩迪的農場風格平房很不錯。

我找到戰後在蘇活區長大的人，他們記得這三個住在柏威克街上的女孩。有些人以為她們是妓女，還有人以為她們是同性戀，然而大部分的人都不太在意她們——當時的蘇活區就是這樣。

我還找到足夠的證據可以指證她們涉及其他十五起死亡案件，全都是爵士樂手，還有另外九十六起案件，她們可能導致對方罹患慢性疾病和職涯崩毀，我的父親便是其中之一。我發現的所有線索與證據，全部無法讓我相信席夢和她的「姊姊們」對自己造成的痛苦與折磨有所察覺。瓦立醫生曾經不是很認真地想說服我，說席夢有可能完全知道自己的行為，而我是被一個不健全的精神病怪物的笨拙詭計所矇騙。但我知道他只是想讓我心裡覺得好過一點而已。

我描述了這起案件的前因後果，搭配腳註，列印出來作為附加的補充資料，放入文件夾後收進一般圖書室的上鎖檔案區。接著，我刪去了我電腦中的一切資料，並修改了**福爾摩斯**與全國警察系統上的案件編號，這樣一來，如果有人查找這個案件時就會顯示警告。可能會有某些別具調查天賦的記者發現，一些不相關的驗屍報告都標記了相同的倫敦警察廳案件參照標籤，不過既然這些案件都沒有足球選手、流行明星，或皇室家族牽涉其中，我也就無須擔心了。

我擔心的是無臉男，戴面具的那個人，他可以接住火球，讓飛向他的煙囪轉向。更令我擔憂的是，除了這個受過完整訓練、並對人體實驗有瘋狂興趣的巫師，傑弗瑞·惠特卡夫特可能在他的小小魔法俱樂部裡訓練了不只一位學徒。我想知道，還有多少隻小鱷魚呢？他們之中又有多少人是像無臉男一樣邪惡？我知道納丁格爾也很擔心這件事，因為我們花在靶場的時間比以前多更多了。

在十月的第一個星期一，我父親和非正規兵以他們的新團名進行了第一場正式演出。地點是在伊斯林頓禮拜市場的午夜時分俱樂部。我父親成功完成兩小時的演出，連一次都沒有遲疑，而且在〈愛情買賣〉的著名獨奏段落時，有一瞬間他臉上的表情是如此超然，我不禁思索著音樂與魔法之間是否存在連繫，或許爵士樂真的是生命之源。

表演結束後他精疲力盡，由於他想掩飾這件事，因此我將他和母親送上計程車，給了司機小費後出示我的警察證件，確保司機在這趟旅程能始終保持勤奮。然後我回去找麥克斯、丹尼爾以及詹姆士一起舉杯慶祝，不過午夜時分俱樂部有一點貴，於是我們溜到街上前往阿爾瑪酒吧，那裡的啤酒比較便宜，還有付費收看的足球賽。

「他們叫我們回去。」詹姆士說。

「那是因為我們能讓他們的客人想喝酒。」麥克斯說。「幫他們提升業績。」

「音樂永遠可以提升業績。」詹姆士說。

「恭喜，」我說，「你們真的是個樂團了，怪人們的確會付錢聽你們演奏。」

「感謝你爸爸。」麥克斯說。

「還有賽勒斯。」丹尼爾說。

「敬賽勒斯。」麥克斯說，我們肅穆地敬酒。

「你找出真相了嗎？」詹姆士問，「我是說，關於賽勒斯。」

「沒有，夥伴。」我說。「調查結果是『沒有結果』。」

「這一次，敬爵士樂警察的未決懸案。」他說。

我們為此舉杯。

「還有葛蘭特大人的非正規兵。」我說，我們也為此舉杯。

我們又依此敬了三輪酒，接著去吃咖哩飯，最後回家。

我其實沒有做惡夢。考慮到這一切的話，我睡得滿好的，然而我的確有一些鮮明得像**感應殘跡**的記憶。忍冬的氣味，當她笑的時候發出的鼻息聲，她躺在我懷裡時的圓潤感。有時候，這些記憶會讓我保持清醒直到凌晨。

所以，我一直和一個爵士樂吸血鬼睡在一起。這種感覺很怪異。南倫敦一條小河的女神、蘇活區的爵士樂吸血鬼，接下來會是什麼？切爾西狼人，還是錫登漢女妖？我決定創立一些規則，這樣我才能再新增一條規則；永遠不要說某人母親的壞話，永遠不要與庫德族犯罪集團下西洋棋，永遠不要跟一個比你更有魔力的女人一起躺下。

我開車離開倫敦，那是十月裡一個討人厭的寒冷日子。我在尖峰時刻緩慢地駛離城市，有時間可以看人們趕著上班，穿著大衣、縮著肩膀、低垂著頭——夏天結束了，前途光明的中場球員搭上前往里約的飛機，帶著來自西班牙馬拉加的美容師。

不過倫敦才不在意。她從不在意你離開她，因為她知道每當有一個人離開，就會有兩個人抵達。此外，她忙著塗上螢光口紅，用金色和紅色把自己打扮得光鮮亮麗。**你不知道嗎，親愛的，足球選手已經過氣很久了。現在重要的是劇院**。她正在尋找一位想在倫敦西區證明演技的好萊塢明星。

我又繞過了科爾切斯特，這次我先打給萊斯莉，這樣她就知道我快到了。在烏雲密布的天空下，在我接近鐵灰色的地平線時，布萊特靈西也逐漸靠近我的車子，彷彿花崗岩色的大塊浮冰。當我停在她父親家外面，萊斯莉已經在馬車燈下等我了。考慮到天氣，她穿著防水的藍色帽T，拋棄了搖滾明星般的絲巾和太陽眼鏡，換上醫院的粉紅色低過敏塑膠面罩。她說話的時候，聽起來還是像別人的聲音。

「我有東西想給你看。」她說。

在溼滑的街道上，我們遇到兩個當地人，他們很愉悅地向萊斯莉揮手，對我則投以懷疑的目光。

「這就是住在小鎮上的好處。」她說。「每個人都知道，不會有人被嚇到。」

「我覺得他們不喜歡我。」我說。

「他們看得出你是來自邪惡的罪孽都市。」她說。

我們穿過擺滿小艇的停車場，小艇都蓋上了冬季的防水布，冷風在索具之間唱著歌。我們來到一整排都是海灘小屋還有水泥游泳池的海濱空地。萊斯莉帶我走向那個牆上繪有不可能的藍天白沙灘的磚砌休憩亭。

「我要把面罩拿下來了，」萊斯莉說，「你認為你可以接受得了嗎？」

「不認為，」我說，「但我想試試看。」

萊斯莉摸索著旁邊的繫帶。「這些真的很麻煩，」她說，「我曾經試過魔鬼氈，可是更麻煩——好了。」

在我有時間做好心理準備之前，她已經拿掉面罩了。

情況比我想的還糟糕。糟糕到我的大腦無法接受這是一張人臉。下巴不見了。取而代之的是，在滑落的怪異豐滿下唇底下，一片有著不規則隆起的皮膚，直到未受傷的喉嚨部位才是光滑無傷的肌膚。鼻子沒有形狀可言，扁平、扭曲的粉色球狀肉塊位在一連串突起的白色疤痕中央，而這些疤痕遍布在臉頰與額頭。我畏縮了。要不是我一直硬撐著自己，我一定會退到休憩亭的另一端。

「我可以張開眼睛了嗎？」她問。「你看完了嗎？」

我說了些話，但我不記得說了什麼。

她張開眼睛。依然是藍色的，依然是萊斯莉的眼睛。我試著專注在她的眼睛上。

「你覺得怎麼樣？」她問。

「我看過更糟的。」我說。

「騙子。」她說。「像是誰？」

「妳爸。」我說。

並不好笑，但我看得出來她很感激我的努力。

「你覺得你可以習慣嗎？」

「習慣什麼？」

「我的臉。」她說。

「妳一直在講妳的臉，妳知道嗎。」我說。「妳真是太虛榮了。妳應該要想想其他人，不要老是想著自己。」

「我應該要想著誰？」

她說話的時候嘴巴下方的皮膚會皺起來，模樣真的非常難看。「嗯，舉例來說，我。」我說。「妳拉著我穿過那些船的時候，我的腳趾踢到路面的邊緣了。」

「是喔？」

「真的痛斃了。我的意思是，我敢打賭我的腳趾一定腫起來了。」我說。「想看嗎？」

「我不想看你的腳趾。」

「妳確定？」

「很確定。」她說，然後將面罩戴回去。

「妳用不著這麼做的。」我說。

「我不喜歡看到小孩子跑走。」她說。

當面罩再次遮住她的臉時，我努力不讓自己露出鬆了一口氣的樣子。

「之後還要動手術嗎？」我問。

「大概吧。」她說。「不過我現在想讓你看點別的。」

「好。」我說。「是什麼？」

她伸出手心，手心上方是一個泛著漂亮乳白色光澤的光球——比我製造過的任何擬光都還要更加美麗。

「天啊，」我說，「妳會魔法了。」

歷史註釋

「蛇臀」肯恩・強森確實死於一九四一年三月八日，當時他在巴黎酒館進行演出。目擊者很清楚地指出，炸彈來襲時他正在演奏〈噢，強尼〉，不過我擅自改變了這個小細節，因為，老實說，〈身體與靈魂〉更適合做為章節標題。

謝辭

感謝在上一本書幫助過我的人，以及倫敦大都會檔案館的工作人員，還有莎拉，感謝她偷偷帶我溜進格魯喬俱樂部。

Whispers Under Ground

第三集搶先讀

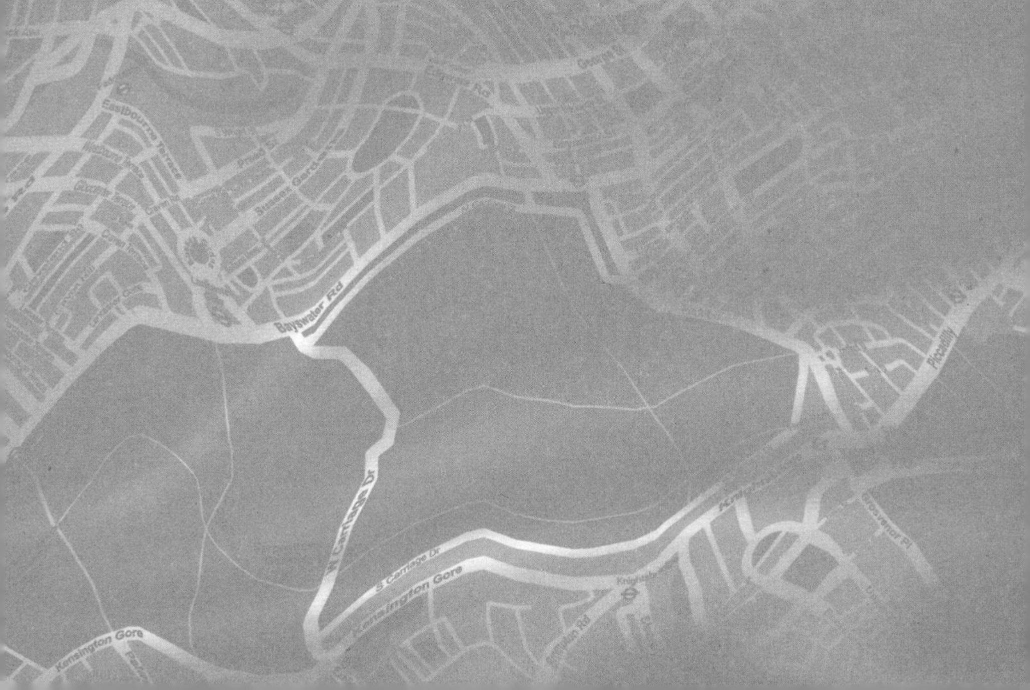

我懷念和其他警察一同工作的日子。別誤會，被派發到浮麗樓，已經讓我晉升為偵緝警員的進度提早了至少兩年，就目前本單位全體人員只有我、偵緝督察長納丁格爾，以及可能再過不久就會加入的萊斯莉．梅警員來看，我的勤務並不需要天天與暴民為伍。這種事就是那樣，失去之後才會想念。更衣室裡潮溼的防水衣氣味、週五早上衝進警員文件室查看登錄進系統終端機的新工作、對清早六點的簡報邊埋怨邊拿來說笑，大批同儕都在一個地方，或多或少關心著同一件事的那種感覺。

正因如此，看到貝克街地鐵站外那片藍色燈海時，我有點感受到彷彿回家的感覺。矗立在燈光中的是一座三公尺高的夏洛克．福爾摩斯雕像，獵鹿帽和菸斗一樣都沒少，俯瞰我們的偵查工作，確保一切都符合在他小說中的最高標準。金屬柵門已收起，隸屬英國鐵路警察局的幾位警員縮在門裡，彷彿要避開福爾摩斯的嚴厲目光，更可能只是因為天氣太冷。他們幾乎沒看我的搜查令就揮手放我進去，畢竟除了警察，沒有人會笨到這麼大清早的就出門。

我走下樓梯，來到售票大廳，那裡的自動驗票閘門全都鎖定在「緊急」的開啟狀態，幾位穿反光夾克和厚重靴子的警察站在附近喝咖啡、聊天、玩手機遊戲。那天晚上例行的檢修工作肯定都沒完成——等著延遲吧。

貝克街站於一八六三年啟用，眼前所見大部分是翻新過的米色瓷磚、木頭鑲板和一九二〇年代的鑄鐵，上面布滿層層電線、接線盒、麥克風和監視攝影鏡頭。

在重要犯罪現場，甚至是在像地鐵站這種複雜的地點，要找到屍體的位置並不難

——只要往傻瓜裝最密集出現的地方走去就行。我踏上三號月臺時，月臺盡頭的場面就像爆發炭疽熱。看起來肯定是刑事案件，如果是自殺，或是每年每五到十人中就有一人不小心被地鐵撞死的案件，可不會得到這麼多注意。

三號月臺以老式的明挖回填法蓋成，意思是召來數千名挖土工，先挖出一條大深溝，把鐵軌放在溝底，然後再填土回去。那時候用的是蒸氣火車，因此站臺有一半長度都是露天的，讓蒸氣出得去，新鮮空氣也進得來。

進入犯罪現場就像進夜店——保鑣只管你有沒有在名單上，沒有就進不去。以現在的狀況來說，名單就是犯罪現場紀錄，而保鑣就是一位面容非常嚴肅的英國鐵路警察。我對他說出我的姓名和位階，他抬眼望向一位上衣塌得慘不忍睹的矮胖女人，那女人正從月臺遠端怒目瞪著我們。她就是偵緝督察米麗安·史蒂芬諾柏斯，這起案件就是她新官上任的第一個任務。我們以前合作過，也許這就是她在對該警員點頭前有些遲疑的原因。這是另一個進入犯罪現場的法子——認識管事的人。

我在記錄本上簽到，把掛在一把折疊椅上的傻瓜裝拿來穿，穿戴好後走到史蒂芬諾柏斯照看物證員的地方，物證員也正在照看擠在月臺另一端的鑑識小組。

「早安，老大。」我說。「妳找我？」

「彼得，」她回應。警察廳裡有謠言說，她床邊有一罐人類睪丸——這些紀念品的提供者是曾對她的性向表達幽默意見的愚蠢男性。告訴你，我也聽說過她在北環路外有棟大房子，跟她的同居人在那裡養雞，但我一直無法鼓起勇氣問她這件事。

躺在三號月臺盡頭的死者是個英俊的男人，但現在已經不是了。他側躺著，臉靠在伸出的手臂上，背半彎，雙腿於膝蓋處彎曲。不能算是病理學家所說的拳擊姿勢，反而比較像我在上急救課時學過的復甦姿勢。

「有人動過他嗎？」我問。

「站務員發現他的時候就是這樣。」史蒂芬諾柏斯說。

死者穿了條刷白牛仔褲，上身是海軍藍西裝外套，搭配黑色高領喀什米爾羊毛衫。西裝外套是高級布料，剪裁得很好——絕對是訂製的。奇怪的是，他腳上穿了雙馬汀大夫鞋，一四六〇經典款——那是工作靴，不是皮鞋。靴子從靴底到第三個鞋帶孔都結了乾硬的泥巴，泥巴上方的皮革是霧面的，柔軟無裂紋，簡直像是全新的。

他是白人，面色蒼白，鼻梁挺直，下巴四方。正如我說過的，算是英俊。金色頭髮，斜瀏海披散在前額上，雙眼緊閉。

這些細節全都會被史蒂芬諾柏斯和她的組員記錄下來。連我蹲伏在屍體旁時，都有半打鑑識人員等著要收集尚未標記過的樣本，他們後方還有另一組帶著切割工具的技術人員準備取下已經標記好的樣本。我的工作則有些不同。

我戴上面罩和護目鏡，讓臉盡可能靠近但不碰著屍體，然後閉上眼睛。人體保持**感應殘跡**的效果很糟，但任何強大到能夠直接殺人的魔法——如果這人是因此而死的話——就會留下線索。光是用正常的五官，我已經感覺出鮮血和泥塵，還有一股尿味，這次肯定不是狐狸的。

在我看來，這具屍體並沒有**感應殘跡**。我起身轉頭看向史蒂芬諾柏斯。她皺起眉。

「妳為什麼叫我過來？」我問。

「這案子就是不大對勁。」她說。「我想現在讓你看看總比晚點再叫你來得好。」比方說等我起床吃完早餐以後，但我沒說。不能說。特別是全天候出勤基本上就是警員的工作定義。

「我沒感覺出什麼。」我說。

「你能不能——」史蒂芬諾柏斯揮了揮手。我們通常不會對倫敦警察廳以外的人說明辦案方式。別的不說，我們大部分的辦案程序都是見機行事。因此，像史蒂芬諾柏斯這樣的資深警官，雖然知道我們會做調查，卻不完全清楚究竟在調查什麼。

我從那具屍體旁退開，剛才在旁等候的那群鑑識人員蜂擁而過，要完成現場工作。

「他是誰？」我問。

「我們還不知道。」史蒂芬諾柏斯說。「他下背部有一道刺傷，血跡通往隧道裡。我們分辨不出他是被拖出來的，還是自己搖搖晃晃走出來的。」

我看著隧道。明挖回填法蓋成的隧道，雙向行駛的軌道是並列的，就跟露天的鐵路一樣，這表示兩道鐵軌在警方搜查時都必須封鎖禁行。

「那是往什麼方向？」我問。我又被迫轉身回到軌道夾層。

「西向，」史蒂芬諾柏斯說。通往尤斯頓和國王十字站。「還有更糟的。」她指著隧道彎向左邊之處。「過那個彎之後，就是本區和漢默史密斯的交口，所以我們得封閉整段匯合區。」

「倫敦通勤族一定會很高興。」我說。

史蒂芬諾柏斯輕笑了一聲。「他們已經在歡呼了。」她說。地鐵本該在三小時內重新開放，恢復當日正常運作，但如果貝克街站務段的鐵軌被封，那麼整個運輸系統就會在聖誕節前最後一個購物週的星期一早晨堵塞住。

不過，史蒂芬諾柏斯沒說錯——現場是不大對勁。不只是有個死人而已。我抬眼望著隧道時，一陣感覺閃過。不是**感應殘跡**，而是某種更古老的東西。那種從走出樹林到發明棍子之間，全人類都從這段演化鴻溝中承襲到的直覺；來自當我們只是一群瘦瘦的二足步行猿、置身在滿是頂級獵食者的世界，來自當我們是會走路的午餐的時代。這種警告透露的訊息是，有東西在看著你。

「要我進隧道裡看看嗎？」我問。

「我以為你不會問了哩。」史蒂芬諾柏斯說。

大家對警察的理解都很怪。比方說，似乎以為我們全都欣然樂意、奮不顧身地衝進隨便什麼緊急狀況。沒錯，我們是像消防員和軍人，常常自找麻煩，但那不表示我們不會思考。我們會思考的其中一件事，就是通電的第三軌，還有要被電死有多簡單。一位名叫賈傑．庫瑪的巡佐，笑咪咪地對我和那群等待中的鑑識人員做了有關電死之樂的安全簡報。他是稀有人種，上過五週鐵路安全課程的英國鐵路警察，能在鐵軌通電時仍在重重工程周圍遊走。

「不是你會想那麼做，」庫瑪說。「面對通電鐵軌的首要安全撇步，就是一開始就不要站上去。」

我跟在庫瑪身後，其他鑑識小組成員落在更後頭。他們也許不確定我到底是做什麼的，但卻懂得不要破壞犯罪現場的原則。此外，這樣他們也能等著看庫瑪和我會不會被電死，免得自己同樣陷身險境。

庫瑪等到沒人聽得見我們說話時，才問我是否真的是魔鬼剋星的一員。

「什麼？」我問。

「經濟與特殊犯罪部第九小組啊，」庫瑪說。「就是些鬼里鬼氣的事。」

「算是吧。」我回答。

「那你們真的會調查……」庫瑪頓了頓，想找個可接受的字眼，「不尋常現象？」

「我們不管飛碟和外星人綁架。」我說。因為通常那是接著會問的問題。

「那誰管外星人？」庫瑪問。我看了看他，發現他正在小便。

「我們可不可以專心在這工作上？」我問。

血跡很好追蹤。「他都靠邊走。遠離中間鐵軌。」庫瑪說，把手電筒照向碎石中的一個清楚腳印。「他避開了枕木，讓我覺得他是受過一點安全訓練的。」

「為什麼？」我問。

「如果要走通電的鐵軌，就得避開枕木。枕木很滑。你一滑就會摔倒，然後手一伸出來就吧滋了。」

「吧滋。這是專業術語吧？那怎麼稱呼被吧滋的人？」我說。

「酥脆先生。」庫瑪說。

「你們就只能想出這種詞喔？」

庫瑪聳聳肩。「那又不重要。」

我們這時已轉過彎，看不到月臺了，來到血跡起始地。到目前為止，碎石和鐵軌底部的泥塵吸收鮮血的效果還算不錯，但在這裡，我的手電筒照到一灘發亮、不規則的深色鮮血。

「我要去查更裡面的鐵軌，看看能不能找出他從哪裡進來的。你在這裡有沒有問題？」庫瑪說。

「別擔心。我沒問題。」我說。

我伏低身子，用手電筒的光線依序檢查那灘血的四周。在往月臺方向不到半公尺處，我發現一塊棕色的橢圓形皮革，手電筒還把一具壞掉或已關機的手機表面照得發亮。我差點要直接拿起來，但阻止了自己。

我戴著手套，口袋裡也有一堆證物袋和標籤，如果這是一起攻擊、竊盜或任何更輕微的犯罪，我早就自行把證物裝袋貼標籤了。但這是凶案調查，災難會降臨在任何打斷證據鏈的警察身上，因為有人會叫他們坐下，把辛普森殺妻案審判中出錯之處鉅細靡遺地講給他們聽。還會放投影片。

我從口袋取出空波，裝好電池，呼叫物證員，說我找到了一些證物。等人來的時候，我又檢查一次那地方，發現那灘血有點怪。血濃於水，尤其在血開始凝結之時，一灘血並不會像一灘水那樣鋪展開來。我注意到鮮血可以蓋住下面的東西。我在不讓呼吸汙染那灘血的情形下盡可能湊近，感覺到熱氣、煤灰、和一股就像在農場跌個狗吃屎那樣，臭得讓人流淚的屎味。我還打了個噴嚏。這，可就是**感應殘跡**了。

我壓低身子，看看能否看出血下面是什麼。那東西是三角形，淺褐色的。剛開始我以為是石頭，後來看到它有尖銳的邊緣，才明白那是陶器碎片。

「又有東西嗎？」一個聲音從我上方響起——是鑑識人員。

我指著剛才發現的東西，退到一旁，攝影師走來把東西以原位原像記錄下來。我把手電筒照向隧道，庫瑪的反光夾克在三公尺遠的地方閃了閃。他打光回應，我小心翼翼地走向他。

「有發現嗎？」我問。

庫瑪用手電筒照出一組現代鋼條門，坐落在明顯是維多利亞時期風格的磚造拱門中。「我想，他可能是從這道舊施工入口進來的，但門還是鎖住的——不過，你還是採一下指紋好了。」

「我們現在在哪裡？」

「在梅瑞爾本路往東方向的地下。」庫瑪說。「前面還有幾個舊通氣孔，我想去查一查。你要來嗎？」

這裡距離下一站大波特蘭街還有七百公尺。我們並沒走完全程，只走到能看見月臺之處。庫瑪查了查那幾個入口位置，說如果我們這位神祕男子從那裡下月臺的話，會被高警覺的監視器操作員發現。

「媽的，他到底是從哪裡走上鐵軌的？」庫瑪說。

「也許有其他辦法可以進來。」我說。「不在藍圖上，我們沒發現的地方。」

「我要找駐守的巡邏員下來。」庫瑪說。巡邏員晚上都在隧道裡走動找故障，根據庫瑪所說，他們是地鐵祕密知識的守門員。「他會知道這類地點的位置。」

我留庫瑪在那裡等導遊，回頭朝貝克街站走去。半路上踩到崩落的碎石滑了一跤，跌個狗吃屎，我伸出雙手想穩住身子。正要這麼做時，我不免注意到自己的左手手掌就要趴地碰到通了電的中間鐵軌上。酥脆油炸的警察——好極了。

爬回月臺的我已經滿頭大汗。我擦了擦臉，發現面頰上有層薄薄的灰——我的兩隻手都被弄黑了。我猜是碎石上的灰吧。不然就是古老的煤灰，來自蒸氣火車頭拖著鋪有襯墊的車廂，裡頭還坐滿令人崇敬的維多利亞時期人們的時代。

「老天爺啊，拜託誰去幫那孩子一把！」一個操著北部口音的宏亮聲音說。「然後誰他媽的跟我說他為什麼會在這裡。」

偵緝督察長席沃是來自曼城某小鎮的大個子。史蒂芬諾柏斯有一次說，那種地方說明了席沃對人生的樂觀態度。我們以前合作過——他那時想把我吊在皇家歌劇院的舞臺上，我則用五毫升大象專用的鎮靜劑打了他一針——相信我，當時這一切全都合情合理。我會說我們打成平手，只不過他得請四個月的病假，而這件事大多數有自尊的警察會當成是賺到。

病假顯然已經結束，席沃又回來掌管他的凶案調查小組。他可以只站在月臺上監看鑑識小組，而不需要換下那件駝絨大衣和手工 Tim Little 鞋，對我和史蒂芬諾柏斯招了招手。

「長官，很高興看到你好多了。」我在來得及阻止自己之前，便已脫口而出。

席沃看著史蒂芬諾柏斯。「他來這裡幹嘛？」

「這個案子感覺怪怪的。」她說。

席沃嘆了口氣。「你把我的米麗安引上了邪路。但現在我回來了，我希望我們會重歸傳統的靠證據辦案，大幅降低無稽怪談的數量。」他對我說。

「是，長官。」我說。

「既然如此——這一次，你又把我捲入哪種無稽怪談了？」他問。

「我認為這人的死並沒有任何魔……」

席沃猛地揮手，打斷我的話。「我不想從你嘴裡聽到任何『魔』開頭的字眼。」

「我認為這人的死並沒有任何奇怪之處。」我說，「除了……」

席沃又打斷我的話。「他是怎麼死的？」他問史蒂芬諾柏斯。

「下背部有嚴重刺傷，可能破壞了內臟，但他是失血過多而死。」她回答。

席沃問起凶器，史蒂芬諾柏斯招手叫來物證員，物證員舉起一個透明的塑膠物證袋讓我們看。裡面就是我在隧道裡發現的那塊褐色三角形。

「他媽的那算是什麼東西？」席沃問。

「一塊破盤子。」史蒂芬諾柏斯回答，把袋子轉過來，讓我們看出那的確是破盤子的三角破片——上面有裝飾花邊。「看起來像陶器。」她說。

「確定這就是凶器嗎？」席沃問。

史蒂芬諾柏斯說，病理學家對驗屍的結果非常確定。

我並不想告訴席沃黏在殺人凶器上的那一小塊殘跡，但我猜要是不說，往後只會更麻煩。

「長官，」我開口，「這就是我發現……無稽怪談的地方。」

「你怎麼知道？」席沃問。

我考慮解釋**感應殘跡**給他們聽，但納丁格爾曾經警告過我，有時候用一個他們能夠理解的簡單說明比較好。「就是上面有一種光。」我說。

「光？」

「對，就是光。」

「而且只有你看得到。想必是因為你有神祕特異功能。」他說。

我直視著他的眼睛。「是的，我的神祕特異功能。」我說。

——二〇一七年一月下旬出版，敬請期待——

【Echo】MO0048X

蘇活月爵士魅影

Moon Over Soho

作　　者❖班恩．艾倫諾維奇 Ben Aaronovitch
譯　　者❖鄭郁欣
封面設計❖謝佳穎
排　　版❖Rubi
總 編 輯❖郭寶秀
特約編輯❖施怡年
行銷業務❖許芷瑀

發 行 人❖凃玉雲
出　　版❖馬可孛羅文化
10483台北市中山區民生東路二段141號5樓
電話：(886)2-25007696
發　　行❖英屬蓋曼群島商家庭傳媒股份有限公司城邦分公司
10483台北市中山區民生東路二段141號11樓
客服服務專線：(886)2-25007718；25007719
24小時傳真專線：(886)2-25001990；25001991
服務時間：週一至週五9:00～12:00；13:00～17:00
劃撥帳號：19863813　戶名：書虫股份有限公司
讀者服務信箱：service@readingclub.com.tw
香港發行所❖城邦（香港）出版集團有限公司
香港灣仔駱克道193號東超商業中心1樓
電話：(852)25086231　傳真：(852)25789337
E-mail：hkcite@biznetvigator.com
馬新發行所❖城邦（馬新）出版集團【Cite (M) Sdn. Bhd.(458372U)】
41, Jalan Radin Anum, Bandar Baru Seri Petaling,
57000 Kuala Lumpur, Malaysia
電話：(603)90578822　傳真：(603)90576622
E-mail：services@cite.com.my
製版印刷❖前進彩藝有限公司
二版一刷❖2021年12月
定　　價❖360元

ISBN：978-986-0767-43-8（平裝）
ISBN：9789860767506（EPUB）

城邦讀書花園
www.cite.com.tw

國家圖書館出版品預行編目（CIP）資料

蘇活月爵士魅影／班恩．艾倫諾維奇（Ben Aaronovitch）著；鄭郁欣譯. -- 二版. -- 臺北市：馬可孛羅文化出版：英屬蓋曼群島商家庭傳媒股份有限公司城邦分公司發行, 2021.12
面；　公分 --（Echo；MO0048X）
譯自：Moon over Soho
ISBN 978-986-0767-43-8（平裝）

873.57　　110018039